십자도
살인사건

초판 1쇄 발행 | 2022년 6월 07일
초판 2쇄 발행 | 2022년 8월 17일

지은이 | 윤자영
펴낸이 | 박영욱
펴낸곳 | 북오션

경영지원 | 서정희
편　　집 | 고은경·조진주
마케팅 | 최석진
디자인 | 민영선·임진형
SNS마케팅 | 박현빈·박가빈

주　소 | 서울시 마포구 월드컵로 14길 62 북오션빌딩
이메일 | bookocean@naver.com
네이버포스트 | post.naver.com/bookocean
페이스북 | facebook.com/bookocean.book
인스타그램 | instagram.com/bookocean777
전　화 | 편집문의: 02-325-9172　영업문의: 02-322-6709
팩　스 | 02-3143-3964

출판신고번호 | 제 2007-000197호

ISBN 978-89-6799-681-9 (03810)

누군가 당신의 생각을 읽고 조종한다!

윤자영 장편소설

십자도
살인사건

Bookocean

목차

1. 특별한 수학여행

1

덕적도를 떠난 배가 40여 분을 더 달렸을 때, 저 멀리 십자도가 희미하게 보였다. 갑판 위의 학생들이 뱃머리로 모여들었다. 서창고등학교 2학년 7반 23명의 학생들이 정면으로 다가오는 섬을 바라보며 환호성을 질러댔다.

"와~ 저기다!"

"드디어 다 왔다."

십자도는 우리나라 서해 최서단의 작은 섬이고 지금 가는 수학여행의 목적지였다.

민선은 섬이 가까워질수록 자신의 심장이 더욱 빨리 뛰는 것을 느꼈다. 이 묘한 긴장감은 다른 반과는 차별된 수학여행을 오게 되었기 때문이다.

민선은 조용히 눈을 감았다. 마주 오는 바람에서 짭조름한 바다 냄새가 느껴졌고, 파도에 반사된 햇빛이 눈꺼풀 위로 움직였다. 바닷바람에 흩날린 머리카락이 어깨를 간질이자 빨라졌던 심장이 서서히 안정되어 갔다.

눈을 뜨자 임영재가 보였다. 다른 아이들과 달리 배 중간에서 수첩에 무언가 기록하는 데 집중하고 있었다. 영재는 학교에서도 늘 외톨이처럼 자신의 책상에 머리를 묻고 무언가를 쓰곤 했다. 민선은 영재에게 다가갔다. 수첩에 쓰는 내용이 궁금하기도 했지만, 학급에서 부회장이라는 위치로 조금이라도 학급에 관심을 가지기 위해서였다.

"임영재, 뭘 그렇게 적는 거야?"

영재는 민선이 다가오는 것을 몰랐는지 깜짝 놀라며 수첩을 덮었다.

"어, 부회장"

"야, 수학여행까지 와서 부회장이 뭐냐?"

영재는 멋쩍은지 실없는 미소를 보였다. 민선은 영재가 들고 있는 수첩으로 시선을 돌렸다.

"뭘 그렇게 열심히 적고 있었어? 학교에서도 항상 뭘 적던데."

영재는 잠시 생각하는가 싶더니 수첩을 펼치며 자신이 쓰던 것을 보여 주었다.

"그냥…, 저 십자도에 대해서 적고 있었어."

민선은 수첩을 받아들었다. 수첩에는 우리가 가고 있는 십자도의 모양이 스케치와 함께 글로 묘사되어 있었다.

[저 멀리 수학여행의 목적지인 십자도가 보인다. 우리가 가는 십자도는 봉우리 세 개가 나란히 서 있다. 정면에서 보면 한자의 뫼 산(山) 자 모양이다. 가운데 봉우리가 가장 높고, 오른쪽이 왼쪽보다 높다. 오른쪽 봉우리에는 등대가 있고, 왼쪽 봉우리 아래 항구가 보인다. 가운데 봉우리 아

래 중간쯤 가정집들이 모여 있고, 그 아래로는 백사장이 보인다.

즉, 섬의 정중앙에 집들이 모여 있고, 왼쪽으로는 선착장, 오른쪽으로는 등대, 위로는 가장 높은 산봉우리, 아래로는 해수욕장으로 쓰는 백사장이 보인다. 마을을 중심으로 십자 모양이라 십자도인 것으로 추측된다.]

민선은 영재의 글을 쭉 읽으면서 정면으로 다가오는 십자도를 번갈아 보았다. 영재의 묘사가 적확했다.

"와~ 영재야, 너 대단하다. 우리는 사물을 그냥 보거나 사진을 찍는데 이렇게 섬 모양이 글로 잘 표현되는지 몰랐어. 영재 너 특별한 재능이 있구나? 혹시 꿈이 작가야?"

영재는 칭찬이 좋은지 수줍은 듯 대답했다.

"내 취미가 '사물 묘사하기'거든. 그냥 이것저것 글로 표현하다 보니 취미가 되었어. 이상한 취미지?"

"난 매일 사진 찍고, 유튜브만 보는데 네 취미가 훨씬 낫지."

그러고 보니 영재와 대화하는 것이 처음이었다. 민선은 조금 더 친해질 요량으로 다른 것도 보여달라고 했다.

"재밌는 취미네. 또 다른 묘사도 보여줄 수 있어?"

영재는 수첩을 이리저리 펼치다가 마음을 정했는지 한곳을 펼쳤다. 거기에는 새 한 마리가 스케치되어 있었고, 아래 설명이 있었다.

[오후 수업이 시작될 무렵 창가에 작은 새 한 마리가 날아와 창틀에 앉는다. 이름 모를 새. 자그만 몸집에 가느다란 다리는 이쑤시개가 연상되었다. 언뜻 보기에 참새처럼 보이지만 참새는 아니다. 크기는 참새와 비슷하지만, 머리 색이 전체적으로 붉은빛을 띠고, 눈은 동그랗다. 마치 홍채가 없는 것처럼 전체가 까맣다. 몸집이 작아서 그런지 움직임이 재빠르고, 몸

통만큼이나 긴 꼬리를 좌우로 빠르게 움직였다. 이 새도 이름이 있겠지만 지금은 그것을 모르니 '초롱눈이새'로 지어본다. 초롱눈이새는 나와 눈이 마주치자 겁을 집어먹고 작은 날개를 파다닥 움직이며 하늘로 날아갔다.]

민선은 영재의 사물 묘사가 재미있었다. 자신도 사물 묘사를 취미로 가지고 싶은 마음이 생길 정도였다.

"야~ 진짜 재미있다. 이 새의 실제 이름은 알아냈어?"

"어. 조류도감을 찾아보니 이름이 '붉은머리오목눈이'야."

민선은 다시 수첩 위의 새를 보았다. 영재는 스케치도 수준급이었다.

"와~ 진짜 예쁜 이름이다. 생김새와 이름이 딱 맞네."

"민선이 너 '뱁새가 황새 따라가다 가랑이 찢어진다.'는 속담 알지?"

민선이 고개를 끄덕였다.

"그 뱁새가 이 새였어."

"뱁새가 이 새였구나. 새로운 사실을 알았네."

그런데 인공지능까지 나오는 시대에 왜 아날로그 수첩을 이용할까? 민선은 궁금했다.

"영재야, 스마트폰으로 사진 찍고 메모 남기면 되는데 왜 불편하고 오래 걸리는 수첩을 이용해?"

영재의 표정이 진지해졌다.

"정성스럽게 스케치하고 묘사해야 오래 기억에 남거든."

하긴 지금 스마트폰 사진첩을 봐도 언제 찍었는지도 모르는 사진투성이다. 아무튼 학교에서 항상 홀로 있는 영재가 외톨이인 줄 알았는데 그런 것 같지는 않아 다행이라 생각했다.

2

"저 새끼들, 바다로 확 빠져버려라."

2학년 7반 담임 교사 고민환은 배 앞쪽에서 즐거워하는 아이들을 바라보고 악담을 퍼부었다.

"어머, 고민환 선생님. 농담이라도 그렇게 무서운 소리 하지 마세요."

옆에서 부담임 교사 이지현이 대꾸했다. 고민환 선생은 자신의 머리를 쥐어뜯었다.

"으~ 결국 와 버렸어."

"고민환 선생님, 어쩌겠어요. 수학여행이 시작됐으니 그냥 잘 쉬었다 가셔요. 애들은 제가 어떻게든 해볼게요."

"이지현 선생님, 선생님도 지금 수학여행에 들떠 있죠?"

"아, 아니에요."

"표정에 즐겁다고 쓰여 있어요. 뭐 괜찮습니다. 하지만 그 마음도 학생들의 만행을 보기 시작하면 달라질 거라고요."

"그래도 제 눈에는 귀엽기만 한데요."

고민환 선생은 자신의 이마를 짚었다. 올해 첫 발령을 받은 이지현 선생은 모든 것이 새롭고 즐거울 것이다.

"학생들의 외모에 속으면 안 됩니다. 걔들은 악마예요. 저들의 웃음에 넘어가서는 안 된다고요. 특히, 저것들이요."

고민환 선생이 턱으로 가리킨 곳에는 세 명의 남학생이 있었다. 이들은 장희종, 강태호, 박민석으로 2학년 7반 아니, 서창고등학교의 문제 학생들이었다. 장희종의 머리는 금발에, 귀에는 피어싱이 빛났다. 흰색 남방의 단추를 몇 개 채우지 않았는데 가슴에 문신이 힐끗 보였다. 강태호, 박민석도 장희종 만큼은 아니었지만 껄렁해 보이기는 마찬가지였다. 강태호는 파마머리를 하고 있고, 박민석은 머리를 길러 뒤로 묶어 고등학생답지 않은 외모를 보여주었다. 셋은 유튜브 영상을 찍고 있는지 고프로 촬영기에 대고 열심히 떠들고 있었다.

"이지현 선생님, 쟤들 머리 좀 보세요. 저게 학생의 머리입니까?"

"하지만 두발 규정은 자유잖아요."

"정확히는 자유가 아니라 자율입니다. 학교 규정에는 '학생다운 단정한 머리'라고 쓰여 있다고요."

이지현 선생은 동의할 수 없다는 표정을 지었다. 그걸 아는지 모르는지 고민환 선생은 날카로운 눈빛으로 셋을 바라보았다.

"저 의기양양한 얼굴 좀 보세요. 세상이 모두 자기들 것인 줄 알아요. 부모들도 저렇게 교육하면 안 되는데. 뭐, 부모도 똑같으니 애들도 저렇겠지만요. 아무튼 저놈들 하늘 높은 줄 모르고 까부는데 한번 혼나봐야 합니다."

고민환 선생은 이를 악물었는지 뿌드득 소리가 났다.

"아무튼 이지현 선생님도 저들, 아니 장희종을 특히 조심하세요."

세 명 중 장희종의 어머니는 유별났다. 학교에서 모르는 사람이 없는데 첫째는 돈이 많은 것이고, 둘째는 학교 운영위원회의 위원장이었다. 돈과 권력이 합쳐지니 장희종의 나쁜 짓은 언제나 무마되고 축소되었다. 그 어머니가 돈으로 해결했다는 것을 모르는 사람이 없었다. 그리고 학교 운영위원장으로 결국 교장을 설득해 이런 특별한 수학여행을 성사시키는 것을 보면 돈과 권력이 무섭긴 했다.

고민환 선생은 섬으로의 여행을 반대했다. 학급 회장인 장희종이 섬 여행을 주장했고, 운영위원장인 어머니는 학교운영위원회에서 7반만의 특별한 수학여행을 통과시켰다.

배 앞에서 웃고 있는 장희종 얼굴에서 그의 어머니 얼굴이 보였다. 고민환 선생은 교장실에서의 굴욕이 생각나 인상을 찌푸렸다.

"아무튼 이지현 선생님도 저들의 웃음을 조심하셔야 해요. 저놈들을 미성숙한 아동으로 보지 말라는 것이에요."

이지현 선생은 대답이 없었다. 큰 파도에 배가 위아래로 흔들렸다. 배 앞쪽의 금지구역에 들어간 장희종, 강태호, 박민석이 위태롭게 난간을 잡고 있었다.

"제가 나오게 할게요."

이지현 선생은 배의 앞쪽으로 가서 셋에게 소리쳤다.

"얘들아, 거긴 출입금지 구역이야. 위험하니 어서 나와."

장희종은 고프로 촬영 방향을 바꿨는지 화면에 대고 소리쳤다.

"형님들, 우리 부담임 선생님이십니다. 이지현 선생님, 즐거운 수학여행인데 한 말씀 하시죠?"

"빨리 나와. 담임 선생님 화나셨어."

장희종은 멀리 고민환 선생을 보더니 촬영을 서둘러 마치고 금지구역에서 나왔다.

3

세월호 사건이 일어난 후, 교육부에서는 학년 전체가 움직이는 수학여행을 금지했다. 이유는, 우리나라가 아직 못 살던 7~80년대에는 각 가정에서 여행 갈 여력이 없으니 단체로 수학여행을 실시하여 학생들에게 우리 역사나 지역 문화를 체험시키는 목적이 있었다. 하지만 근래에는 생활 수준의 향상으로 가족여행을 해외까지 가므로 굳이 위험성이 있는 단체 수학여행을 금지한다는 것이었다.

하지만 여론은 '눈 가리고 아웅' 식의 교육부 대응을 질타하였다. 수학여행의 근본적인 문제를 해결할 생각은 하지 않고, 무조건 금지하니 반발이 만만치 않았다. 특히, 학교 현장에서도 학생들의 단체 활동이 협동심이나 배려심의 증가 등 긍정적인 면도 많다고 반박하였다. 교육부에서는 수학여행을 다시 허용하되 그 방식을 수정하여 발표하는 해프닝이 있었다.

수정된 수학여행 방법은 학년별로 움직이는 대규모 수학여행은 금지하고, 문화체험이나 역사 탐방 등의 의미 있는 활동을 2~3개 반의 소규모로 하라는 권고 사항을 발표했다. 그러나 단체 수학여행의 매뉴얼과 안전 수칙을 이중 삼중으로 복잡하게 하여, 학교에서는 감히 엄두를 내지도 못했다.

  한 달 전 2학년 7반 담임인 고민환 선생은 자신의 생명과학 수업 시간에 학급 수학여행 장소를 정하기 위하여 임시로 의견을 조사하였다.

  "여러분도 알다시피 한 달 후 수학여행을 가게 되었다."

  "와~"

  학생들은 수학여행이라는 말에 조건 반사적으로 환호성을 질렀다. 하지만 학생들의 기쁨을 막으려는 듯 고민환 선생은 생명과학 교과서를 들어 교탁을 내리쳤다. 큰 소리에 학생들의 시선이 앞으로 향했다.

  "하지만!"

  고민환 선생의 표정이 왠지 즐거워 보였다.

  "여러분도 언론 매체에서 봤듯이 단체여행은 금지되었다. 고로 여러분이 생각하는 수학여행은 없다."

  청천벽력 같은 말이었지만 학생들은 이해하지 못했는지 아직 기쁨이 얼굴에 가득했다. 그때 장희종이 오른팔 강태호의 옆구리를 찔렀다. 강태호는 장희종의 뜻을 알고는 손을 번쩍 들었다.

  "선생님, 수학여행이 없다는 것이 무슨 말이에요?"

  "교육부에서는 100명 이상이 움직이는 수학여행을 지양하라고 권고하고 있단다."

  "지양은 금지가 아니잖아요."

  "그래, 하지만 그 금지가 아닌 수학여행을 가려면 복잡한 매뉴얼을 지켜야 한다. 학교에서는 그 복잡한 매뉴얼을 지키면서 가는 수학여행을 포기했단다. 수학여행 위원회 구성, 위원회의 두 번의 답사, 교육청의 컨설팅, 수학여행 업체의 공개 선정, 인솔 교사들의 안전지도 자격 획득 등 남은 시간 동안에 이것들을 모두 하기란 불가능하기 때문이란다."

고민환 선생의 설명에 학생들의 얼굴에서 웃음기가 빠지기 시작했다.

"그래서 우리는 어떤 수학여행을 가는 건가요?"

고민환 선생의 표정은 학생들과 반대로 밝아졌다. 사악해 보이는 미소를 씨익 지었다.

"학교에서는 반별로 2~3 학급씩 나누어 수학여행을 가기로 했다. 수행여행 장소에 대한 교직원 회의가 열렸는데 그 이야기를 해주지."

고민환 선생의 얼굴은 두 얼굴의 사나이처럼 웃음기가 사라지며 헐크로 변했다. 비장한 말투는 너희들은 교직원 회의에서 결정된 사항을 잘 따르라는 무언의 압박이었다.

"교직원 회의에서는 지역 문화체험과 협동심, 인내심을 기를 수 있는 장소를 세 군데 정했다. 고로 우리는 이 세 장소 중에서 결정하면 된다."

아이들은 아직 희망을 버리지 않았는지 초롱초롱한 눈으로 담임 교사의 입만 바라보고 있었다. 고민환 선생은 손가락을 하나 들었다.

"먼저 첫 번째 장소는 협동심, 인내심을 기를 수 있는 2박 3일간의 공수부대 병영 체험이다."

"쌤, 농담이시죠?"

"우웩!"

"군대는 나중에 가는데 미리 체험할 이유가 없어요. 우~"

공수부대라는 말에 여기저기서 학생들의 야유가 터져 나왔다.

"조용! 두 번째 장소는 지역 문화와 생명의 소중함을 체험할 수 있는 2박 3일간 농촌 체험이다. 모내기를 통해 농부들의 마음과 생명의 소중함을 느껴보자."

고민환 선생의 말이 끝나자 첫 번째보다 더 큰 야유와 함께 불만이 쏟아져 나왔다. 그 중에서도 장희종의 비난이 교실에 울려 퍼졌다.

"선생들이 그러면 그렇지. 모두 자기들 편하려고 하는 거잖아. 우리를 맡겨놓고 자기들은 술 마시러 가겠지!"

고민환 선생은 학생들의 야유 소리 사이에서 희종의 비난을 분명히 들었다. 고민환 선생은 창가 뒤쪽에 앉아있는 희종을 쩨려보았다. 장희종은 선생님이 두렵지 않다는 듯 담임 선생의 매서운 눈길을 정면으로 받아냈다. 오히려 느긋한 자세로 창가에 기대고 있었다.

고민환 선생은 화가 났지만 희종과는 상극처럼 맞지 않으니 참기로 했다. 고개를 절레절레 흔들고는 다시 전체 학생들을 보며 이야기를 이어나갔다.

"조용히 하라고! 세 번째 장소는 너희들도 마음에 들 거다. 세 번째는 숙박은 하지 않지만 3일간 서울 대학로에 가서 연극도 보고, 영화도 보는 문화 체험 활동이다. 선생님도 가능하면 세 번째……."

고민환 선생이 말을 마치기도 전에 희종의 거친 목소리가 교실을 울렸다.

"미친! 이게 수학여행이야!"

고민환 선생도 더는 참지 못하겠는지 희종을 보며 소리쳤다.

"야, 장희종! 다 들린다. 네가 아무리 싸가지가 없기로 유명하지만, 너무한 거 아니야? 더군다나 학급 회장이 돼서 선생님을 돕지는 못할망정 수학여행을 망칠 생각이야?"

고민환 선생이 강력하게 받아쳤지만 희종은 주눅 들지 않았다. 오히려 자리에서 일어나 느릿느릿 말을 이었다.

"쌤! 우리는 진짜 수학여행을 원한다고요. 회장이기 때문에 학급 대표로 말씀드립니다."

고민환 선생은 철없는 이 학생에게 설명을 해야겠는지 희종을 향해 앉으라고 손짓했다.

"교육부 지침이 내려온 걸 너도 인터넷에서 봐서 알 거 아니야? 그에 맞춰서 교직원 회의를 통해 세 장소를 정한 거야. 선생님들이 여러모로 고민하고 협의해서 정해진 것을 우리 반만 어길 수 없어."

선생님의 비관적인 말에도 희종은 승리를 확신하듯 미소를 지었다.

"쌤도 아실 것 아니에요? 교육부에서 발표한 것은 권고사항이고, 수학여행은 학교 운영위원회에서 결정하는 것으로 알고 있는데요?"

고민환 선생의 표정이 일그러졌다. 희종의 어머니는 학교 운영위원회의 운영위원장이기 때문이다. 여태 그런 것처럼 이 헬리콥터 맘은 3대 독자인 희종이 원한다면 위원들을 설득하여 아들이 원하는 수학여행을 진행시킬 것이다.

"아까도 말했지만, 단체 수학여행을 준비하기엔 지금 늦었거든?"

"그건 단체 수학여행이고요. 우리 반만 따로 간다면 쌉가능이겠죠?"

"뭐? 쌉, 뭐?"

"우리 반만 간다면 제한이 없을 것 아니에요."

이놈은 공부는 못하는데 이런 면에서는 머리가 비상하게 돌아갔다.

"그럼, 넌 어떤 수학여행을 원한다는 거야?"

"글쎄요, 그냥 기존처럼 제주도 가면 안 될까요? 한 반이면 가능하잖아요."

"교육부에서도 기존 수학여행을 바꾸자고 말하는 거잖아."

말이 안 통하는 희종이 때문에 고민환 선생은 한숨을 크게 쉬었다. 그때 교실 한쪽의 영재가 손을 들었다.

"인천의 섬 여행은 어때요?"

교실의 아이들 시선이 일제히 영재에게로 향했다. 평소에 말없는 임영재의 입이 열린 것이 더 신기한 아이들이었다.

'짝짝짝'

장희종은 손뼉을 치고는 손가락으로 임영재를 가리켰다.

"임영재 굿 아이디어. 담임 쌤, 영재의 의견을 더 들어보시죠."

고민환 선생이 영재를 바라보자, 영재는 똑똑한 목소리로 말했다.

"선생님, 우리는 인천에 살잖아요. 인천광역시에는 많은 부속 섬이 있어요. 그리고 섬에서도 농사를 할 거 아니에요? 농촌 체험도 하고 우리 인천 지역 문화 탐방도 하고 교육부가 말하는 수학여행에 딱 맞네요."

영재의 말이 끝나자 장희종은 손뼉을 치며 교실 앞으로 나왔다.

"쌤, 저 얌전한 임영재도 섬 여행의 장점을 말하네요. 아무튼 얘들아 어때? 섬이면 해수욕도 할 수 있고 좋잖아?"

희종은 팔을 휘저어 수영하는 흉내를 냈다. 반 아이들이 일제히 환호성을 질렀고, 희종은 아이들의 환호성에 힘을 받았는지 의

기양양하게 말을 이었다.

"쌤, 이게 우리 반 학생들의 의견입니다. 학급 회장으로서 대표로 말씀드립니다."

희종의 말이 끝나자 학생들의 박수가 이어졌다. 서로 하이파이브를 하는 아이들도 있었다. 희종은 연설을 마친 정치인처럼 고개를 깊이 숙여 인사했다.

고민환 선생도 학생들이 장희종을 그리 좋아하지 않는다는 것을 안다. 하지만 선생들이 장희종을 어쩌지 못하는 것을 알고는 뒤에 숨어 자신들의 이익을 창출해 냈다.

'희종이는 되는데 왜 저는 안 돼요?'

아이들은 최고의 무기 장희종을 이용했다. 장희종이 염색한 것을 필두로 여학생들도 하나둘 멋 내기 염색을 하고, 슬리퍼 신고 등교하는 것까지 얻어냈다. 그리고 이번에는 즐거운 수학여행을 가려는 것이다.

수업을 마치는 종이 울렸다. 고민환 선생은 교무수첩과 교과서 등을 챙기고 교실 밖으로 나갈 채비를 하였다. 걸어가던 고민환 선생은 교실 문에서 손가락으로 희종이를 가리키며 말했다.

"이번에는 네 생각처럼 쉽게 되지 않을 거야. 이건 수학여행이라고. 학교에서 배 타고 가는 수학여행을 허락할 것 같아?"

희종이는 어깨를 으쓱하며, 미소를 지었다.

"한 번 지켜보죠."

4

며칠 후 점심시간에 이지현 선생이 다가왔다. 이지현 선생은 올해 신규로 발령받은 젊은 여교사였다.

"고민환 선생님, 교장 선생님께서 지금 교장실로 같이 오라는데요?"

고민환 선생은 노란색 커피 비닐로 커피를 젓다가 멈췄다. 드디어 올 것이 왔다는 느낌이었다. 게다가 이지현 선생도 같이 오라니 알 수 없는 불안한 마음이 점점 커졌다.

"교장 선생님이 왜 불렀죠?"

"모르겠어요. 전 그냥 선생님 식사하고 오시면 같이 오라는 말만 들어서……."

고민환 선생은 커피를 젓던 손을 멈추고 정수기에서 찬물을 조금 받았다. 커피 비닐을 쓰레기통에 버리고 전쟁에 나갈 장수처럼 커피를 들이켰다. 뜨거움이 식도를 자극했다. 종이컵을 힘주어 구긴 뒤 쓰레기통에 던졌다.

"가시죠."

교장실에 도착하여 노크하고, 안으로 들어갔다. 예상대로 학교 운영위원회 위원장인 장희종 어머니가 교장과 차를 마시고 있었다. 며칠 전 희종이가 말한 수학여행 때문에 학교에 왔을 것이다.

한데 저 싸가지 어머니는 담임 교사가 왔는데 본 척도 안 한다. 장희종이 싸가지 없는 이유가 있겠지. 하긴 지난번 사건도 있으니… 교장이 마시던 찻잔을 내리고 중저음으로 말했다.

"어험, 두 분 이리 와서 앉으세요."

고민환 선생은 자리에 앉으며 한숨을 깊게 쉬었다. 싸가지 어머니가 들으라고 일부러 크게 쉬었다. 이지현 선생도 영문을 모르겠다는 표정을 지으며 옆자리에 나란히 앉았다.

"고 선생님, 이 선생님, 용건은 간단하니 차는 생략하겠습니다."

"네, 그러시죠."

고민환 선생은 고개를 들어 앞자리에 앉은 희종의 어머니를 보았다. 오만함이 가득 찬 얼굴로 차를 마시고 있었다. 교장은 분위기가 어색했는지 헛기침을 두어 번 한 후 말을 꺼냈다.

"고 선생님, 2학년 수학여행 말인데요, 고 선생님 반이 인천의 섬으로 한번 가보는 것이 어떤지요?"

교장 본인도 어색한지 말을 마치자 찻잔을 얼른 들어 입에 갖다 댔다. 어떻게 학교의 기관장이 저런 말을 할 수 있는지 이해가 되지 않았다. 그렇게 교육부에서 위험한 수학여행을 자제하라고 했는데 저런 결정을 내릴 수 있는지 궁금했다. 아마 눈앞의 오만한 여자가 돈으로 구워삶았다는 것이 맞을 것이다. 결과는 빤히 보이지만, 고민환 선생은 일부러 강하게 반대했다.

"교장 선생님, 큰일 납니다. 배 사고에 민감한데 사고 나면 어쩌려고 섬으로 여행을 가요. 그러면 교육부 취지에도 어긋나는 수학여행이 되는 겁니다."

교장은 이에 대한 대응 매뉴얼이 있는지 웃으며 말을 이어갔다.

"왜 어긋납니까? 교육부에서는 단순 여행보다 지역 문화 체험이나 학생의 활동에 중점을 두라고 했어요. 인천의 섬 여행은 지역 문화 체험이 되고, 섬에서도 농사를 지을 텐데 농촌 체험을 하니 학생이 농사의 소중함을 느끼는 중요한 체험 활동이 아니겠소."

어쩜 저리 똑같이 말할까? 분명 희종이가 어머니에게 말했고, 어머니는 조금 전에 교장에게 말했을 것이다. 교장은 앵무새처럼 그대로 다시 반복해 말한 것이다.

"교장 선생님, 2학년 7반 학생이 23명으로 적긴 하지만 저 혼자 인솔하기엔 무리가 있고, 아마 바뀐 규정에는 한 학급 당 두 명의 지도 교사가……."

머리에 불이 번쩍했다. 이지현 선생이 왜 동행했는지 이유를 알 것 같았다. 이지현 선생은 2학년 7반 부담임 교사다.

"교장 선생님, 이지현 선생은 신규 교사예요. 아직 학교생활에 적응되지도 않았는데 수학여행을 인솔하라니요? 이지현 선생에게는 아직 무립니다."

고민환 선생의 강력한 거부에도 이지현 선생의 얼굴에는 곤란함 같은 것은 찾을 수 없었다.

"고민환 선생님, 전 괜찮습니다. 부담임이 당연히 같이 가야죠. 오히려 신규 교사 때 좋은 추억이 될 것 같아요."

신규 교사는 뭐든지 열정적이다. 학생들도 이지현 선생을 좋아하니 오히려 이런 수학여행을 더 기대하고 있을지도 모를 일이다.

고민환 선생도 신규 발령 받았을 때가 생각났다. 15년 전, 고민환 선생은 열정이 가득했다. 병이나 등교하지 못한 학생의 가정에 방문해서 위로도 해주고, 어려운 학생을 자취방에 초대해서 라면을 끓여 먹으며, 급식비도 몰래 내준 지난날을 기억했다. 그때는 아이들과 함께한다면 뭐든지 즐거웠다. 상념에 빠질 찰나 교장의 중저음이 들렸다.

"여기 희종이 어머님께서 7반 수학여행 비용을 모두 대기로 하였습니다."

"교장 선생님, 돈이 문제가 아니잖아요. 시간이 촉박한데 언제 수학여행 장소를 찾습니까?"

"그건 문제없소. 어디냐면……."

교장은 장희종 어머니 쪽을 바라보았다.

"아까 어디를 말씀하셨죠? 십리도였나요?"

희종이 어머니는 자신의 에르메스 가방에서 A4용지 몇 장을 꺼내 고민환 선생 쪽으로 밀어 놓았다. 종이에는 섬 지도, 배편 등이 보였다. 수학여행에 대한 보고서였다.

"조금 알려지지 않은 섬이에요. 덕적도에서 30분 더 가면 나오는 십자도입니다. 근처의 굴업도와 면적은 비슷하고, 뭐라더라 아무튼 섬 한 바퀴 도는데 한 시간 정도 걸리는 작은 섬이라고 하더군요. 일제시대에는 민어잡이로 천여 명이 모여 살았다고 하는데 지금은 다섯 가구만 산다고 합니다. 주민들이 관광을 위하여 지금은 폐교된 초등학교를 개조해서 숙박업을 한다고 하니 아이들이 자기에도 충분하고요. 그리고 일체 비용은 걱정 마세요. 제가 모두 댈 겁니다. 우리 아들뿐만이 아니라 모든 학생들에게 고등학교에서의 좋은 추억을 만들어 주고 싶네요. 담임 선생님께서 흔쾌히 동의해 주실 거라 믿어요."

막다른 골목, 고민환 선생은 괜한 부아가 치밀어 올라 희종이 어머니께 쏘아붙였다.

"어머님, 돈으로 모든 것을 해결하려 하지 마십시오. 교육은 돈으로 다 되는 것이 아닙니다. 그리고 이런 위험한 수학여행은 다른 학부모들이 절대 동의하지 않을 겁니다."

희종이 어머니는 고개를 약간 기울인 후 무미건조한 눈으로 고민환 선생을 보았다. 희종의 모습이 오버랩 되었다. 유전자의 힘이 이처럼 무섭다는 것을 다시 한번 생각하게 되었다. 장희종 어머니는 교장에게 시선을 돌렸다.

"교장 선생님, 이제 이지현 선생님은 나가봐도 되지 않을까요?"

교장은 이지현 선생에게 나가도 좋다고 하였다. 이지현 선생은 소풍 가는 아이처럼 즐거운 표정으로 인사하고는 교장실을 나갔다. 무슨 말을 하려고 이지현 선생을 내보내는 것일까? 여자가 비장의 카드를 내밀 것 같은 기분이 들었다.

"고민환 선생님, 강원랜드에 자주 가신다면서요? 도박하느라 정신이 나가서 무단결근한 적이 있다고 하던데요? 그리고 아파서 병원에 갔다고 거짓말을 했다지요?"

고민환 선생은 고개를 돌려 교장을 바라보았다. 이 사실을 아는 사람은 교장 외 몇 명일 텐데… 교장은 무안한지 시선을 피하며 헛기침을 하였다. 교사 편을 들어주지는 못할망정…….

저놈의 교장과 벌써 입을 맞춘 것이다. 담임이 반대하면 이런 치부가 될 이야기로 공격하자고 했을 것이다. 앞의 여자는 아이를 꾸짖듯 이야기를 시작했다.

"그런 눈으로 교장 선생님 보실 것 없어요. 도박은 사회적으로 큰 문제예요. 선생님은 연예인들이 도박하다 걸려 하차하는 것 못 보셨어요? 이게 학부모들 사이에 알려지면 어떻겠어요? 교육청에 민원이라도 넣으면 어떻게 되겠어요?"

이 말은 반박할 수 없는 사실이다. 고민환 선생은 도박 때문에 정상 출근하지 못했다. 그리고 병이라고 거짓말까지 했다. 도박이 4대 비위는 아니지만 해임 당할지도 모른다. 할 말이 없어 고개가 저절로 떨어졌다. 고민환 선생이 그로기 상태인 것을 본 장희종 어머니는 왼뺨에 이어 오른뺨을 때려 결정타를 날렸다.

"그리고 작년에 우리 애 엎드려뻗쳐 시켜서 어깨 탈구된 것 기억나시죠? 엄연한 학교 폭력이에요. 하긴 그건 우리 애도 잘못이 있다고 칩시다. 방송실 밀실에 가두고 목을 조른 것은 살인미수예요. 살인미수! 학부모들이 이 사실을 알았다면 폭력 교사를 파면하라고 가만히 있지 않았을 거란 말이에요. 그때 교장 선생님께서 어찌나 저를 설득하시던지 그래서 저도 신고를 포기한 겁니다. 고민환 선생님은 오히려 교장 선생님께 고마워해야 해요."

고민환 선생은 작년 희종이와의 사건들이 다시 생각나서 이를 악물었다.

작년 일이다. 신입생으로 들어온 1학년 남학생들이 급식실 컨테이너 뒤에서 담배를 피운다는 첩보를 들었다. 간땡이가 부은 신입생들을 혼내주기 위해 고민환 선생은 쉬는 시간이 되기 전에 컨테이너 안으로 들어가서 잠복했다. 흡연 현행범으로 잡기 위해서였다.

쉬는 시간을 알리는 종이 울리자 껄렁해 보이는 세 명의 남학생들이 나타났다. 이들은 뭐가 좋은지 시시덕거리며 담배를 꺼내 물었다. 가운데 학생이 라이터를 꺼내 담배에 불을 붙이려는 순간 문을 열고 튀어 나갔다.

"이 새끼들!"

고민환 선생은 고함치며 나가 가운데 학생의 라이터 들은 손을 잡았다.

"이 새끼들 학교에서 담배를 피워? 간땡이가 배 밖으로 나왔어. 학생부로 가자."

고민환 선생이 손을 잡고 끌어 당겼지만, 손을 잡힌 남학생은 의외의 행동을 하였다. 그 학생은 '씨발'이란 말과 함께 고민환 선생이 잡은 손을 뿌리친 것이다. 나중에 안 사실이지만 이 껄렁거리는 남학생들이 인근 중학교에서 유명한 양아치인 장희종, 강태호, 박민석이었다. 그리고 손을 뿌리친 이놈이 그 중 대장인 장희종이었다.

고민환 선생의 교직 경력 십여 년 동안 담배를 피우다 걸리면 학생들은 위축되곤 하는데 장희종의 행동은 뜻밖이었다.

"너 지금 뭐라고 했어? 씨발?"

"혼잣말이에요. 그리고 전 담배를 피우지 않았습니다."

양아치들이 욕하고 발뺌하는 것은 일반적인데 담배를 피우지 않았다니 기가 찰 노릇이었다.

"그럼 네 주머니에서 나온 이 던힐 담배와 라이터는 장식품이냐?"

장희종은 위축됨 없이 어깨를 폈다.

"말은 정확히 해야죠. 우리는 담배를 가지고 있었지만 피우지는 않았습니다. 우리가 불을 붙였나요? 연기를 뱉었어요? 선생님은 흡연 현행범이라고 하였는데 그건 선생님이 잘못하신 거죠."

"뭐라곳!"

고민환 선생은 흥분하여 장희종의 머리를 한 대 쥐어박았다.

"이 새끼가 뚫린 입이라고 쉽게 말하네. 다들 엎드려, 이 새끼들아."

엎드려뻗쳐가 5분 정도를 지났을 때, 장희종은 벌떡 일어났다.

"씨발, 두고 보자."

처음보는 행동에 고민환 선생은 반응하지 못했다. 장희종은 운동장을 가로질러 사라졌다.

학교를 무단이탈 한 장희종은 다음 날 어머니와 함께 교장실에서 만나게 되었다. 어머니는 영화에서나 봤던 화려한 장신구들로 몸을 감싸고 있었다. 교장실 협탁 위에는 두개골 CT촬영 결과와 어깨 탈구 소견이 적힌 진단서가 있었다. 머리에는 특별한 이상이 보이지 않지만, 어깨 탈구는 엎드려뻗쳐가 주원인이라고 명시되어 있었다. 어이가 없었다. 엎드려뻗쳐는 고작 5분뿐이었다.

"선생이 학생을 이렇게 만들어도 되는 거예요?"

고민환 선생도 가만히 있을 수 없었다.

"학교에서 담배를 피웠어요. 그리고 '씨발'이라고 제게 욕을 했습니다."

"학교에서 무슨 담배를 피워요! 아이 말로는 담배를 꺼냈지만 피우지는 않았다고 하는데요."

"곧 담배를 피웠겠죠. 제가 나왔으니 못 피운거고."

"선생님 말대로라면 칼을 꺼내 들면 모두 살인자인가요?"

말이 통하지 않는 부모였다. 고민환 선생의 목소리도 커졌다.

"어머님! 아들이 담배를 소지하고 있었어요."

"그러면 학교 규정대로 담배를 소지한 것만 처벌하면 되잖아요. 왜 애에게 욕을 하고, 엎드려뻗쳐를 시켜서 어깨 탈구를 만드냐고요!"

"엎드려뻗쳐는 겨우 5분이……."

"고 선생! 잠깐!"

고민환 선생의 목소리가 감정적으로 넘어가기 직전 교장이 끼어들었다.

"자, 고민환 선생 왜 이래요? 잠시만 진정하세요. 희종이 너는 이제 교실로 돌아가라."

희종이가 교장실을 나가자 교장은 어머니에게 말했다. 왠지 주인 앞 강아지 같은 행동이었다.

"어머니, 잠시 진정하시고 자리에 앉으세요."

"말이 통하지 않네요. 그냥 교육청으로 가겠습니다. 아니 경찰서로 가야겠어요."

어머니는 진단서를 가방에 챙겨 넣었다. 교장은 서둘러 가방을 붙잡았다.

"아이 왜 그러세요. 잠시만 앉아 계세요. 제가 책임지고 사과시키겠습니다."

어머니가 시계를 보았다.

"지금부터 10분입니다."

교장은 고민환 선생을 교장실 옆 서고로 데리고 가 목소리를 한껏 줄이며 말했다.

"고 선생, 왜 그래요? 요즘이 어떤 시댄데 폭력을 행사합니까? 법이 개정되어 어떠한 신체적 고통도 주면 안 되는 거 몰라요?"

"담배를 피우려던 놈이 담배를 피우지 않았다고 우기는데 이게 정상입니까?"

"아까 어머니 말대로 담배를 피우지는 않고 소지만 했다면서요. 내가 학생부장에게 알아보니 담배 소지에 관한 처벌 규정은 없대요."

당연히 소지했으면 피우는 것으로 간주했기에 구분하여 처벌 규정을 만들지는 않았을 것이다.

"이유야 어떻든 고 선생은 학교 폭력에 대한 법을 어겼어요. 그리고 희종이 어머니는 학교 운영위원회 운영위원장이란 말이에요. 학부모들을 선동하여 금방 담합할 수 있어요. 건드려서 좋을게 없단 말이에요."

고민환 선생은 말문이 막혀 말이 나오지 않았다. 교무실에서 젊은 여선생들이 커피 마시며 운영위원장 아들이 엄청 싸가지 없다며 대화하던 게 생각났다. 그때 여선생들이 말하던 싸가지가 바로 장희종이었던 것이다.

"들어가서 잘못했다고 빌어요. 자존심 세우다 직장을 잃는 수가 있습니다. 내 말 들어요. 아동 폭력으로 벌금만 맞아도 10년 취업 금지인 거 아시죠?"

운영위원장이 돈이 많아 교장을 구워삶았다는 소문도 있었다. 교장의 태도로 보아 이미 한편인 것 같았다. 보기 좋게 당했다. 집에 있는 아내와 딸의 얼굴이 생각나 꼬리를 내리기로 했다. 사소한 해프닝으로 생각하자고 다짐하며 어머니께 고개를 깊이 숙였다.

"지도를 너무 열정적으로 하려다 실수하였습니다. 죄송합니다."

희종이 어머니는 '흥'하며 콧방귀를 뀌고는 팔짱을 낀 채 창문으로 눈을 돌렸다. 교장은 나가라고 눈짓을 하였다.

"정말 죄송합니다. 앞으로 주의하겠습니다."

그날 고민환 선생은 후배 교사인 엄성일과 함께 소주를 진탕 마셨다.

"교장 새끼 도대체 얼마나 받아먹은 거야? 운영위원장이 그렇게 부자라며?"

고민환의 혀는 이미 술에 마비되어 있었다.

"형, 우리 학교 운동장 끝에 국기 게양대 있잖아. 그 뭐야 애국심을 높인다고 대형 태극기 게양하는……."

눈이 풀린 고민환 선생은 숙였던 고개를 들고 엄성일을 보았다. 엄성일은 소주를 한입 털어 넣고 말을 이어갔다.

"그게 5천만 원이라는 거야. 아무리 게양대가 커도 5천만 원이 말이 된다고 생각해? 그 국기 게양대는 운영위원장이 낸 발전기금으로 만들었잖아. 교장을 뇌물 수수로 확 찔러 버릴까?"

엄성일은 입이 쓴지 잘 구워진 삼겹살을 입으로 가져갔다.

"교장이 어리숙해 보여도 그렇게 찌른다고 쉬이 당할까?"

고민환 선생도 들은 소리가 있었다. 관리자로 승진하기 위해서는 근무 평가를 1등 해야한다. 그 근무 평가 점수는 교장이 40%나 가지고 있어 사실상 교장이 결정하는 것이다. 학교에서 근무 평가 1등 후보자는 보통 교무 부장이다. 교무 부장은 교장의 말을 법이라 생각하고 들어야 했다. 국기 게양대는 교무 부장이 설치 업자에게 2천만 원을 받아서 교장에게 현금으로 넘겼다는 소문이 있었다. 교장은 근무 평가를 볼모로 피해갈 구멍을 만들어 놓은 것이다.

고민환 선생은 국기 게양대 기공식 날 한복을 입고 와서 테이프 커팅을 하던 희종이 어머니가 생각났다. 국기 게양대는 3천만 원이면 충분하다. 업체에서 2천만 원을 교장에게 돌려주고, 이는 교무 부장이 수령했다. 방법은 복잡했지만 이 2천만 원은 장희종 어머니가 교장에게 건넨 것이다.

"젠장할, 돈이 최고다."

고민환 선생은 소주를 병째 들고 마시더니 고개를 테이블에 박고 자기 시작했다. 담배 사건을 생각하니 부아가 치밀었지만, 본인이 폭력을 행사한 것은 명백한 잘못이었다. 원인이 어떠한들 사회에서는 아동에 대한 폭력을 경멸하고 있었다.

복수의 기회를 찾고 있던 차에 사건이 일어났다. 그날 고민환 선생은 급식 지도 당번이었다. 급식 당번은 원활한 배식이 일어나도록 학생들의 줄을 세우고, 배식구를 안내하는 것이다. 급식 시작 후 얼마되지 않았을 때, 멀리서 장희종, 강태호, 박민석이 나타났다. 고민환 선생이 잠깐 다른 곳에 눈을 돌릴 때마다 이들은 축지법을 쓰는 것처럼 앞으로 다가왔다. 새치기하는 것이다.

"너희! 안 돌아가!"

고민환 선생의 큰 목소리에도 이들은 딴청을 피우고 있었다.

"너 장희종 이리 나와!"

장희종은 이름이 불려도 다른 곳을 보며 못 들은 척했다. 고민환 선생은 주먹을 불끈 쥐고 장희종 앞에까지 걸어갔다.

"야 인마!"

"왜요?"

그제야 장희종은 인상을 찌푸리며 대꾸했다.

"이 새끼야. 귀먹었냐? 뒤로 가라고 했지?"

"왜 뒤로 가요?"

"새치기했으니까!"

"선생님이 새치기하는 거 봤어요?"

장희종은 턱을 쭉 내밀고 말했다. 내민 턱을 향해 주먹을 날리고 싶었다. 하지만 한 번 당하지 두 번 당하냐? 때리면 지는 것이다. 고민환 선생은 줄 서 있는 학생들을 손으로 가리켰다.

"흥, 지금 이 애들한테 물어볼까? 너희가 새치기를 했는지 안 했는지?"

장희종의 이마에 주름이 생겼다. 장희종은 그대로 뒤로 돌더니 바닥에 침을 뱉었다.

퉤

"아이씨, 재수 없어 가지고."

장희종의 버릇없는 행동에 고민환 선생의 이성이 끊어졌다.

"이 새끼가!"

장희종의 멱살을 잡고 복도 옆 방송실로 끌고 들어갔다. 방음이 잘 되는 방송실은 밀실이었다. 어떻게 하려고 생각하지는 않았다. 그냥 감정이 이끄는 대로 들어온 것이다.

이놈을 어떻게 처리할지 생각도 못 했는데 장희종이 먼저 행동에 옮겼다. 장희종은 방송실 벽에 머리를 박기 시작했다. 증인이 없는 밀실에서 자해해 고민환 선생을 곤란하게 만들려는 작전이다.

이대로 두면 또 당한다. 고민환 선생은 얼른 다가가 뒤에서 목을 팔로 감았다. 머리에 상처라도 나면 곤란하기 때문이었다. 엎치락뒤치락 몸싸움하던 중 동료 교사가 들어와 말렸다. 친구인 강태호, 박민석이 교무실에 이야기한 것이다.

"씨발 내 가만히 안 둬!"

그대로 학교를 이탈한 장희종은 경찰서로 달려갔다. 고민환 선생이 아무도 없는 방송실로 끌고 들어가 팔로 목을 감아 졸랐다고 했다. 어머니는 살인미수라며 고래고래 소리 질렀다.

그나마 다행인 것은 담당 경찰이 제대로 된 생각을 가진 사람이었다. 그 경찰은 보지도 않은 상황을 이해했다. 하지만 이대로 고소 취하가 되지 않고 법정 싸움까지 간다면 분명 폭행이 성립될 가능성이 높다고 하였다. 경찰은 선생님과 가족을 생각하라고 했다. 정중한 사과를 하면 자신이 고소 취하를 유도한다고 했다.

장희종과 그 어머니는 독종의 눈으로 고민환 선생을 바라보고 있었다. 교사를 무시하는 행태, 경찰서에서의 행동, 저들은 이런 사건이 한두 번이 아니었던 것이다. 장희종과 그의 어머니는 중학교 때부터 선생을 다루는 방법을 몸소 터득한 것이다.

지금 사과한들 쉬이 받아들여지지 않을 것이다. 고민환 선생은 할 수 없이 교장에게 전화했다.

"고민환 선생님이 사고 친 것을 왜 제게 해결해달라고 합니까? 알아서 하세요. 무릎을 꿇던지 손이 발이 되도록 싹싹 빌던지요."

교장의 매서운 목소리에 휴대폰 잡은 손이 떨렸다. 교사가 되어 올바른 교직관을 가지고 끝까지 신념을 지킨 결과가 이것이다. 학교는 급변했다. 교사를 무시하는 학부모, 대드는 학생, 학원으로 가는 아이들…, 역시 바르게 사는 사람만 손해 본다. 고민환 선생은 마음속에서 악마를 소환했다.

"교장 선생님이 그렇게 나오신다면 할 수 없죠."

"뭐가 할 수 없어요?"

"교무 부장이 국기 게양대 업체에서 2천만 원을 받았다고 하던데 교육청에 조사를 좀 의뢰해 봐야죠. 아니 경찰서에 온 김에 경찰에 조사를 의뢰해야겠네요."

교장은 바로 경찰서로 달려왔다. 교장이 어머니를 설득하여 앞으로 폭력을 행사하지 않겠다는 각서를 쓰고 풀려날 수 있었다. 역시 이 세상은 악이 승리하는 것이다.

그 후 고민환 선생은 교직관을 바꾸기로 했다. 교사를 월급으로만 생각하기로 했다. 가르치는 것은 대충하고, 학생들 지도하는 것은 포기했다. 그래도 월급은 꼬박꼬박 나오니 말이다.

큰돈을 벌어 보고자 주식에 손을 댔다. 처음 몇 달은 승승장구했다. 찌라시를 믿고 들어간 주식이 4배 폭등했다. 주식 차트가 올라가자 소주가 양주로 바뀌었다. 밉상인 장희종의 면상을 한 대 치고 사표 내는 상상을 했다. 조금만 더 하면 상상이 이루어질 것 같았다.

하지만 상상만 한 것이 천만 다행이었다. 더 많은 돈을 따기 위하여 대출받고, 신용과 미수를 쳤을 때, 주식이 폭락했다. 본전을 찾기 위해 리스크가 큰 상품에 손을 댔고 마이너스 손처럼 건드는 곳마다 폭락을 거듭해 마지막에는 빚만 4천이 남고 말았다. 2년 마다 받는 건강검진 결과는 최악이었다. 혈압은 150을 넘고, 혈당량과 고지혈증은 위험했다. 술에 의한 간 수치는 말할 것도 없었다. 몸도 마음도 모두 망가진 것이다.

고민환 선생은 주식을 끊고자 마음먹었다. 마지막으로 마음을 정리하고자 떠난 강원도 여행에서 강원랜드에 빠져들고 말았다. 수백만 원의 판돈이 걸린 게임의 승패를 즉석에서 확인할 수 있는 도박은 금방 주식에서 잃은 돈을 찾아줄 것 같았다.

금요일 수업이 끝나면 강원랜드로 가서 일요일 밤에 인천으로 왔다. 돌아가는 룰렛을 보고 있을 때면 행복했다. 어느새 도박에 중독된 고민환 선생은 일요일 저녁에 돌아가지 못하고 폐장 시간인 월요일 새벽이 되어서야 시계를 보았다. 결국 정시에 출근하지 못했다. 처음에는 아프다고 핑계를 댔었지만 몇 주 후에 강원랜드를 다닌다는 소문이 학교 전체에 퍼져 있었다.

"고민환 선생님, 십자도로 수행여행 한 번 가보세요. 교장인 제가 이렇게 부탁합니다."

교장의 말에 고민환 선생은 지난 상념에서 빠져나왔다.

교장이 분명 장희종 어머니에게 고민환 선생이 강원랜드를 다닌다고 말했을 것이다. 이쯤에서 허락을 하고 받아낼 것은 받아내자.

"그럼 어머님! 조건이 하나 있습니다. 희종이 안전을 위하여 보디가드를 하나 고용하시죠. 이지현 선생과 둘이서 모든 학생을 통제한다는 것은 불가능합니다. 특히, 희종이는 어디로 튈지 모르는데 다른 학생을 돌보다 보면 안전을 보장할 수 없습니다. 희종이만을 지켜보는 보디가드를 고용해서 섬에 미리 보내는 것이 어떻겠어요?"

그 말을 들은 장희종 어머니의 얼굴이 밝아졌다. 긍정적인 얼굴을 처음 보는 것 같았다.

"선생님도 도움 되는 생각을 할 때가 있군요. 보디가드, 좋은 생각이네요."

희종이 어머니도 3대 독자인 아들을 위해 십자도로의 수학여행을 허락했지만, 망나니 같은 아들이 무슨 짓을 할지 몰라 걱정이 된 것이다. 고민환 선생의 말처럼 보디가드를 고용하면 희종이의 일탈을 방지하고, 혹시 모를 위험에서 보호할 수 있다고 생각한 것이다.

고민환 선생은 지갑 속에서 명함을 하나 찾아 테이블 위에 올렸다.

"여기로 전화해 보세요. 그쪽 일을 해주는 사람입니다."

5

2학년 7반을 실은 배가 십자도 선착장으로 천천히 접안하고 있었다.

'빵~'

경적과 함께 메케한 냄새의 검은 연기가 솟아올랐다. 커다란 가방을 메고 배의 앞머리에 서 있던 고민환 선생이 소리쳤다.

"모두 내릴 준비를 해라."

민선은 가방을 메고 옷이 담긴 쇼핑백을 들었다. 학생들은 무거운 가방을 들고 있었지만, 몸은 가벼워 보였다. 드디어 배의 앞부분이 선착장에 고정되고 학생들이 차례차례 내리기 시작했다. 민선 차례가 왔을 때, 선착장에는 웬 젊은 오빠가 학생들이 내리는 것을 돕고 있었다. 섬과는 어울리지 않는 훤칠한 큰 키에 하얀 얼굴이었다.

"십자도에 오신 걸 환영해요."

민선은 손을 잡고 선착장으로 폴짝 뛰어내렸다.

"고맙습니다."

고민환 선생은 저 멀리서 담배를 피우고 있었고, 대신 얼굴이 까만 아저씨가 분주하게 움직이며 학생들을 챙기고 있었다.

"어이쿠, 학생. 바다로 떨어져 어서 안으로 들어와."

머리는 반쯤 까져 올라가 있어 나이를 가늠할 수 없었지만, 아빠보다는 늙고 할아버지보다는 젊은 것이 확실했다.

"학생 여러분, 섬이 아름답죠? 십자도에 오신 걸 환영합니다. 여기로 모이세요. 곧 숙소로 이동하겠으니 기다리세요."

아저씨는 멀리 떨어져 있는 고민환 선생에게 다가가 잠시 이야기하였다. 이야기를 마친 고민환 선생은 다가와 학생들에게 소리쳤다.

"자, 주목!"

학생들의 시선이 담임 교사에게 집중되었다.

"여기 이분은 십자도의 이장님이시다. 수학여행동안 우리에게 도움을 주실 분이다. 소개는 숙소인 학교에서 다시 하지."

고민환 선생은 옆을 손가락으로 가리켰다.

"저기 계단 보이지? 저기가 학교로 가는 길이다. 이장님을 따라가면 된다. 출발!"

대머리 이장이 선착장 정면으로 보이는 돌계단을 향해 앞장섰고, 학생들은 각자의 짐을 챙겨서 이장을 따랐다. 급경사의 돌계단을 30개 정도 올라가니 섬 중심으로 가는 평평한 길이 나왔다. 민선은 아까 영재가 그린 그림과 설명이 머릿속에 떠올랐다. 곧 집들이 모인 곳이 나타날 것이다.

10분 정도 나무 사잇길을 걸어가니 5가구의 집들이 나타났다. 집들은 작은 사거리에 모여 있었고, 사거리에서 아래쪽으로 내려가면 해변이 나오고 위쪽으로 가면 학교, 직진하면 등대가 있는 봉우리가 있을 것이다.

민선은 사거리에 서서 아래쪽 해변을 보았다. 100m 정도 되는 작은 모래사장이 나왔다.

앞서가던 이장은 잠시 멈춰 해변을 가리켰다.

"여기가 우리 십자도가 자랑하는 하얀 모래 해변입니다. 정말 아름답죠?"

하얀 모래 해변은 사람의 손때를 타지 않아 그런지 순수한 자연 그대로였다. 밤에 바다에 들어가자고 속삭이는 목소리가 뒤에서 들렸다. 돌아보니 명신이였다. 명신이는 여학생 중에서 가장 날라리였다. 밤에 바다에 가는 요주의 인물로 머릿속에 새겨놨다가 고개를 흔들었다. 수학여행까지 와서 부회장 노릇을 할 필요가 없는 것이다.

아이들은 스마트폰을 꺼내 환상적인 해변을 배경으로 사진을 찍었다. 학생들이 좋아하는 모습을 본 이장은 만족스러운지 미소를 지었다.

"자, 학생들 이제 갑시다. 먼저 숙소에 짐을 풀고 다시 나와도 됩니다."

이장은 학생들에게 오라는 손짓을 하면서 마을 위쪽으로 걸어갔다. 가정집들을 벗어나 5분쯤 더 올라가니 아담한 학교가 나왔다. 섬마을 학교는 도시에 있는 학교와는 확연히 달랐다. 작은 운동장 한쪽에 페인트가 벗겨진 철봉과 정글짐이 있었고, 맞은 편에 2층짜리 건물이 전부였다.

"출입구 오른쪽이 식당입니다. 그리로 들어가세요."

식당은 교실 2개를 이어붙인 듯했다. 테이블이 2열로 되어 있었고, 총 40명 정도 수용할 수 있는 규모였다. 앞쪽으로는 55인치 텔레비전이 한쪽을 지키고 앰프 등 마이크 장치도 보였다. 이장이 단상에 올라가 앰프를 만지더니 마이크를 들고 자신을 소개하였다.

"아아, 학생들은 여기 주목해 주세요."

이장의 말에도 들뜬 학생들은 삼삼오오 떠들기 바빴다.

"저기… 학생들?"

고민환 선생은 고개를 살짝 좌우로 젓더니 이장에게 마이크를 받았다. 시장통 같은 분위기를 어떻게 잡을지 식당을 둘러보았다. 고민환 선생의 시선이 멈춘 곳에 장희종 패거리가 있었다. 이들은 선생님이 보고 있는 것도 모른 채 목소리를 크게 하고 떠들고 있었다. 고민환 선생은 장희종 패거리 쪽을 보고는 크게 소리쳤다.

"주목! 야 인마! 장희종!"

식당이 순식간에 고요해졌다.

"지금부터 여기 숙소를 관리하는 책임자께서 여러 가지 안내를 할 것이야. 잘 듣고 안전 수칙을 지키기 바란다."

고민환 선생은 마이크를 이장에게 넘겼다. 이장은 바지 주머니에서 손수건을 꺼내 벗겨진 이마의 땀을 닦았다.

"안녕하세요. 저는 이 섬을 관리하는 이장입니다. 여기 잘생긴 젊은 총각은 청년회장이고요."

젊은 아저씨, 아니 오빠로 보이는 사람이 청년회장이었다. 이장과 청년회장은 동시에 꾸벅 인사를 하고는 계속 말을 이어갔다.

"십자도로 오시느라고 고생하셨습니다. 여기 십자도는 잘 알려지지 않은 섬으로 덕적군도에서 서쪽으로 가장 멀리 떨어진 섬입니다. 에… 오늘이 며칠이더냐?"

손목시계를 본 이장이 말을 이어갔다.

"오늘은 5월 2일로 아직은 본격적인 휴가철이 아니므로 현재 섬에 살고있는 사람은 저와 이 씨네 부부, 청년회장 네 사람뿐입니다. 6~70년대에는 전어 잡이, 꽃게 잡이로 사람이 100여 명 살았습니다. 하지만 산업화로 다들 도시로 떠나고 현재는 5가구 15명이 살고 있지요. 그마저도 나머지 11명은 겨울에 육지에서 생활하고 초여름이 되면 섬으로 와서 여행객들을 맞이합니다. 그 주민들은 5월 말에 들어올 예정입니다. 학생 여러분들은 아까 오면서 마을에 집들을 보았지요? 빈집 같아 보이지만 들어가면 안 됩니다. 다 주인이 있는 집이에요. 자, 다음은 이 씨네 부부……."

이장은 고개를 들더니 뒤쪽 조리실에 있는 이 씨네 부부에게 오라고 손짓하였다.

"이 씨네, 어서 나와."

이 씨네 부부가 단상에 올라와 인사하자 이장님은 말을 계속 이었다.

"여기 이 씨 아저씨와 아줌마가 여러분의 식사를 책임질 것입니다. 섬에서 나는 식재료를 이용하니 건강 생각해서 많이들 먹어 두세요. 자, 내려가시고."

부부가 내려가고 이장은 청년회장에게 어깨동무를 했다.

"여기 잘생긴 청년회장은 섬의 안전 담당입니다. 섬이 작기 때문에 학교 뒤편 산으로만 가지 않으면 선착장, 해변, 등대까지 30분이면 돌아볼 수 있습니다. 안전 사항은 조금 있다가 청년회장이 말해 줄 것이고……."

이장은 목이 타는지 바닥에 있는 생수를 들어 한 모금 마셨다.

"학생 여러분, 벌써 아는 사람이 있겠지만 여기 오면서 핸드폰이 되지 않았죠? 이 섬은 아직도 인터넷이 되지 않습니다."

민선도 스마트폰이 먹통인 것을 알고 있었다. 타고 온 배가 떠나자 SNS에 접속이 되지 않았었다. 중학교 설악산 수학여행 때

산 중턱에서 핸드폰이 터지지 않았었다. 어쩌면 최서단인 십자도에서는 당연할 것이다.

"뭐, 학교 뒤편 산꼭대기에 올라가면 신호가 조금 잡힌다고 하나 그것도 날씨의 영향을 받습니다. 옛날에는 다 없이 살았으니 여러분도 핸드폰과 잠시 떨어져 자연을 느껴보시기 바랍니다."

학생들은 신호를 잡으려는지 스마트폰을 높이 들어 이곳저곳 움직여 봤다.

"우리 섬에도 기지국을 설치해 달라고 계속 건의를 하고 있는데 몇 명을 위한 기지국 설치는 어렵다는 답변입니다. 그럼 어떻게 연락하느냐 하면 아저씨 집에 유선전화가 있습니다. 오다가 마을에서 '십자 구판장'이란 가게 보았지요? 유선전화는 거기에 있으니까 시간 날 때마다 집에 전화하세요. 단, 전화는 3분이고 천 원씩 받겠습니다."

그 말에 이지현 선생은 손을 들고 질문을 하였다.

"이장님, 그럼 태풍이 오거나 하면 그 유선전화도 안 됩니까?"

"당연하지요. 10년 전에는 유선전화도 없었어요. 그때는 덕적도와 무전기로 연락을 했었습니다. 무전기는 등대 위에 있는데, 지금도 유선전화가 안 되는 긴급상황에는 무전기를 사용하곤 합니다. 그럼, 재미있게 섬을 돌아보시고 이제 청년회장에게 마이크를 넘기겠습니다."

청년회장은 마이크를 넘겨받고 오른손 검지로 마이크 머리 부분을 톡톡 쳤다.

"반갑습니다. 십자도의 안전 담당 청년회장입니다. 십자도에서는 비록 학생 수는 적지만 이런 단체 수학여행을 처음 실시하는 겁니다. 즐거운 추억이 되길 바랍니다. 여기 담임 선생님도 부탁하셨지만 첫째도 안전, 둘째도 안전입니다."

청년회장은 손가락을 두 개 폈다.

"여러분, 안전을 위해서는 딱, 두 가지만 지켜주십시오. 첫째, 바다에는 꼭 낮에만 들어가십시오. 여기는 도시와 다르게 인공적인 조명이 등대 이외에는 없습니다. 수심은 그리 깊지 않지만 밤바다에서 해변을 못 찾는 일이 허다합니다. 둘째, 등대 쪽은 절벽입니다. 안전 펜스가 있긴 하지만 장난치거나 위험한 행동은 조심해야 합니다. 아, 그리고 뒤쪽 산은 학교에서 출발해서 30분이면 올라가지만, 정상 뒤쪽 편으로 내려가면 해식 절벽이 있으니 가급적 등산은 하지 마세요. 혹시 간첩이 숨어 있을지도 모르니까요. 크크"

민선이가 손을 들었다.

"간첩은 농담이죠?"

"당연히 농담입니다. 하지만 텔레비전에서 '나는 자연인이다.'라는 프로그램 보셨죠? 자연인이 살고 있어요."

이번에는 부담임 이지현 선생이 놀라서 손을 들었다.

"정말 자연인이 살고 있다고요? 그 사람 위험하지 않나요?"

이지현 선생이 호들갑을 떨자 이장이 나섰다.

"아니, 청년회장은 왜 쓸데없는 소리를 해서 선생님 걱정하게 만들어요? 선생님, 걱정마세요. 우리들도 잘 마주치지 않습니다. 사실 있는지 없는지도 몰라요."

청년회장이 말한 '나는 자연인이다.'는 민선이 아버지도 즐겨 보는 프로그램이었다. 산에서 자연과 더불어 살고있는 사람을 말했다. 웅성거리는 소리가 계속되자 고민환 선생이 마이크를 잡았다.

"조용! 이장님도 말씀하셨지만, 산으로만 올라가지 않으면 거의 볼 일이 없다잖아! 그럼 이렇게 하지. 규칙을 하나 더 넣는다.

1호	2호	3호	4호	5호	6호	
김명신	심미애 곽민선	강성은 추민경	이희정 신혜인 이나영	이○○ 홍○○ 김○○	이지현 선생님	
과학실			미술실			

학교 뒤편으로 등산 금지. 안전 담당인 청년회장이 학교에 있으니 따로 행동하지만 않으면 큰일은 없을 거야."

고민환 선생의 말에 청년회장은 고개를 끄덕였다. 마이크를 받은 청년회장은 비장한 표정을 하고 말을 이어갔다.

"선생님 말씀이 맞아요. 여기 뒷산으로만 가지 않으면 괜찮습니다. 그럼, 숙소를 안내하죠. 숙소는 2층입니다. 교실 한 개를 반으로 나누어 개조하였습니다. 1층에는 우리가 있는 식당, 그리고 예전에 사용했던 미술실, 과학실, 교실 등을 관광 차원에서 그대로 보존하고 있습니다. 옛날 학교는 어땠는지 구경들 하시고 물건들은 만지지 말아 주세요. 이제 담임 선생님께 마이크를 넘기겠습니다."

고민환 선생은 마이크를 받은 후 뒷주머니에서 쪽지를 꺼내 보며 말을 이어갔다.

"자, 그럼 숙소를 배정하겠다. 식당을 나가서 건물 중앙계단으

7호	8호	9호	10호	11호	12호
고민환 선생님	임영재 심현보 이수민	박병찬 이형우 남성우	김○○ 민○○ 이○○	장희종 강태호 박민석	청년 회장
식당				일반 교실	

로 올라가면 양쪽으로 방이 6개씩 있다. 예전 교실을 반으로 나누어 개조했는데 호수로 방 번호를 매겨 놓았다. 중앙계단으로 올라가서 오른쪽 복도 쪽으로는 남학생, 왼쪽 복도 쪽은 여학생들이 사용한다. 오른쪽으로 첫 번째 방, 그러니까 7호라고 된 방이 내 방이고, 남학생이 12명이니 뒤로 4개 방, 8, 9, 10, 11호 방을 세 명씩 사용한다. 남학생들의 일탈 행위를 방지하고자 12호 방은 청년회장님이 쓰실 것이다.”

말이 끝나자 남학생들의 얼굴이 일그러졌다. 고민환 선생과 청년회장이 양쪽에 위치해 철통방어하여 남학생들의 비행 활동을 원천적으로 봉쇄하겠다는 방 배치였다. 남학생들의 일그러진 얼굴을 보고 민선은 웃음이 났다. 부회장으로서 자신의 일이 많이 줄어들 것 같아서였다.

“다음 왼쪽으로 첫 번째 방, 그러니까 6호 방은 이지현 선생님이 사용하시고, 여학생 11명은 2~3명씩 그 뒤 4개 방만 사용하길 바란다."

이때 명신이가 손을 들었다.

"선생님, 전 남과 같이 못 자요. 잠자리에 민감하단 말이에요. 방이 남으니 전 1호 방을 혼자 쓰도록 해주세요.

민선은 명신의 속셈을 알 수 있었다. 명신이는 희종이와 같은 부류이다. 아마 기회를 봐서 희종이네랑 놀려고 하겠지. 그런 것을 담임 선생님이 허락할 리 없었다.

하지만 민선의 예상과 달리 고민환 선생은 잠시 생각하는가 싶더니 쉬이 허락했다.

"좋아, 명신이는 1호 방을 쓰도록 해라. 나머지 학생들도 2호에서 5호까지 방 배정하고 명단을 이지현 선생님께 제출하도록 해라."

하긴, 핸드폰도 터지지 않는 이 작은 섬에서 일탈해 봤자겠지만……

"그럼 각자의 방으로 들어가서 짐 정리하고 저녁 먹을 때까지 자유 시간을 갖는다. 인원 통제를 철저히 해야 하므로 학교 밖으로 나가는 사람은 회장… 아니, 부회장 민선이에게 꼭 알리고 가도록 해라. 민선이는 학생들 이동 상황을 꼭 체크하도록 하고. 그럼 해산."

학기 초부터 고민환 선생은 부회장인 민선이에게 회장 노릇을 시켰다. 담임 교사와 학급 회장인 장희종이 사이가 좋지 않으니 그럴 수밖에 없지만, 담임 선생님도 거의 담임으로의 임무를 포기한 듯하다. 2학년 들어와 수업도 대충이고, 입시 상담은커녕 우리 반 학생들 이름은 다 외울까 궁금할 정도다. 조·종례도 중요한 사항이 없으면 민선이에게 휴대폰 문자를 보낸다.

[특별한 사항 없으니 청소 잘 시킬 것]

[석식 신청자 받아 놓을 것]

민선이가 거의 담임이나 마찬가지다. 그러니 학급에 관심 없는 담임 선생님을 좋아하는 학생은 거의 없고 은근히 무시했다. 그중에서도 장희종 패거리가 가장 심하게 대들거나 반항했다. 하긴 장희종은 운영위원회 위원장인 어머니 빽으로 모든 선생님들에게 막 대하긴 했지만 말이다. 결국 선생님들도 포기했는지, 교실에서 자는 희종이 패거리를 모른척 넘어갔다.

고민환 선생과 장희종은 1학년 때부터 여러 사건이 있었는데 그 때문인지 장희종은 다른 선생님들보다 고민환 선생을 조금은 껄끄러워했다. 2학년 올라올 때, 장희종 패거리의 담임을 모든 선생님이 거부해서 고민환 선생님이 맡았다는 소문도 있었다.

그렇다고 학생들이 장희종을 좋아하는 것은 아니다. 겉으로는 희종이를 좋아하고 환호한다. 때마다 햄버거와 피자를 대령하니 학생들이 좋아하고 환호하는 척을 하는 것은 당연하다. 학기 초 회장 선거 연설 때 희종이는 이렇게 말했다.

"제가 만약 회장이 된다면 매월 1회 햄버거를 쏘겠습니다."

연설이라고 할 것도 없었지만, 담임 선생님은 제지하지 않았다. 아이들은 환호했고 쉽게 과반수를 넘겨 회장이 되었다. 그 후 희종이는 월 1회가 아니라 무슨 날이면 햄버거와 피자를 쐈다. 아니, 희종이 어머니가 폭탄 투하하듯 뿌려댔다. 다른 반은 저렴한 동네 피자를 먹지만 우리 반은 고급 피자인 피자헛을 먹는다. 다른 반은 롯데리아 불고기버거를 먹지만 우리 반은 쉑쉑버거를 먹었다. 이런 것 때문에 반 학생들은 적어도 겉으로는 희종이를 좋아하고 따랐다.

민선이도 회장 선거에 나갔었다. 여학생들이 지지해 주었지만 먹을 것 앞에서 난리치는 남학생들을 이길 수 없었다. 먹을 것만

입에 넣어주면 좋아하는 동물들 같았다.

민선은 희종이에게 밀려 부회장이 되었다. 햄버거 때문에 밀렸다는 생각에 처음에는 햄버거를 먹지 않았다. 하지만 민선이도 차츰 고급 햄버거와 피자에 빠져들었고, 이번에 차별화된 수학여행을 오게 되어 희종이에게 정말 고맙다고 생각했다. 희종이가 아니었다면, 지금쯤 다른 반과 마찬가지로 공수부대에서 군사 훈련을 하거나 농촌에서 모를 심어야 했을지도 모르기 때문이었다.

이번 수학여행은 전적으로 희종이 어머니가 가장 큰 영향을 끼쳤다. 희종이 어머니는 학교 운영위원장으로 외아들인 희종이에게 끔찍했기 때문에 2학년 7반이 섬으로 수학여행을 갈 수 있도록 위원들을 열심히 설득했을 것이다. 고민환 선생이 그렇게 반대했는데도 이렇게 십자도로 수학여행을 오게 된 것을 보면 말이다. 역시 돈 많은 운영위원장의 힘이 대단하다는 것을 느낄 수 있었다.

원래 십자도 배편은 비성수기인 지금은 일주일에 토요일 하루만 들어왔다 나가는데, 수요일인 오늘 운행을 한 것은 희종이 어머니가 배 운행비로 천만 원을 냈기 때문이라는 소문이 퍼졌는데, 아마 사실일 것이다. 이러면 어떻고 저러면 어떠랴. 다른 반은 군대가서 생고생을 하는데 7반은 여기 섬으로 들어와 마지막 날인 토요일을 하루 더해서 3박 4일로 자유여행을 하니 이 얼마나 좋지 않은가?

민선은 희종이가 조금만 더 철이 들었다면 좋아했을 것이라 생각했다. 희종이의 행동은 대부분 평범하게 사는 학생들을 자존심 상하게 했다. 이름도 기억하기 어려운 '율리스 나르덴'이라는 삼천만 원짜리 시계를 차고 와서 떡하니 자랑하고, 본인 통장에 용돈으로 오천만 원이 있다는 인증샷을 보여주곤 했다. 자기 집이 부자가 된 것을 어찌나 자랑하고 다니던지 그 내용을 외울 지경이다.

희종이네 아버지는 원래 서창동 토박이였다. 인천의 서창동은 소래포구와 인접하여 바닷물이 들어와 농사를 지을 수 없는 척박한 땅이어서 대대로 염전을 하면서 살았다고 한다. 공업화가 되어 사람들이 염전을 버리고 갈 때, 희종이네 할아버지는 염전을 버릴 수 없어 거의 불모지나 다름없는 땅들을 사 모았다고 한다. 팔려고 해도 팔 수 없었던 땅이 한 대통령의 정책으로 보금자리 지구로 지정되어 하루아침에 부자가 되었다고 한다.

서창 2지구 30만 평 중 20만 평이 희종이네 땅이었으니 소문으로는 500억을 보상받았다고 한다. 벼락부자가 된 희종이네 어머니는 부유층 흉내를 내고자 따라다녔던 모임에서 '이번 정부에서 에너지 사업을 하는데 ○○회사가 공사를 딸 거래'라는 말을 곧이곧대로 믿고 막대한 돈을 투자했는데 정말 10배가 올랐단다.

지금은 서창사거리 코너 10층짜리 빌딩 4개가 모두 희종이네 것이니 돈은 넘쳐나게 있는 것만은 확실했다.

웃고 떠들며 자신의 방으로 올라가는 장희종 패거리가 보였다. 민선은 괜히 자존심이 상해 절대 좋아할 수 없는 놈이라고 생각했다.

6

장희종은 지체 없이 11호 방을 선택했다. 민석이가 희종이에게 의아한 듯 물었다.

"희종아, 옆방이 청년회장 방인데 괜찮겠어?"

"어른들은 다 똑같아."

희종이는 손가락으로 동그라미를 그렸다. 돈을 의미하는 거였다.

"하긴, 그 보다 담임을 최대한 멀리 피하는 것이 좋겠지."

"맞아. 그건 그렇고 친구들, 알코올 좀 숨겨 왔나?"

민석이가 다 보란 듯이 바지를 벗으며 말했다. 민석이의 허벅지 안쪽에는 넓게 편 팩소주가 양쪽 3개씩 총 6개가 붙어 있었다.

"고민 덩어리가 웬일로 가방 검사를 안 하냐? 괜히 생쇼를 했네. 아이고, 더워죽겠다."

그러면서 민석이는 승리의 미소를 지었다. 태호가 이를 보고 크게 웃었다.

"하하하. 역시 넌 나의 라이벌이야."

태호도 바지를 벗었는데 민석이와 같은 방법으로 왼쪽 다리에는 말보로가 4갑, 오른쪽 다리에는 던힐이 4갑 붙어 있었다.

"오! 굿이야. 난 전담[1]만 가져왔는데 전담은 영 맛이 없어. 그런데 소주 여섯 팩이면 한 입거리도 안 되는데 기나긴 3박 4일 동안 어떡하지? 희종이 너 술 좀 챙겨 왔어?"

"고민 덩어리가 분명히 센터 깔 줄 알았는데… 가방 검사를 하지 않다니 아무튼 오래 살고 볼일이다. 난 아무것도 못 가져왔어. 그 대신 현금 천만 원 챙겨왔다."

희종이가 가방에서 오만 원짜리 지폐 다발 두 개를 꺼내서 흔들었다. 이를 본 태호가 회의적으로 말했다.

"여기 섬이 작은데 돈이 무슨 필요가 있어? 아까 그 이장인가가 슈퍼를 운영하긴 하지만 학생인 우리에게 술을 팔겠어?"

태호 말을 들은 희종은 넌 뭘 모른다는 표정을 지으며 말했다.

"그래서 내가 과도하게 현금을 천만 원이나 가져온 거야. 이장 놈 돈 밝히게 생겼는데 이따 술을 파나 안 파나 봐봐. 내기해도 좋아. 그나저나 양쪽에서 지키고 있으니 숙소에서는 술을 마실 수 없겠고, 어디 술 마시기 좋은 장소가 있는지 섬부터 탐색하고 시간 되면 바다에 들어가 보자."

희종과 아이들은 편한 활동복으로 갈아입고 방을 나섰다. 중앙 계단으로 내려가려고 7호 방을 지날 때 열린 문 속에서 담임이 소리쳤다.

---

1 전자담배

"얌마들! 거기 서!"

고민환 선생이 나왔다. 선생이 아니라 건달 같았다. 1학년 초 담배 사건 때부터 꼬여 사사건건 부딪치며 지금까지 왔다. 다른 선생들은 금방 포기했는데 고민환 선생은 달랐다. 방송실 사건으로 각서를 받아내는 승리를 했지만, 어머니는 독종 같은 고민환 선생만큼은 피하라고 경고했다.

짙은 눈썹에 검은 입술, 매부리코를 가진 얼굴에서는 고민이 느껴졌다. 항상 고민으로 가득한 얼굴이라 절대로 정이 가지 않았다. 이름에도 고민이 들어가는 것은 우연이 아닐 것이다.

그래서 희종과 아이들은 담임 선생을 고민 덩어리로 불렀다. 이름 때문인지, 얼굴 때문인지, 정확히 언제 그렇게 부르기 시작 했는지도 몰랐다. 고민 덩어리라고 하면 그냥 의미가 통했다.

"아이씨, 왜요? 우리는 아무 짓도 안 했어요."

"누가 뭐라냐? 소식 하나 알려주려고 불렀다."

담임은 셋에게 말하는 듯했지만, 특히 장희종 앞에 서서 장희종만 노려보며 말을 했다.

"내가 새로운 소식 하나 알려주지. 좀 아까 이장님께 학생들에게 술을 절대 팔지 말라고 했더니 술이 없대. 아직 휴가철이 되지 않아 술을 가져다 놓지 않았다는 거야. 흐흐흐."

기분 나쁜 웃음소리에 장희종이 아니꼬운 말투로 대답했다.

"학생들이 무슨 술을 먹는답니까?"

"하하하. 개가 똥을 끊지, 아무튼 술 많이 챙겨왔길 바란다."

"똥이라니요? 선생님이 학생들에게 할 말은 아닌 것 같습니다. 이제 가도 되겠죠?"

"흥, 학생 좋아하시네."

"가도 되죠? 애들아 가자."

희종이는 나머지 둘에게 손짓하여 중앙계단을 내려갔다. 고민환 선생은 계단을 내려가는 세 명의 뒤에 대고 소리쳤다.

"애들아, 섬에서 너무 날뛰면 안 돼! 수학여행 기간 몸조심해라."

장희종은 고민환 선생이 보이지 않게 가운뎃손가락을 가슴 앞쪽으로 폈다. 민석과 태호는 그것을 보고 유쾌하게 웃었다. 초록 풀이 듬성듬성 올라온 운동장을 지나 교문을 나섰다. 이리저리 구경하면서 집들이 모여 있는 사거리에 도착했다. 모두 다 무너져가는 허름한 집들이었다.

[십자 구판장]

이장이 운영하는 슈퍼다. 장희종은 구판장이라는 의미를 생각해 보았지만 이내 고개를 흔들었다. 술만 살 수 있으면 이름이야 아무려면 어떻겠나?

"애들아, 여기서 유튜브 동영상 좀 따자 재밌을 것 같아."

"고프로 가져왔어?" 민석이 물었다.

"일단 네 핸드폰으로 찍어."

장희종은 재미로 유튜브를 운영하고 있었다. 자기 과시가 대부분이었다. 구독자는 많지 않았지만, 구독자가 느는 것을 원하지도 않았다. 민석이 스마트폰을 켰다.

"하이 큐!"

장희종은 지폐 다발을 카메라 앞에 흔들었다.

"형님들, 우리 수학여행 왔다. 여기 인터넷이 없어 실시간으로 하지 못하는 것이 아쉽네. 아무튼 여기 이장이 운영하는 슈퍼가 있는데 과연 우리에게 술을 팔까 시험해 보려고 해. 여태까지의 어른들처럼 돈에 약한지 어떤지 잘들 봐봐."

민석은 스마트폰을 돌려 허름한 '십자 구판장' 간판을 촬영했다.

"내가 이장과 협상할 때, 네가 몰래 촬영해."

"오케이"

희종을 선두로 셋은 가게 안으로 들어갔다. 가게는 그리 크지 않았지만 라면, 쌀, 밀가루, 과자 등 일반 슈퍼에 있는 물건들과 참숯, 철망 등 캠프에 필요한 물품도 있었다. 희종이는 술을 찾기 위해 구석구석 뒤졌지만, 고민환 선생의 말대로 술은 찾을 수 없었다.

태호는 허벅지에 숨겨 온 팩소주와 같이 먹을 안주인 맥반석 오징어와 과자를 몇 개 골랐고, 민석은 스마트폰으로 몰래 촬영했다. 희종은 바로 마실 수 있는 음료수를 들어 이장이 있는 계산대로 갔다. 계산대에 물건을 올리자 이장은 물건에 적혀 있는 가격을 일일이 찾으며 계산기의 버튼을 눌렀다. 희종이는 계산이 끝난 500ml 페트병에 든 음료수 뚜껑을 돌려 땄다.

"이장 아저씨, 여기 술 없어요?"

계산이 잘 안 되는지 물건들을 반복해서 들었다 놨다 하던 이장은 하던 일을 멈추고 희종이를 봤다.

"학생들에게 팔 술은 없다. 다 합쳐서 만 이천 원이야."

희종이는 오만 원권 지폐를 한 장 꺼내 이장에게 건넸다.

"그럼 어른들에게 팔 술은 있나 보네요."

이장은 자신의 지갑에서 거스름돈 삼만 팔천 원을 건네주었다.

"담임 선생님이 아까 술 팔지 말라고 부탁했다. 나도 양심이 있지. 어떻게 학생들에게 술을 팔아? 그리고 진짜 술 없어."

장희종은 거스름돈을 받아 대충 주머니에 찔러 넣었다. 그리고 음료수를 한 모금 마셨다.

"이런 섬에서는 뭐든지 좀 비싸기 마련이죠. 원래 소주가 한 병에 이천 원쯤 하나요? 그럼 25배로 드리겠습니다."

장희종의 말은 소주 한 병에 오만 원을 쳐준다는 얘기였다. 이장은 바로 대답이 없었다. 아마 소주 한 병에 오만 원이라는 말에 마음에서 탐욕의 꽃이 피어나기 시작했을 것이다.

"담임 선생님이 팔지 말라고 했으니 들키면 선생님 얼굴 볼 면목이 없는데……."

이장의 목소리가 작아졌다. 희종은 승리의 미소를 지었다. 겨우 오만 원에 갈등을 하다니 말이다. 참 어른이나 애나 돈이면 다 된단 말이야. 한 병에 십만 원을 부르면 담임이고 뭐고 그냥 넘어올 것이다. 희종은 가방에서 오만 원짜리 지폐 몇 장을 꺼내 흔들었다.

"이장 아저씨, 그럼 한 병에 십만 원……."

십만 원을 부를 찰나 가게 안으로 청년회장이 들어왔다.

"어이, 학생들"

세 명의 아이들은 범죄현장을 들킨 것처럼 깜짝 놀랐다. 이장도 못이기는 척 술을 팔려고 했었는지 얼굴이 빨갛게 달아올랐다. 청년회장은 민석이 들고 있는 스마트폰을 빼앗아 그동안 찍던 동영상을 삭제했다.

"동의도 없이 이런 동영상을 막 찍으면 안 되지."

청년회장은 스마트폰을 다시 민석에게 건네고는 희종이 앞에 와서 비꼬듯 말했다.

"네 이름이 장희종이냐? 담임 선생님께서 장희종 패거리를 특히, 유심히 보라고 하던데 왜 그런 말씀을 하셨는지 알겠네."

청년회장은 계산대 위에 있는 비닐봉지 속을 힐끗 보더니 말했다.

"밖에서 들어보니 소주 한 병에 십만 원이라던데 도대체 몇 병을 사려는 거야? 장희종 학생 돈 많은가 봐. 이 사실을 담임 선생님께서 알면 어떻게 될까?"

장희종은 처음엔 위축되었지만 이내 자신감을 찾고 웃었다.

"저희들과 나이 차이도 많이 나지 않는 것 같으니 형이라고 부를게요. 청년회장 형님, 담임한테 말해도 소용없어요. 여기는 사려고 해도 술이 없거든요. 설사 뭐 말해도 상관은 없지만요."

청년회장은 그 말이 웃겼는지 고개를 숙이고 흐흐 웃으며 다가와 희종의 어깨에 손을 얹었다.

"역시 좋게 말하면 배짱이 있고, 나쁘게 말하면 싸가지가 없어."

그 말에 전쟁이라도 치를 듯이 민석이와 태호도 주먹을 쥐고 한 발 앞으로 나왔다.

이에 청년회장도 놀랐는지 손사래를 쳤다.

"하하하, 세 명이 한 팀이구나. 내가 들어온 것은 나쁜 뜻이 아니야. 나도 학창 시절에는 문제가 많았다. 자유를 갈망했지만, 교사들은 이해하려고 하지 않고 학생들을 억압했지."

"도대체 무슨 소리를 하려는 거예요?"

"너희를 돕겠다는 말이다."

청년회장은 고개를 돌려 이장을 보았다.

"이장님, 학생들에게 팔 술은 없겠지만 저한테 팔 술은 있습니까?"

"판매한다기보다 내가 먹으려고 냉장고에 소주 열 병 넣어 뒀지."

이장이 대답하자 청년회장은 희종을 돌아보며 말을 이었다.

"너희들 몇 병 살 거야?"

"열 병이면 그럭저럭 하루는 버티겠네요."

희종이 대답하자 청년회장은 양쪽을 번갈아 보며 말했다.

"그럼, 이렇게 합시다. 이장님은 희종이가 아까 말한 대로 저에게 한 병에 오만 원씩 열 병을 오십만 원에 파세요. 그럼 난 이걸 너희에게 십만 원씩 백만 원에 팔게. 도둑놈이라고 생각하겠지만 너희들, 이 소주 들고 담임 선생님 방 앞으로 지나갈 수 있겠어? 방까지 내가 옮겨 준다 이거야. 내가 받는 오십만 원은 운반비라고 생각해. 그리고 이장님도 학생에게 술을 판 것이 아니라 제게 판 것이니 쓸데없이 걱정하지 않아도 되고요. 걸려도 제가 판 것이니까요."

이장이 손뼉을 세차게 쳤다.

"묘안이구먼. 그렇다면 아무 문제가 없겠네."

"넌 어때? 거래 성사야?"

장희종은 피식 웃었다. 청년회장도 이장과 마찬가지로 돈이면 사족을 못 쓰는 어른이라고 생각했다.

장희종은 가방 속으로 손을 넣어 오만 원짜리 지폐 다발 한 개를 꺼냈다. 희종의 손에 들린 오만 원짜리 지폐 다발을 본 이장과 청년회장의 눈빛이 반짝 빛났다. 장희종은 그것을 즐기듯 천천히 지폐 스무 장을 세서 청년회장에게 건넸다.

"여기 백만 원이요. 그런데 방에서 무슨 맛으로 술을 먹습니까? 어디 섬에 술 마시기 좋은 장소 없어요?"

청년회장은 지폐를 세서 열 장은 자신의 주머니에 넣고 나머지 열 장은 이장에게 건넸다.

"어린놈들이 무슨 술맛을 알겠냐마는 등대 위에서 바다를 보며 마시는 술맛은 직접 경험하지 않으면 모르지."

"오호~ 우리가 등대로 들어갈 수 있나요?"

"거기서 유튜브 찍으면 짱이겠다." 민석이 말했다.

청년회장은 이장을 돌아보며 물었다.

"괜찮겠지요? 물론 이장님과 제 얼굴만 안 나온다면야 영상을 찍어도 말이에요."

이미 술도 오십만 원에 팔았는데 뭐가 문제가 되겠냐고 이장은 생각했다.

"뭐 작은 섬에서 위험한 것도 없으니 괜찮겠지. 절벽만 조심하면 되지 않겠어?"

이장이 대답하자 희종은 청년회장을 보며 말했다.

"그럼, 술은 등대 위로 운반해주시면 되겠네요."

청년회장은 손으로 오케이 모양을 만들었다. 갑자기 큰돈을 벌게 된 이장은 쑥스러운지 만족스러운지 모를 표정을 지으며 말했다.

"술은 방 안 냉장고에 있으니까 잠깐들 방으로 들어와 봐. 할 말도 있고."

다섯 명은 방으로 들어갔다. 이장의 방은 깔끔했다. 벽에는 이장의 자식들인지 손주들인지 사진들이 걸려 있었고, 방 한쪽에는 컴퓨터와 마이크가 있었다. 아마 섬 전체로 나가는 방송 시설일 것이다. 희종은 마이크를 보며 TV에서 본 농촌 드라마가 생각나 실실 웃었다. 이장은 냉장고에서 소주 열 병을 꺼내 바닥에 내려놓았다.

"학생들, 안주는 필요 없어? 저녁때까지라면 내가 낚시로 회 한 접시 만들 수 있는데. 학생들, 자연산 회 먹어봤어? 소주에는 그게 최곤데."

이장의 말에 장희종은 미소를 지었다. 역시 어른들은 돈이면 사족을 못 쓴다. 하지만 아무리 돈이면 다 된다지만 저 인간은 참 심하다. 고등학생들을 상대로 술도 모자라 안주까지 팔아먹을 생각을 하다니… 이장이 달리 대머리가 된 것이 아니리라.

민석이와 태호도 희종이 옆에서 떡고물을 많이 받아먹었지만, 이번처럼 심한 경우는 처음이었다. 역시 돈이면 안 되는 것이 없다는 것을 다시 한번 깨달았다. 실실 웃는 이장은 돈이라면 탕수육도 만들어 줄 기세였다.

"등대 위에서 바다를 보며 자연산 회와 소주를…, 생각만 해도 입에 침이 고이네요. 근데 애들은 원래 회보다 고기를 좋아해요. 고기는 없어요?"

"왜 없어?"

이장은 재빨리 냉장고의 냉동 칸을 열더니 얼어있는 삼겹살을 꺼냈다.

"너희들 제육볶음 좋지?"

장희종이 민석이와 태호를 보고 말하자 고개를 끄덕였다.

"좋아. 그럼 돈을 내야겠지요?"

장희종은 가방을 뒤져 오만 원짜리 지폐 10장을 꺼내서 이장에게 건넸다.

"자연산 회도 먹고 싶긴 하네요. 안줏값으로 50만 원이면 충분하겠죠?"

"충분하고말고."

이장은 손가락에 침을 묻혀가며 돈을 셌다.

"그리고 이장 아저씨, 수학여행 3일 밤을 부탁해도 될까요?"

이장이 고개를 들자 장희종은 돈이 들어있는 가방을 손바닥으로 통통쳤다.

"그럼, 당연하지. 따로 먹고 싶은 것 있으면 말하거라."

"이장 아저씨와 청년회장 형은 우리와 말이 잘 통하는 것 같네요. 돈 걱정은 하지 마시고 이것저것 부탁드립니다."

"그럼, 난 요리를 시작할 테니 청년회장이 낚시 좀 해봐. 좋은 횟감 좀 낚아봐. 학생들이 값을 잘 쳐줄거 아니야?"

"좋지요."

청년회장도 팔을 걷어붙였다. 무언의 계약을 맺은 다섯 명의 입가에는 저마다 웃음이 가시지 않았다.

희종이와 아이들은 '십자 구판장' 밖으로 나와, 섬 이곳저곳을 둘러보다가 해변으로 내려갔다. 해변에는 반 학생들이 여럿 나와 놀고 있었다. 저 멀리 김명신과 심미애를 보고 희종과 아이들은 그쪽으로 다가갔다.

"명신아, 미애야? 바다 구경 좀 했냐?"

명신이와 미애도 희종이 일행을 보고 손을 흔들며 다가왔다. 옆에 온 명신이 희종이의 팔짱을 꼈다.

"희종아, 이 섬 진짜 좋다. 저녁 되니 덥지도 않고 최곤데."

"명신 양, 더 좋은 것을 준비했다네."

"뭐 맛있는 거라도 준비했어?"

"몰래 마시는 술보다 맛있는 게 있을까?"

"나도 술 좀 가져왔는데. 히히."

희종이 엄지를 올렸다.

"역시, 소주가 열병이라 부족하다고 생각했는데 잘했어. 이따가 9시쯤에 내가 너희 방에 갈게. 미애, 너도 같이 한잔할 거지?"

옆에서 미애도 고개를 끄덕였다.

"그래, 근데 방에서는 위험하지 않겠어?"

희종은 자신의 가슴을 손바닥으로 팡팡 쳤다.

"이 오빠가 누구냐? 최고의 장소도 마련해 놨지. 오늘 즐거운 수학여행의 첫날밤을 보내자고. 명신이 네 방 몇 호야?"

명신은 희종에게 윙크를 하며 말했다.

"난 잠자리에 민감하잖아. 그래서 1호실 혼자 쓰기로 했어. 미애는 부회장이랑 2호를 쓰고 있어. 먼저 내 방으로 오면 다음에 미애 널 부르러 갈게."

그 후 다섯 명은 바다에 다리를 담그며 놀았다.

7

[방에 있는 학생들에게 알린다. 지금 저녁 식사를 하겠으니, 모두 1층 식당으로 내려오길 바란다. 저녁을 안 먹더라도 내일 일정에 대한 공지사항이 있으니 모두 식당으로 내려오도록 해라. 이상.]

저녁 6시가 되자 고민환 선생의 목소리가 스피커에서 흘러나왔다. 방에 누워서 스마트폰 게임을 하던 희종이 일어났다.

"그럼, 이따가 술 마시기 전에 간단히 뭘 좀 먹어볼까?"

박민석과 강태호도 아저씨들처럼 아이고라는 말을 뱉으며 자리에서 일어났다. 모두 인터넷이 필요 없는 게임을 하고 있었는데 슬슬 질리려던 참이었다.

식당으로 내려가자 대부분의 학생들이 내려와 있었다. 장희종과 아이들은 이 씨 부부가 배식하는 식당 뒤쪽으로 갔다. 미역국과 멸치볶음, 이름을 알 수 없는 생선튀김이 식욕을 돋우지는 않았지만, 저녁에 즐거운 시간을 위해 참기로 했다. 장희종은 음식이 든 식판을 들고 식당을 둘러봤다.

두 선생은 함께 맨 앞자리 테이블에 앉아있었다. 고민환 선생과 가능한 멀리 앉으려고 자리를 둘러보자 부회장 곽민선과 7반의 아싸[2] 임영재가 같이 앉아 밥을 먹고 있었다. 장희종은 민석이와 태호에게 턱으로 가리킨 후 걸어갔다.

"똑순이 부회장은 사람을 참 잘 챙겨. 우리 반의 아싸도 챙기고 말이야. 역시 7반의 실질적 담임이야."

희종이가 의자를 꺼내며 식판을 옆 테이블 위에 놓았다.

"말조심해라, 장희종. 당사자를 앞에 두고 못하는 소리가 없어."

민선이가 희종이를 쏘아보며 말했다.

"내가 무슨 눈치 보면서 사는 캐릭터냐?"

부회장인 민선은 유일하게 희종이 패거리에 대항할 수 있었다. 민선은 다문 입으로 낮게 말했다.

"조용히 밥이나 먹어라."

장희종, 박민석, 강태호는 자리에 앉아 밥을 먹기 시작했다. 장희종은 영재의 식판 옆에 있는 수첩을 보더니 숟가락으로 가리켰다.

"근데 우리 아싸는 교실에서 보면 매일 수첩에 뭔가를 쓰던데 뭘 그렇게 적는 거야?"

민선이가 다시 희종이를 째려봤다.

"얘 이름은 영재야, 임영재. 너보고 쌩양아치라고 부르면 좋니?"

---

2 아웃사이더의 줄임말

"흥, 알았어. 영재. 수첩은 뭐야?"

민선이가 영재에게 눈짓으로 허락을 받더니 마치 자신의 수첩인 양 자랑하였다.

"영재는 묘사를 잘해. 여기 십자도 섬 모양을 묘사한 부분을 봐봐. 너희도 섬을 돌아다녀 봐서 알지? 이 십자도랑 똑같아."

희종은 수첩을 받아 읽어 내려갔다. 아까 십자도를 둘러볼 때, 마을을 중심으로 뒷산, 선착장, 등대, 백사장이 십자 모양인 것이 떠올랐다.

장희종은 고개를 끄덕였다.

"너 특이한 재능을 가졌구나? 섬 모양 인정."

"난 관찰을 좋아해. 그것을 글로 옮기는 것 뿐이지."

"그렇군. 뭐라도 하나 잘하는 것이 있다는 건 좋은 거지."

장희종이 감탄하는 모습에 자신감을 얻었는지 영재가 목소리를 낮추고 말했다.

"청년회장이 이상해."

희종은 자신과 무언의 결탁을 맺은 청년회장이 이상하다고 하니 그 이유가 궁금해졌다.

"뭐가 이상해?"

"청년회장은 이 섬사람이 아닌 것 같아."

영재의 말에 장희종 패거리와 민선이도 영재에게 가까이 왔다.

"무슨 근거로?"

영재는 주변을 한 번 더 둘러보더니 작게 속삭였다.

"난 무언가 관찰하고 묘사하는 것이 취미잖아. 청년회장을 주로 관찰해봤는데 일단 얼굴이 너무 하얀 것 같아. 이장 아저씨와 저기 이 씨네 부부라는 사람을 봐. 시골 사람들처럼 햇볕에 그을린 얼굴이잖아. 청년회장은 햇볕을 잘 받지 않은 도시형 얼굴이야."

희종이 뒤를 돌아 배식을 하는 이 씨네 부부를 보았다.

"어? 그리고 보니 이장과 청년회장이 안 보이네. 어디 갔나?"

누구에게라 할 것 없는 질문이었지만 민선이가 대답했다.

"이장과 청년회장은 자기 집에서 저녁을 먹겠지."

희종이는 턱으로 영재를 가리켰다.

"부회장아, 이 친구가 청년회장은 이 섬사람이 아니라고 하잖아?"

영재는 손바닥을 들어 자신에게 집중시켰다.

"청년회장이 이상한 점은 또 있어. 걸음걸이가 특이한데 보통 일반인들은 걸을 때, 뒤꿈치를 먼저 대고 앞꿈치 쪽으로 지면에 닿잖아? 그런데 청년회장은 발바닥 전체를 한 번에 닿게 해. 보통 무술을 많이 한 사람들이 자신을 숨기기 위해서 그렇게 하거든. 청년회장은 분명 무술 유단자일 거야."

영재는 손가락을 하나, 둘 펴면서 말했다.

"하얀 피부, 무술 유단자 이 두 가지 면에서 섬사람이라면 이상한 거지. 또, 이장과 말할 때 별로 편한 사이가 아닌 것 같더라고. 섬에서 오래 살았으면 둘은 진짜 편해야 할 텐데 그렇지 않으니 말이야."

희종이 영재의 말을 듣고 보니 아까 '십자 구판장'에서 술을 살 때도 이장과 무슨 거래를 하는 것이 친한 사람 같지는 않았다.

청년회장은 누구인가? 희종은 청년회장에 대해 생각하다가 고개를 흔들었다. 이러면 어떻고 저러면 어떻겠나 현재 청년회장은 도움을 주는 사람이니 됐다고 결론내렸다.

그렇게 잡담하며 식사를 마칠 때쯤 고민환 선생이 앞으로 나가 마이크를 켰다.

"자, 여기 주목"

학생들은 하던 이야기를 멈추고 앞을 바라보았다.

"수학여행의 일정에 대해 설명하도록 하겠다. 너희도 낮에 돌아다녀 봐서 알겠지만, 등대 쪽은 안전 펜스가 있긴 하지만 낭떠러지가 있어 위험하다. 특히, 밤에는 절대로 가면 안 된다. 또한 아까 청년회장님이 밤바다에도 들어가면 위험하다고 했으니 절대로 들어가면 안 돼. 모두들 알겠어?"

고민환 선생이 힘주어 말하자 학생들이 합창하듯 일제히 대답했다. 평소와는 다르게 에너지가 넘쳤다. 일단 대답은 해놓고 우리 맘대로 놀자는 식인 것 같았다.

"난 수학여행으로 여기 십자도까지 와서 너희들을 타이트하게 단속할 생각은 없다. 하지만 지킬 것은 지킬 때 너희들에게 자유가 보장될 것이야."

고민환 선생은 자신의 손목시계를 보았다.

"지금 6시 40분인데 저녁 인원 파악은 밤 9시다. 이따 9시에 각 방에서 인원 파악을 할 예정이니 반드시 방에 있도록 해라. 알겠나?"

이번에도 한 치의 오차도 없는 대답이다.

"네~"

고민환 선생의 말이 끝나자, 하나둘 일어났다. 장희종도 식판을 들고 일어섰다. 일단 어두워지기 시작했고, 할 일도 없어 저녁 인원 파악 때까지 방에 있기로 했다.

방에 들어오자마자 민석이가 창문을 열었다.

"희종아, 식후 땡 해야지?"

"좋지."

셋은 창가에 서서 하얀 연기를 내뿜었다. 어둠 저편에서 파도 소리가 들렸다.

"담배 맛 짱이네."

그때 노크도 없이 방문이 벌컥 열렸다. 셋은 반사적으로 피우던 담배를 창문으로 튕겨내고, 손으로 저어 담배 연기를 날려 보냈다.

"어이, 학생들. 꽁초를 끄지도 않고 창문으로 버리면 불나지?"

청년회장이었다. 희종이 가슴을 쓸어내리며 말했다.

"에이, 놀랐잖아요. 노크 몰라요?"

"아무리 강심장이라도 숙소에서 담배를 피울지는 몰랐지."

"무슨 일이에요?"

"등대는 모두 자동화 시스템이라 들어가는 입구가 잠겨 있을 거야. 열쇠는 입구 옆 순찰함 속에 있으니 열고 들어가면 돼. 이장 아저씨가 신났어. 큰돈을 벌어 기분이 좋은지 아이스박스에 술과 안주를 가득 준비했더군."

청년회장이 보는데도 희종은 담배 한 개비를 입에 물고는 불을 다시 붙였다. 청년회장의 인중에 힘이 들어갔지만 곧 힘을 풀었다.

"열쇠는 순찰함, 그것뿐인가요?"

"그 담뱃불 조심히 끄고, 아무튼 사고 치지 말고 잘 들어와라."

"그런 걱정일랑 하지 마세요. 우리가 술 한두 번 마신 것도 아니고… 그런데…….."

장희종은 아까 저녁 시간에 식당에서 영재가 한 말이 떠올랐다.

'청년회장은 이 섬의 사람이 아니다.'

"청년회장 형은 이름이 뭐예요?"

청년회장에게 이름을 묻자 생뚱맞은 질문을 했다는 듯이 민석이와 태호도 희종이를 보았다. 청년회장도 생뚱맞은 질문이라 생각했는지 풋하고 웃었다.

"내 이름이 왜 궁금하지?"

"우리가 계약관계라면 관계인데, 서로 이름이라도 알아야죠."

"계약이라… 그렇군. 서문주, 내 이름은 서문주야."

청년회장은 미소를 한 번 지어 보이고는 밖으로 나갔다. 바로 자신의 방으로 들어갔는지 옆 방문이 열리고 닫히는 소리가 들렸다. 어디서 들어본 것 같기도 했고 아닌 것 같기도 하였다.

"문주, 서문주라……."

장희종은 어디서 이름을 들어봤을까 계속 이름을 되뇌어 보았지만 기억에 남는 이름은 없었다. 장희종은 고개를 절레절레 흔들고 담배 피우는 것에 집중했다.

밤 9시가 되자 알람처럼 고민환 선생의 목소리가 복도를 울렸다.

"2학년 7반 들어라. 지금부터 각 방의 인원 점검을 시작하겠다. 여학생들은 이지현 선생님께서 하고, 남학생들은 내가 점검할 것이다. 문을 열고 대기해라."

고민환 선생의 말이 끝나자 희종이는 둘을 돌아보며 말했다.

"담배랑 술 숨겼어?"

바민서이 가방을 발로 툭툭 차며 대답했다.

"아까 방 배정할 때도 검사 안 해서 굳이 숨기지 않았는데……."

강태호가 방문을 통해 복도를 보고 돌아왔다.

"고민 덩어리가 8호 방에 들어갔어. 여기까지 오는데 시간이 있으니 숨기자."

박민석은 가방에서 소주 팩과 담배를 꺼내 창문을 열고 난간에 숨겼다. 장희종이 손으로 오케이 모양을 만들었다.

"오케이. 이제 시치미 뚝 떼고, 이따 나가야 하니 괜히 고민 덩어리 신경 긁지 말자고."

잠시 후 고민환 선생이 방문을 툭 차서 열더니 슬리퍼를 벗고 방으로 들어왔다. 방 안을 매서운 눈으로 둘러 보더니 가방 쪽으로 가서 찬찬히 뒤졌다.

"희종아, 등대 쪽 낭떠러지로 떨어지면 시체도 못 찾는다."

재수 없게 밖으로 나가지 말라는 소리를 꼭 저렇게 해야 하나? 장희종은 가방을 뒤지는 고민환 뒤통수에 손가락 욕을 날렸다. 고민환 선생은 가방에서 아무것도 나오지 않자 자리에서 일어섰다.

"왜 대답을 안 해?"

"배 타느라 피곤했는데 오늘은 일찍 자야지요."

고민환 선생은 기분 나쁜 웃음소리를 냈다.

"흐흐흐, 그 말을 나보고 믿으라고?"

고민환 선생은 방안을 둘러보다가 창가로 가서 숨겨둔 술과 담배를 찾아 꺼냈다.

"얌마들아, 맥주 좀 갖고 다녀라. 어린놈들이 벌써부터 독한 소주를 먹으면 나중에 간이 버티질 못해. 아무튼 가게에서 술을 구할 수 없었는데 잘 됐다. 내가 가져가도 이의 없겠지?"

셋은 똥 씹은 얼굴을 했다. 이장에게 술을 구하지 못하니 학생들에게 찾은 것이다. 교사가 아니라 건달이었다. 하지만 여기서 반항하면 즐거운 시간이 무산된다. 희종은 고개를 끄덕였다. 고민환 선생은 소주 팩을 한 손에 들더니 담배는 이불 위에 던졌다.

"담배는 충분하니 니들 피워라. 불나지 않게 조심하고. 흐흐흐"

담배를 뺏기지 않은 것을 다행이라고 여겨야 할까? 아무튼 담임은 각서 사건 이후 특별히 괴롭히지는 않는데 지금처럼 선생이 아닌 날건달처럼 괴롭혔다. 오늘은 참을 수밖에……

세 명 모두 대답이 없자 고민환 선생은 휘파람을 불며 복도 밖으로 나갔다.

"저게 선생이야? 희종아 당하고만 있을거야?"

민석이 붉어진 얼굴로 속삭였다.

"오늘 밤을 위해 참자고. 복수는 나중에 생각해보자."

복도에서 고민환 선생의 목소리가 들렸다.

"내일 기상 시간은 7시. 아침 식사 후 8시에 뒷산에 올라갈 테니 뻘짓거리 하지 말고 일찍 자도록 해라."

복도에서 고민환 선생과 이지현 선생이 이야기하는 소리가 들리더니 곧 방으로 들어가 문 닫는 소리가 났다. 그 소리에 맞춰 학생들의 떠드는 소리도 일제히 커졌다. 태호가 방문을 열고 복도를 살피는가 싶더니 방으로 들어와 담배를 챙기며 말했다.

"희종아, 고민 덩어리 조금 이상하지 않냐? 담배도 빼앗지 않고 우리가 등대로 갈 것을 아는 것처럼 낭떠러지 어쩌고저쩌고하고……."

"자기도 우리가 나갈 것이라고 알고는 사고 치지 말라는 것이겠지. 아무튼 술만 빼앗아 가다니 재수 없는 놈이야."

장희종은 손가락을 눌러 두두둑 소리를 냈다. 학교에 돌아가면 반드시 골탕 먹어 주겠다고 다짐했다.

"이장에게 산 열 병과 명신이가 가져온 다섯 병을 합치면 열다섯 병이니 오늘 밤은 충분할 거야. 각서 사건 이후 내가 너무 얌전하게 굴었는데 한번 들이받을 때가 온 것 같아. 고민 덩어리랑 싸우는 것도 재밌잖아. 안 그래? 하하하."

희종이가 크게 웃었다. 그 모습을 본 민석이와 태호도 따라서 웃었다.

복도가 조용해지자 셋은 문을 나섰다. 희종이는 담임인 고민환 선생이 무섭지 않았지만, 7호 방 앞을 지날 때는 왠지 모를 긴장감이 생겼다. 셋은 발소리가 나지 않도록 발가락에 힘을 주고 선생님들의 방인 6, 7호 방을 지났다. 그리고 명신과의 약속대로 복도 끝 1호 방으로 가서 노크하자 준비가 다 되었는지 명신이가 바로 나왔다.

"왔어?"

"소주는?"

명신이는 에코백을 들어 흔들어 보였다. 가방 속에서 둔탁한 소리가 났다.

"잠깐 기다려. 미애도 다 준비되었을 거야."

명신이는 미애를 부르기 위해 2호 방을 노크한 후 문을 열고 들어갔다. 미애도 기다리고 있었다. 방을 같이 쓰고 있는 부회장 민선이가 문밖을 보기 위해 나왔다. 장희종 패거리를 본 민선의 표정이 일그러졌다.

"명신아, 미애야. 너희 얘네들이랑 가는 거였어?"

명신이가 대답하기 전에 희종이가 나섰다.

"수학여행까지 와서 주스를 마실 수는 없잖아. 너도 같이 갈래?"

"죽을래? 범죄는 너희들끼리 저지르셔, 어디로 갈 건데?"

"가지도 않을 거면서 그건 알아서 뭐 하게?"

"아까 담임 선생님 말 못 들었어? 나보고 애들 위치 파악하라잖아? 혹시 이따 담임이 묻거나 문제가 생길 수도 있으니까 알아 둬야지. 원래는 회장인 네가 할 일을 내가 하는 거니 협조하길 바란다."

"뭐 똑똑한 부회장이 하는 말이니 맞는 말이겠지. 우리는 등대 안으로 들어갈 거야. 특별한 일 아니면 담임에게 말하지 마라.

12시까지는 들어올 거니까."

"제발 사고 치지 마!"

장희종은 뒤도 돌아보지 않고 손을 흔들었다.

학교 건물 밖으로 나오자 하늘에는 약간 찌그러진 보름달이 떠 있었다. 워낙 인공적인 빛이 없는 곳이라 그런지 달빛은 다섯의 그림자를 길게 만들었다. 장희종 일행은 마을 쪽으로 내려와 사거리에서 등대 가는 길로 꺾어 나무 숲길로 들어섰다. 숲길은 달빛조차 들어오지 못해 스마트폰 빛에 의지해 갈 수밖에 없었다. 그렇게 5분쯤 더 걸어가니 등대가 나왔다. 앞서가던 태호가 뒤를 돌아보며 말했다.

"양쪽 안전 펜스 넘어 낭떠러지니 조심해."

이미 등대는 불이 들어와 돌고 있었다. 등대는 언덕 위에 있어서 그런지 그리 크지 않았다. 2층 정도 건물 크기로 보였고, 위층에서 쏘는 빛이 빙글빙글 돌면서 바다와 섬을 비추었다.

명신이 감탄했다.

"우와, 경치 미쳤다."

"여기부터 유튜브 찍자. 민석아 고프로 준비해."

"오케이"

그렇게 아이들은 유튜브 영상을 찍으며 등대로 가는 언덕을 올랐다.

"잠겨 있는데 어떻게 들어가?"

명신의 말에 희종은 민석이 들고 있는 고프로에 대고 말했다.

"형님들, 등대에 들어가고 싶지? 근데 잠겨 있는데 어떻게 들어갈까? 열쇠… 여기 있지롱."

희종은 청년회장이 말한 대로 출입문 옆에 달려있는 녹색 순찰함에 손을 넣어 열쇠를 꺼냈다. 열쇠를 커다란 자물쇠에 넣자 철

컥하고 자물쇠가 풀렸다.

"웰컴 투 등대"

등대 안쪽은 어두웠다. 철문을 활짝 열자 비추는 달빛에 의해 안쪽이 보였다. 1층에는 특별한 것 없이 나무 상자 같은 것이 한쪽에 쌓여 있었고, 한쪽 편으로 2층으로 올라갈 수 있는 나선형 계단이 시작되었다. 계단 위에는 달빛과 등대 불빛이 살짝 비쳤다. 희종이가 앞장서서 한발 들여 놓았다.

"형님들 위로 올라가 봅시다."

장희종이 앞장서 계단을 올라갔다. 새로운 곳에 대한 두려움을 안고 도착한 2층의 경치는 장관이었다. 2층 가운데에 등대불인 전구가 천천히 돌고 있었다. 그 불빛은 대부분 바다를 비추었고, 바다를 돌아 일부의 시간은 섬 쪽을 비추었다. 희종은 신이나 떠들었다.

"형님들, 정말 미친 장소야. 우와~ 등대에 비친 바다 좀 봐. 민석아 한 바퀴 돌아."

2층은 원통형으로 벽을 따라 창문이 있었다. 빛을 내보내기 위함이었다. 다섯 명은 등대불의 움직임을 따라 한 바퀴 돌면서 창밖의 경치를 감상했다. 철썩거리는 바다를 내려다보니 설명할 수 없는 만족감이 들었다. 오감이 만족스러웠다. 검은 바다가 시각을 자극했고, 파도 소리는 청각을, 바다의 짠 냄새는 후각과 미각을, 시원한 바다 느낌은 피부를 자극했다. 그렇게 감동에 젖어 있을 때, 태호가 말했다.

"얘들아, 경치는 술 마시면서 보는 것이 더 죽이지 않겠냐?"

2층의 한쪽에는 돗자리가 있었고, 그 옆의 아이스박스에서 태호가 소주병을 꺼냈다.

나머지 아이들은 술을 보자 종종걸음으로 돗자리로 모였다. 태호가 아이스박스를 뒤지며 기쁜 듯이 말했다.

"희종아, 이 아저씨 돈이 어지간히 좋은가 보다. 여기 회도 있고, 제육볶음에 소시지볶음이랑 사이다, 오렌지주스, 과자랑 오징어 등등 풀세트로 준비해놨네."

자리에 앉으며 자신감에 찬 눈으로 희종이가 말했다.

"이장은 돈에 환장했어. 내일 봐봐라, 또 어디선가 술을 구해 올 거야. 돈이면 환장하는 어른, 특히 이장 같은 사람을 많이 봤잖아? 돈이라며 사족을 못 쓰는 어른들 말이야. 크크크. 자, 서 있지만 말고 빨리 이사사구(2449) 앉아봐."

희종이의 말에 명신이가 궁금한 듯 말했다.

"이사사구가 뭐야?"

"둘러싸구 앉으라고. 하하하."

분위기가 좋아서 그런지 시답지 않은 농담에도 아이들이 따라 웃었다.

"희종아, 유튜브 계속 찍을까?"

"술 마시는 거 찍었다가 증거로 남을 수 있으니 오늘은 찍지 말고 즐기자. 촬영할 시간은 많잖아."

맛있는 안주와 경치, 분위기 때문인지 술이 물처럼 넘어갔다. 거기에 담임 선생의 욕을 더하니 술에서 단맛이 났다.

희종이가 어머니에게 들은 이야기를 시작하였다.

"야, 고민 덩어리 저번에 며칠 아프다고 학교에 안 왔었잖아. 그거 강원랜드 갔다가 못 온 거래. 선생이 아니라 쓰레기 아니냐? 도박이 얼마나 좋으면 직장도 못 오냐."

희종이 말에 민석이가 장단을 맞췄다.

"그래? 어쩐지 교무실 고민 덩어리 컴퓨터 모니터에서 주식 화면이 많이 보이더니만 이제 강원랜드로 넘어 갔구만… 쯧쯧. 연예인들도 도박하면 텔레비전에 못 나오는데 교사도 잘려야 하는 거 아니야?"

장희종은 앞에 있는 소주 잔을 들어 입에 털어 넣고는 인상을 구겼다.

"꼴을 보면 곧 잘리겠지. 엄마가 그러는데 빚도 많은가 봐. 사채업자들이 학교로 찾아오기도 했데. 그 인간 우리를 그렇게 괴롭혔으니 죗값을 치르는 거야."

옆에서 듣던 명신이가 소주병을 들어 희종의 빈 잔에 따랐다.

"고민 덩어리 언제 잘리지? 나 1학년 때부터 엄청 괴롭힘당했잖아. 아주 선생이 아니라 악질이야."

명신이 말에 미애가 자신의 잔을 들어 명신에게 건배하자고 내밀었다.

"하긴, 명신이 너는 고민 덩어리가 2년 연속 담임이네. 아휴, 그런 악연이 2년이나 지속되다니……."

명신이는 자신의 잔을 들어 미애가 내민 잔에 부딪혔다.

"내가 작년부터 그 인간하고 엮인 거 생각하면 치가 떨려. 내가 왜 가만히 있었는지 몰라. 그냥 희종이처럼 더 강하게 나갔어야 했어. 이제 고민 덩이리 얘기 그만하자 술맛 떨어진다."

명신이 말에 미애가 자신의 잔을 비우더니 화제를 전환했다.

"얘들아, 그럼 이 등대 분위기도 으스스한데 우리 무서운 얘기하자."

모두 동의 하는지 고개를 끄덕였다. 명신이가 재미있겠다는 듯 목소리를 깔았다.

"그래, 좋아. 남자들이 쫄지 마라. 내가 먼저 한다."

명신이는 아이들의 얼굴을 한번 둘러보더니 음산한 목소리로 이야기를 시작했다.

"니들 가위눌리는 게 뭔지 알아? 이게 말이지, 꿈인지 생신지 잘 모르겠더라고. 분명 잠에서 깬 눈을 떴는데, 몸은 움직이지 못하고 말이야. 난 고등학교 올라와서 가끔 가위눌리는데……."

명신이는 입이 마르는지 소주가 든 잔을 들어 마셨다.

"새벽에 뭐가 중얼거리는 소리가 나서 눈을 떴어. 근데 몸은 움직이지 않고 눈알만 움직이는 거야. 눈을 방문 쪽으로 돌렸는데 방문에 어떤 여자가 매달려 있더라고. 목을 맨 것처럼. 처음에는 얼마나 무서웠던지 그 여자가 빨갛게 충혈된 눈으로 나를 쨰려보는데 소리를 질러도 목소리가 나와야 말이지. 그 귀신을 보고 있는 것만으로도 괴로운데 침대와 방문 사이에 어떤 중이 앉아서 그 귀신 쪽을 보고 염불을 외우더라고. 목탁을 '똑! 똑! 똑!' 두드리며 와불나신 경세나바… 근데 목소리가 그 있잖아, 컴퓨터 변조한 목소리. 씨발, 그 귀신보다 그 목소리가 더 무서웠어."

민석이와 태호는 명신이의 말에 진짜 겁을 먹었는지 둘이 찰싹 붙어 손까지 잡고 있었다.

"호호호. 희종아, 이 새끼들 쫄았다."

명신이가 둘을 보고 웃자 민석이는 멋쩍은지 손을 놓았다. 민석은 자신의 잔을 입에 털어넣고는 불안한지 주위를 한번 둘러보았다.

"나도 자주 가위에 눌린단 말이야. 근데 너에 비하면 난 애교다."

희종이 술잔을 들었다.

"자, 건배하자. 장소가 으스스하고 좋네. 내일 여기서 공포 유튜브 찍는 거 어때? 주작하면 좋은 영상 나올 것 같은데."

"오! 좋네."

다섯 명은 건배하고 술을 들이켰다.

"그럼, 이제 내가 한번 해볼까?"

희종이가 비운 술잔을 내려놓고 말했다.

"너희 지금 등대에서 이상한 느낌 받지 않냐?"

민석이가 희종의 말에 대답했다.

"무슨 소리야? 이런 천상의 경치는 돈 주고도 못 사는데……."

나머지 셋도 마찬가지인 듯 궁금하다는 표정을 지었다. 이에 희종이는 공중에서 희미한 냄새 분자라도 찾는 것처럼 코를 킁킁 댔다.

"바다 냄새 말고, 잘 맡아봐. 퀴퀴한 냄새가 나지 않아?"

나머지 넷도 공기 중의 냄새를 맡으려고 킁킁댔다.

"그래, 곰팡이 냄새 비슷한 게 나긴 해." 미애가 코끝을 찡그리며 말했다.

희종이는 이야기를 시작하려는지 목소리를 깔았다.

"그래, 미애가 맡은 곰팡이 냄새. 사실 이 냄새는 시체 냄새야."

넷은 아무 말이 없었지만, 시체라는 말에 뇌가 반응하여 동공이 저절로 확대됐다.

"엄마가 수학여행 장소로 여러 섬을 알아봤잖아. 누구랑 전화 통화하는 걸 들었는데 이 십자도에서 해마다 2~3명씩은 자살한 데. 근데 이 섬에서 자살하는 사람들이 가장 많이 선택하는 장소가 어디일까?"

희종이가 나머지 애들 얼굴을 둘러봤다. 나머지는 궁금한지 몸을 희종이 쪽으로 조금씩 다가왔다. 긴장이 모두의 얼굴에 묻어났다. 희종은 손가락으로 한쪽 바닥을 가리켰다.

"저기 바닥의 얼룩은 무엇일까?"

등대불이 비칠 때마다 바다 곳곳의 얼룩이 보였다. 태호가 침을 꼴깍 삼키는 소리가 등대를 울렸다.

"너희 목을 매면 똥오줌 싼다는 이야기 들어봤지?" 희종이가 음산한 목소리로 속삭였다. 순간 정적이 이어졌다. 태호가 애써 웃었다.

"허허 에이, 등대가 잠겨 있는데……."

태호가 야유를 보내자 희종이 목소리를 더욱 깔았다.

"너희 아까 여기 올라와서 기분이 어땠어? 검은 바다 분위기 때문에 약간 몽환스럽다고 해야 하나? 나도 그랬지만 너희들 바다를 멍하니 보고 있었잖아. 그래서 우울증 환자들이 여기서는 쉽게 자살한데."

희종이 주위를 둘러보다 창문 위의 대못을 가리켰다.

"그렇지. 목을 매는 곳은 저기겠군."

아이들의 시선이 천천히 옮겨갔다. 대못의 다른 용도는 예상할 수 없었다.

"그 자살한 귀신들이 여기 등대를 가득 채우고 있을 거야."

희종의 말에 아이들 모두 겁을 먹었다. 희종은 자신과 눈이 마주친 명신에게 윙크하고는 말을 이었다.

"명신아, 너 가위 눌리면서 귀신 봤다며? 저기 태호 뒤에 한 명 보이지 않냐?"

아이들이 모두 태호 뒤를 보았다. 순간 태호는 등골이 오싹한 기분이 들었다. 누가 봐도 겁먹은 표정이었다. 명신이는 쐐기를 박으려는 듯 속삭였다.

"귀신은 혼령이라 근처에 있으면 춥다나? 태호, 너 지금 등골이 오싹하면 진짜 귀신이 뒤에 있어서 그런 거야."

명신의 말이 딱 맞아떨어져 놀란 태호가 희종이와 명신이 사이로 튀어 오르면서 괴성을 질렀다. 그 모습이 재미있었는지 아이들이 깔깔 웃어댔다.

"하하하, 얘 진짜 겁먹었다."

"아, 이 새끼들. 놀리니까 재밌냐? 이제 그만해, 나 무서운 영화도 못 본단 말이야."

그 후 아이들은 이런저런 이야기를 안주 삼아 가져온 술을 서서히 비워갔다. 그리고 빈병이 쌓일수록 술이 취했고, 결국 만취 상태가 되어 학교로 돌아왔다.

2. 첫째 날 밤

1

수학여행 중임에도 영재는 할 일도 없고, 몸도 피곤해서 일찍 눈을 붙였다. 요의에 눈이 떠져 소변을 보고 돌아오니 새벽 3시였다. 계속 잠을 자보려고 이불을 머리 위까지 올렸지만 더는 잠이 올 것 같지 않았다. 영재는 바닷가로 가서 산책이나 해볼 요량으로 묘사 수첩을 챙겨서 밖으로 나갔다.

학교를 벗어나 집들이 모여 있는 '십자 구판장' 앞 사거리에 도착하니 바닷가 쪽에서 파도 소리가 선명히 들렸다. 등대가 있는 숲 너머에서 빛이 번쩍였다. 등대의 불빛은 바다를 한 바퀴 돌아 섬 쪽으로 올 때 섬 전체가 번쩍였다. 영재는 발걸음을 등대 가는 길로 돌렸다. 원래는 바다로 가려고 했지만, 왠지 등대를 묘사하고 싶었다. 길 양쪽의 나무들 때문에 등대는 바로 보이지 않았다. 나무가 자라 터널처럼 된 오솔길을 스마트폰 불빛에 의지해 20여 미터 가니 등대 쪽이 훤히 보였다.

영재는 눈 앞에 펼쳐진 환상적인 모습을 묘사하기 위해서 수첩을 꺼내 써 내려갔다.

[나무 터널을 빠져나오니 등대 쪽이 훤히 보였다. 정면으로 보이는 모습은 커다란 이등변 삼각형 모양이다. 등대는 언덕 위 삼각형 꼭짓점에 위치했고, 이등변 삼각형의 양쪽 변은 안전 펜스로 막혀있다. 안전 펜스는 진짜 안전을 위해 설치한지 의문일 정도다. 높이가 허리 정도로, 장난치다가는 20여 미터 아래 낭떠러지로 떨어져 바다에 빠지고 만다.

하늘에는 약간 찌그러진 보름달이 있다. 동그란 뻥튀기를 한입 베어 먹은 모양이다. 하지만 인공적인 빛이 없는 섬을 밝히기에는 충분했다. 마을 중심에 한 개뿐인 가로등으로 볼 때 달이 없다면 이 섬은 어둠으로 가득 찰 것이다.

저 멀리 등대의 불빛은 쉴 새 없이 돌고 있다. 어두운 바다를 돌아온 등대의 불빛이 내 눈을 비출 때 순간 나도 모르게 눈을 감게 된다. 강한 빛은 나의 눈에 우유가 퍼지듯 잔상을 만들었다. 등대의 불빛이 한 바퀴 도는데 30초 정도 걸렸다. 대부분 아무것도 보이지 않는 망망대해를 비추고 다시 돌아 나의 눈을 비추었다.]

영재는 등대의 모습을 스케치하려고 고개를 들어 바라보았다. 등대의 빛이 바다를 돌아 영재 쪽을 비추는 순간 등대 안에서 사람의 형체가 불빛에 비춰 보였다.

"뭐야, 저거 사람인가?"

영재는 다시 돌아오는 빛을 기다렸다. 빛이 지나가는 순간 눈을 감지 않기 위해 눈을 얇게 떴다.

'번쩍'

이번엔 확실히 보았다. 등대의 창문에 보이는 검은 형체는 분명히 사람이었다. 어느새 영재의 가슴이 두방망이질 치기 시작했다. 다시 한 번 보고 싶어 눈에 힘을 주었다. 바다 쪽을 천천히 돌아온 빛이 다시 육지 쪽으로 왔을 때 분명한 사람의 형체를 보았다. 그 모습은 마치 빨간색 신호등 속에 서 있는 사람처럼 보였다. 몸속에서 아드레날린이 분수처럼 솟았다. 사람이 공중에 떠 있었다. 사람이라면 등대 2층 창문 쪽에 매달려 있는 것처럼 보이는데, 살았을까? 죽었을까? 영재의 머릿속에 이런저런 의문이 떠올랐다.

"일단 글과 그림으로 남기자."

영재는 수첩을 한 장 넘기고는 등대 불빛 속의 검은색 사람 형체의 그림을 그려 넣었다. 그림은 빨간신호등 안의 멈춘 사람처럼 보였다.

[등대의 불빛이 망망대해를 비추고 천천히 돌아 육지 쪽으로 왔다. 나는 등대 속을 확인하기 위해 강한 불빛에도 눈을 감지 않았다.

머리와 양쪽으로 벌린 두 개의 팔, 두 개의 다리는 분명 사람의 형체다. 등대의 2층 창문에 누군가 있다. 이쪽을 지켜보는 걸일까? 아니다. 다리까지 보이는 것이 창문에 매달려 있는 것이다.

붉은 신호등.

등대 불빛이 뒤에서 비추니 창문의 사람은 검은 형태로 보인다. 팔과 다리를 약간씩 벌리고 있어 영락없는 붉은 신호등 속 사람의 모습이다.

인정하기 싫지만, 사람은 저런 모습으로 창문에 매달려 있을 수 없다. 혹시 인형이라면 가능하겠지만… 10분 이상을 지켜봤지만, 사람의 형태는 꼼짝하지 않는다. 저렇게 큰 인형이 있을까? 인형이 아니라면 죽은 사람일 것이다. 사람이 죽어서 창문에 매달려 있는 것이다. 어떻게 죽었을까? 목을 맸을까? 가까이 가보면 확인할 수 있겠지만 나 혼자 위험을 감수할 수는 없다.]

영재는 장면 묘사를 써 내려갔을 때 불현듯 반 애들이 생각났다. 만약 등대 안에 있는 형체가 사람이라면 반 학생일 수도 있기

86

때문이었다.

"섬에 사는 사람이래 봤자 네 명인데. 우리 반 애들 중에 한 명이면 어떡하지?"

그제야 영재는 다른 사람들에게 알려야겠다고 생각했다. 즉시 수첩을 덮고 마을 쪽으로 뛰었다. 숙소로 올라가 담임 교사의 방인 7호 문을 노크했다. 두 번 더 노크했지만 안에서는 인기척이 없었다. 혹시나 하여, 손잡이를 돌려 봤더니 문이 열려 있었다.

"저, 선생님! 고민환 선생님!"

실내로 한 발 들어갔는데 방안은 소주 냄새로 진동하고 있었고, 고민환 선생은 코를 골며 자고 있었다. 영재는 신발을 벗고 들어가 어깨를 몇 번 흔들어 보았지만, 술에 취했는지 헛소리만 할뿐이었다. 주위를 둘러보니 빈 소주 팩 여섯 개가 뒹굴고 있었다.

정황상 저 많은 소주를 마시고 자는 것이다. 지금 일어나도 만취 상태라서 상황을 정리할 수 없을 것 같았다. 부담임인 이지현 선생님이 생각났다. 맨 끝에서 자는 청년회장도 생각났지만 어쩐지 '우리'라는 느낌이 들지 않았다. 지금은 부담임 이지현 선생님밖에 대안이 없었다.

서둘러 나와서 이지현 선생의 방을 노크했다. 잠시 기다려도 인기척이 없어 주먹을 쥐고 쿵쿵 두드렸다. 그때서야 방에서 대답이 왔다.

"누구세요?"

이 깊은 밤에 누가 자기를 찾아왔을까 생각되었는지 목소리 끝이 떨렸다.

"선생님, 저 영재예요."

"임영재?"

"네, 맞아요."

이지현 선생은 안심이 되었는지 목소리가 한층 가벼워졌다.

"지금 몇 시니?"

깊은 밤에 사람을 깨우면 어떡하냐는 듯한 질책의 목소리였다.

"선생님, 한시가 급해요. 빨리 문 좀 열어 보세요. 큰일이 벌어졌을지도 몰라요. 어서요."

영재가 다급하게 말하자 잠시 후 뚝하고 잠금이 풀리는 소리가 났다. 이지현 선생은 경계의 눈빛으로 문을 열고는 눈으로 물었다.

"선생님, 등대 안에서 누가 죽었을지도 몰라요. 제가 지금 봤는데 사람 형체가 창문에 비춰요."

영재가 상황을 설명하였지만, 아직 심각하게 받아들이지 않았는지 이지현 선생의 목소리는 까칠했다.

"죽었을지도 모르겠다니, 그게 무슨 소리야? 죽으면 죽고 살면 산 거지?"

"제가 등대에 갔었는데요. 등대 2층 창문에 사람의 형체가… 아니, 분명 창문에 매달린 사람이 보여요. 제 두 눈으로 똑똑히 봤다고요."

영재의 다급함이 전해졌는지 이지현 선생의 눈빛도 서서히 변해갔다.

"잘못 본 거 아니야? 그리고 그런 중한 일이면 담임 선생님을 깨웠어야지?"

"갔었죠. 근데 방에서 술 냄새가 진동해요. 고민환 선생님께서는 많이 취하셨는지 흔들어도 일어나지 못했어요. 등대는 조금 있다가 확인해보면 알 거고, 일단 우리 반 애들이 다 있는지만 확인해보는 것이 좋을 것 같아요."

이지현 선생은 생각에 잠겼는지 아무 말이 없었다. 손톱을 물어뜰을 뿐이었다. 긴박한 상황에 판단을 못 내리는 것 같았다.

"회장인 희종이는 믿을 수가 없으니 부회장인 민선이를 먼저 깨워서 얘기해보죠."

이지현 선생은 탐탁지 않은 목소리로 그러라고 말했다. 영재와 이지현 선생은 민선이가 있는 2호 방에 가서 문을 두드렸다. 영재는 민선이도 노크만 하면 두려움을 느낄 것 같아서 노크하는 동시에 본인임을 밝혔다.

"민선아, 나 영재야. 이지현 선생님과 같이 왔어."

영재는 한 번 더 노크했지만 아무 대답이 없었다. 영재는 이지현 선생을 보았다.

"선생님, 선생님께서 불러보세요. 아마 남자라서 두려움을 느끼고 있을지도 모르겠네요."

'똑똑'

"민선아, 선생님이야. 문 좀 열어봐."

이지현 선생이 말하자 안에서 인기척이 들렸고 곧이어 문이 열렸다. 민선은 놀랐는지 문 사이로 고개를 내밀고는 밖을 확인했다.

"선생님, 이 새벽에 웬일이세요?"

민선이가 묻자 이지현 선생은 양쪽 어깨를 으쓱하더니 본인도 궁금하다는 듯이 영재를 보았다. 민선이가 영재에게 눈을 돌렸다.

"민선아, 잘 들어. 긴급 상황이야. 내가 좀 전에 등대에 갔었는데 등대 안에서 사람의 형체를 봤어. 지금 당장 우리 반 학생들이 모두 있나 확인해 봐야 할 것 같아."

민선은 아까 장희종 일행이 등대로 술을 마시러 간 것이 생각났다.

"아까 9시 넘어서 희종이와 아이들이 등대로 간다고 했었는데,

그런데 애들을 확인해야 한다니 그게 무슨 말이야?"

"내가 등대 2층 창문에서 사람의 형체를 봤는데 10여 분 동안 지켜봤는데도 움직이지 않는 거야. 그 형체는 창문에 매달려 있는 것처럼 보였는데 마치……."

영재는 말을 멈췄다. 확실하지 않은데 여기서 괜히 목을 맨 것 같다는 말을 해서 긴장을 높일 필요는 없었다.

"그냥, 지금 우리 반 애들 인원 파악해보자. 모두 있으면 다행이잖아."

"좋아, 잠깐 기다려. 아까 미애도 희종이 일행과 같이 갔다가 들어왔어. 일단 미애한테 물어볼게."

민선은 안으로 들어가 미애를 흔들어 깨우더니 잠깐 대화를 하고 나왔다. 민선은 이지현 선생의 눈치를 보며 영재에게 말했다.

"미애는 아직 정신이 없는 것 같긴 한데, 아까 등대에 갔다가 12시쯤에 돌아와서 다섯 명 모두 각자 방으로 들어갔다는데?"

민선이 말을 마치자 영재는 이지현 선생을 보며 말했다.

"좋아. 선생님, 그럼 1호 방부터 확인을 시작하시죠."

하지만 이지현 선생은 다른 의견을 내놨다.

"그렇게 모두 깨울 필요가 뭐가 있어. 일단 청년회장을 깨우자. 아마 여벌의 열쇠를 가지고 있을 거야. 문을 열고 애들이 있는지만 확인하면 되잖아."

"그게 좋겠네요."

세 명은 복도 끝 12호 방으로 가서 문을 두드렸고 몇 분 후에 청년회장이 눈을 비비면서 나왔다.

영재는 청년회장에게 지금 상황을 설명하였고, 청년회장은 예비 열쇠를 가지고 나와 방을 확인하기 시작했다. 남학생 방은 영재와 청년회장이, 여학생 방은 이지현 선생과 민선이 확인했다.

방을 모두 확인했지만 없어진 학생은 없었다.

"참 이상하네요. 분명히 사람 형체였는데요."

학생들이 모두 있어 다행인지 이지현 선생이 가슴을 쓸어내렸다.

"그래도 없어진 사람이 없으니 다행이지."

"그럼 등대 안에 있는 사람은 누굴까……."

영재가 고민하는 모습을 보며 청년회장은 기지개를 폈다.

"잠도 홀딱 깼는데 그럼 등대로 가서 한번 확인해 볼까?"

이지현 선생은 못마땅한 표정이었다. 조금 전까지만 해도 혹시나 하는 생각이 들었는데, 모든 학생이 방에 있는 것이 확인되자 등대까지 가는 게 귀찮아졌다.

"영재 네가 잘못 본 거 아니야? 등대까지 가려면 시간이 꽤 걸릴 텐데……."

이지현 선생의 말에 청년회장은 절충안을 내놓았다.

"일단 마을까지만 가보시죠. 거기서 조금만 가면 등대가 보이니까 영재가 말한 사람의 형체가 있나 확인하죠."

이지현 선생도 부담임으로서 담임이 맡겨한 상황에서 그 정도는 해야겠기에 고개를 끄덕였다.

그렇게 청년회장, 이지현 선생, 부회장 곽민선, 그리고 임영재, 네 명은 학교 건물을 나와 마을로 내려갔다. 처음에는 불만이 가득했던 이지현 선생의 마음은 곧 상쾌해졌다. 달빛이 비치는 바다와 하얀 백사장은 어디서도 보지 못할 장관이었기 때문이다. 이들은 곧 마을의 집들을 지나 등대 쪽으로 방향을 틀었다. 청년회장이 가져온 손전등을 비추며 나무 터널을 지나니 등대가 보이기 시작했다. 서서히 보이는 등대 창문에는 분명히 사람의 형체가 보였다.

"엄마야. 저게 뭐야. 저거 사람이야?"

사람의 형체를 보고 놀란 이지현 선생이 자리에 멈춰 서서 말했다. 영재가 말한 대로 등대 불빛이 섬 쪽을 지날 때 창문에 매달린 사람 형체가 뚜렷하게 보였다.

놀란 민선도 이지현 선생의 팔짱을 꼈다. 둘은 서로의 팔을 잡고 부들부들 떨고 있었지만, 영재는 아까 봐서 그런지 겁은 나지 않았다. 오히려 학생들과 선생님이 모두 있는 상황에서 저게 진짜 사람인지 의심스러웠다. 영재는 더 자세히 보기 위해 눈에 힘을 주고 집중했다. 하지만 이 거리에서는 도저히 사람인지 확인할 수가 없었다. 청년회장도 자세히 보기 위해 눈에 힘을 주고 있었다. 영재가 청년회장에게 말했다.

"가까이 가서 봐야겠어요. 여기서는 잘 보이지 않아요."

"그러는 게 좋겠어. 일단 가까이 가서 진짜 사람인지 확인해 봐야겠다."

청년회장은 뒤에서 떨고 있는 이지현 선생을 돌아보았다.

"선생님도 같이 가시겠어요? 무서우시면 민선 학생과 숙소로 돌아가 계세요."

이지현 선생은 돌아가는 길을 보았다. 멋있었던 나무 터널이 공포영화의 숲속으로 변해 있었다.

"아, 안 되겠어요. 뒤따를게요."

"그럼, 제 뒤를 잘 따라오세요."

청년회장이 앞장서서 언덕을 올랐고, 그 뒤를 셋이 따랐다. 등대가 가까워질수록 이지현 선생과 민선은 더욱 찰싹 붙어갔다.

사람의 형태는 점점 뚜렷해졌지만, 등대 아래에 도착했음에도 불빛이 뒤에서 비춰서 그런지 사람인지 아닌지 정확히 판단할 수가 없었다. 등대로 올라가 봐야 했다. 청년회장이 순찰함에서 열쇠를 꺼내 문을 열고 안으로 들어갔다. 그 뒤를 영재가 따랐다. 영재는 문으로 들어가며 민선이와 선생님을 돌아보며 말했다.

"선생님, 무서우시면 여기 안으로 들어와서 있으세요. 제가 올라가서 확인해 볼게요."

밖에 있기 무서운지 선생님과 민선이도 등대 안쪽으로 들어왔다. 먼저 청년회장이 나선형 계단을 오르고, 그 뒤를 영재가 따라 올라갔다. 청년회장이 따라오는 영재를 보고 말했다.

"너도 올라오지 마. 진짜 사람이면 어떡해?"

"괜찮아요. 저는 겁이 없어요. 그보다 제 눈으로 직접 확인하고 싶어요."

"내가 일단 볼 테니 아래에서 기다리라니까?"

"먼저 올라가세요. 방해하지 않을게요."

영재는 자신의 눈으로 확인하고 싶었다. 아니, 확인을 해야만 했다. 청년회장은 못 말리겠다는 듯 고개를 저으며 계단을 올라갔다. 청년회장도 긴장한 듯 나선형 계단의 끝에 도달했을 때는 속도가 현저히 줄어있었다. 그리고 2층으로 머리를 천천히 올려 사람의 형체가 있는 쪽을 보았다. 잠시 후 등대의 불빛이 사람의 형체 쪽을 비출 때 시체가 눈에 들어왔다. 청년회장은 아래쪽으로 다급하게 외쳤다.

"올라오지 마! 이장님이야."

청년회장은 2층으로 빠르게 올라갔다. 청년회장의 말에 영재도 더 궁금증이 생겨 발걸음에 힘을 주었다. 2층에 도착해 창문을 보았다. 창문에는 사람이 목을 맨 상태로 매달려 있었다. 등대불이 바다를 돌아와 시체를 비출 때 이장님의 얼굴을 확인할 수 있었다. 영재는 나선형 계단 아래쪽을 향해 소리쳤다.

"선생님, 이장님이 목을 맸어요."

영재는 서둘러 아래쪽을 향해 소리친 후, 습관대로 자신의 수첩을 꺼내 이장님이 목맨 상황을 스케치하고, 글로 묘사하기 시작하였다. 넘치는 아드레날린 때문에 몸이 어지러웠지만, 본능이 묘사를 지시했다.

[이장은 노란색 우비를 입은 채 창문 위쪽에 박혀있는 대못에 전깃줄로 목을 맸다. 주변에 원형 의자가 하나 쓰러져 있다. 저기 올라가서 전깃줄을 목에 걸고 의자를 찼겠지.

이장의 얼굴은 눈을 감은 채 평온한 모습이다. 죽은 자의 모습이라고 상상할 수 없는 얼굴이다. 혹시 자는 것은 아닐까? 아니 저런 자세로 자는 것은 불가능하겠지.

시체의 모습이 특이하다. 양팔이 몸에서 조금씩 떨어져 있었다. 차렷 자세가 아닌 양팔이 30도 정도 벌어져 있고, 다리도 약간 벌어져 있었다. 이런 모습 때문에 등대 밖에서 볼 때 신호등 안의 사람처럼 보인 것이다.]

영재는 묘사를 마친 후 재빨리 스케치하기 시작했다. 그때 이장의 모습을 가까이 가서 살핀 청년회장이 영재 쪽으로 왔다. 청년회장은 영재의 스케치하는 모습을 보더니 쯧쯧 혀를 차며 말했다.

"너도 정상은 아닌 것 같구나. 지금 사람이 죽었는데 그림이 그려지니?"

"본능이 시키고 있어요. 앞으로를 위해 그려야만 합니다."

"앞으로라니 뭔 소리야?"

"뭔가 또 일어날 것을 대비해야 한다는 뜻이에요."

"쯧쯧쯧"

대충의 스케치를 끝낼 무렵 2층으로 올라오는 계단 쪽에서 비명이 들렸다.

"꺅!"

비명의 주인공은 민선이었다. 언제인지 민선이가 2층으로 올라와 있었다. 영재는 그림을 대충 마무리하고 민선이를 데리고 아래쪽으로 내려갔다. 이지현 선생도 직접 상황을 보지는 못했지만, 공포에 질린 듯 얼굴이 허옇게 변해있었다.

"이지현 선생님, 정신 차리세요. 일단 학교로 돌아가서 모두를 깨우고 식당으로 모여야 할 것 같아요."

눈에 공포심이 가득해 언제라도 눈물이 쏟아질 것 같았다. 하지만 영재는 이장의 죽음이 자살이 아님을 짐작하고 있었다. 만약에 살인이라면 살인자가 십자도에 있는 것이다.

"선생님! 지금 사람이 죽었어요. 정신 차리세요."

오히려 부회장 민선이가 금방 마음을 추슬렀다. 민선은 선생님에게 다가가 어깨를 감싸 안았다.

"영재야, 일단 학교로 돌아가자. 선생님도 나도 일단 진정해야 할 것 같아."

마지막으로 청년회장이 나선형 계단에서 내려왔다. 넋 나간 이지현 선생을 보고는 영재에게 말했다.

"내가 맥박을 확인해 보니 이장님은 죽은 것 같아. 일단 경찰이 와서 조사해야 하니 여기서 나가자. 셋은 학교로 가서 식당에 있어. 난 이장님네 가서 경찰에 신고하고 이 씨네 부부를 깨워서 데리고 갈게."

2

　민선은 영재가 새벽에 깨워 등대에 사람의 형체가 보인다고 했을 때 짜증이 났었다. 수학여행에서의 짓궂은 장난으로만 생각했기 때문이다. 하지만 지금은 다르다. 등대 2층으로 올라가 이장 아저씨가 창문에 매달려 있는 모습을 직접 보았다. 죽은 사람을 본 것은 처음이었다. 눈을 감아도 그 모습이 사라지지 않았고, 더불어 심장박동도 줄어들 기미가 보이지 않았다.

　이지현 선생은 식당으로 돌아와 울음을 터뜨렸고 멈출 기미가 없었다. 울고 있는 이지현 선생을 보니 민선은 오히려 눈물이 나지 않았다. 영재는 자신의 묘사 수첩을 보면서 무언가 생각하거나 수첩에 볼펜으로 끄적였다.

　한 시간쯤 흘렀을까? 청년회장과 이 씨네 부부가 식당으로 들어왔다. 이 씨 부부의 표정도 심상치 않았다. 고개를 든 이지현 선생은 눈물을 손등으로 닦고는 청년회장에게 물었다.

"경찰에는 신고했나요?"

"이장님 댁과 여기 이 씨 아저씨네 유선전화가 모두 불통입니다. 태풍이 불거나 아무 일 없이도 가끔 그럴 때가 있습니다."

이지현 선생은 경찰에 연락할 수 없다는 말에 놀라 목소리가 커졌다.

"그럼 어떡해요? 사람이 죽었는데 밖으로 연락을 취할 수 없다니……."

"선생님, 진정하세요. 애들도 저렇게 가만히 있는데 선생님이 이렇게 흥분하시면 어떡합니까? 이제 방법을 찾아봐야죠."

이지현 선생은 다시 식탁에 엎드리더니 어깨를 들썩였다.

"이장님이 자살할 이유가 없어… 혼자 죽을 양반이 못 돼……."

그때 이 씨 아저씨가 혼잣말을 되뇌었다. 혼잣말이지만 식당에 있는 모든 사람이 들을 수 있는 큰 소리였다. 영재는 자료를 수집하는 형사처럼 이 씨 아저씨의 혼잣말을 수첩에 적어 내려갔다. 청년회장이 식당 한쪽에 걸린 시계를 보며 말했다.

"5시 20분이네요. 이제 곧 아침이니 모든 사람을 깨워 여기 식당으로 모으죠."

청년회장의 의견에 이 씨 아저씨가 퉁명스럽게 대꾸했다.

"학생들을 모아서 어쩌려고?"

"지금 이장님이 등대에서 자살했어요. 학생들도 알아야 하지 않겠습니까?"

이 씨 아저씨는 주먹으로 식탁을 내려쳤다.

"애들한테 자살 이야기를 하면 겁이나 먹지. 지금 전화도 안 되는데 학생들이 동요할 거야."

"비밀로 하면 아이들이 등대에 놀러 갈 텐데, 이장님 시체를 그냥 둬서 귀신의 등대를 운영할까요? 현재 상황을 말하고 등대를 통제해야 한다고요."

청년회장이 비꼬면서 말하자 이 씨 아저씨는 청년회장을 째려봤다. 잠시 눈싸움을 하는 듯하더니 이 씨 아저씨는 포기했는지 다시 창밖으로 눈을 돌렸다.

어른들의 심각한 상황을 깨고자 민선이가 한 발 나섰다.

"그럼, 일단은 고민환 선생님만 깨워서 상황을 말씀드리죠. 지금쯤 술이 얼추 깼을 거예요. 그리고 학생들에게는 말하지 않는 것이 좋겠어요. 섬 밖으로 전화도 안 되는 상황인데 남학생들은 몰라도 여학생들은 겁을 많이 먹을 거예요."

이 씨 아저씨와 청년회장은 서로 적개심이 있어 보이고 어린 이지현 선생은 울고만 있어 도움이 되지 않을 것 같았다. 민선은 중학생 때부터 회장을 해온 습관 때문인지 앞으로 나서게 되었다.

민선이의 말을 들었지만 모두 대꾸가 없는 것으로 보아 동의하는 것으로 보였다.

"청년회장님께서 고민환 선생님 좀 깨워주시죠? 남자 방엔 남자가 들어가는 게 낫겠죠?"

민선은 청년회장이 왜 자신이 가냐는 말을 할까 봐 이유를 덧붙여 말했다. 청년회장이 식당 문을 나가자 이 씨 아저씨가 민선이에게 다가와 말했다.

"네가 학급 회장이라고 했지?"

"그건 아니지만 거의 회장 역할을 하고 있어요. 왜 그러시죠?"

"뭐 이건 내 예상이지만 이장님은 자살이 아니라 누구에게 죽임을 당한 것 같아."

"네? 뭐라구요?"

민선은 놀라 목소리가 커졌다. 이 씨 아저씨의 말을 옆에서 들은 이지현 선생도 놀라서 고개를 번쩍 들었다. 영재도 관심이 있는지 무언가 쓰는 것을 중단하고 이쪽으로 걸어왔다. 이 씨 아저씨는 비밀이라도 얘기하는 듯이 몸을 앞쪽으로 숙이고 작은 목소리로 말했다.

"청년회장은 이 섬사람이 아니야. 너희들 각별히 조심하도록 해."

영재는 다 안다는 표정으로 이 씨 아저씨께 궁금한 것을 물었다.

"아저씨, 아까 혼잣말로도 자살이 아니라고 했는데 그렇게 생각한 근거라도 있으세요?"

영재의 질문에 이 씨 아저씨는 말을 이었다.

"좀 아까 청년회장이랑 등대에 갔었어. 이 섬은 전화가 가끔 불통이 될 때가 있는데 그때마다 등대에 있는 무전기로 덕적도나 인근 섬에 알리거든. 근데 무전기도 불통이었어. 아니 누군가 무전기를 망치 같은 것으로 부쉈다고 해야겠지. 청년회장이 이장이랑 무슨 일을 꾸미고 있었는지는 모르겠지만 청년회장이 섬에 갑자기 들어온 것도 이상하고……."

거기까지 말할 때 청년회장과 고민환 선생이 식당 안으로 들어왔다. 심각한 표정으로 보아 고민환 선생도 대충의 이야기를 들은 것 같았다.

"이지현 선생님, 죄송합니다. 제가 어제 술을 너무 많이 마시는 바람에 큰일을 겪게 했네요. 아무튼 여기 있는 모든 분들은 이쪽으로 모여 주세요."

고민환 선생과 일동은 한 테이블에 모여 앉았다. 사람들을 한번 둘러본 후 고민환 선생이 먼저 말을 꺼냈다.

"그럼, 임시회의를 잠깐 하겠습니다. 지금 이장님이 자살했다는데 빨리 경찰에 알려야 합니다. 이 씨 아저씨, 밖으로 연락할 방법은 있나요?"

"현재로서는 없어요. 유선전화선도 어디가 끊겨졌는지 알 수가 없고 무전기도 고장입니다. 아마 2일 후 토요일 12시에 배가 들어오기 전까지는 외부와 연락할 방법이 없을 거예요."

이 씨 아저씨의 말에 고민환 선생의 미간이 찌푸려졌다.

"2일 후라… 그렇다면 아직 수학여행이 이틀이나 남았는데, 이장님의 자살 소식을 학생들에게 알려야 할까요?"

고민환 선생의 이 질문에는 아까처럼 의견이 갈렸다. 먼저 청년회장이 말했다.

"저는 이 사실을 말해야 한다고 생각합니다. 요즘 학생들은 저때와는 또 다르더군요. 한마디로 개념이 없어요. 어제 하루 관찰해 본 결과 많은 학생이 술을 가져와 마셨고 백사장, 등대 할 것 없이 담배를 피우더군요. 이것은 남학생뿐만 아니라 여학생들도 마찬가지였습니다. 그러니 상황을 인지시키고 심각성을 알려야 합니다."

청년회장의 말에 고민환 선생은 동의했다.

"우리 반 학생들을 욕하니 한편으로는 기분이 나쁘지만, 변명의 여지가 없네요. 요즘의 우리 학교, 학생들은 많이 변했어요. 아마 우리 반 남학생은 3명 정도만 빼고 모두 담배를 피울 겁니다. 심지어 우리 반 1등인 현보도 담배를 피워요. 저번에 면학실에서 담배를 피워 학생부장 선생님께 불려갔었습니다. 저도 학생들에게는 진지함과 주의가 필요하다고 생각합니다."

이 말을 들은 이지현 선생이 반대 의견을 말하였다.

"지금 사람이 죽었어요. 저는 무서워 죽겠습니다. 분명 학생들도 겁에 질릴 거예요. 아무리 망나니 같아도 아직 애들이에요."

고민환 선생은 이지현 선생의 말에 인상을 찌푸렸다.

"선생님! 지금 이 애들은 선생님이 생각하는 착한 애들이 아닙니다. 여기 있는 민선이와 영재 정도만 그렇지 모두 안하무인이라고요."

"고민환 선생님께서 하시는 말을 언젠가 깨달을지 모르겠지만 지금은 아니에요. 저는 모든 학생을 보호하고 싶습니다. 겁먹게 둘 수 없다고요."

이지현 선생이 말했을 때 민선은 재빨리 동의했다.

"맞아요, 선생님. 저도 지금 무서워요."

"저도 마찬가지입니다."

영재도 동의하였지만, 이유는 조금 달랐다. 이장이 자살했다고 생각하지 않기 때문이었다. 누군지 모를 살인범이 있다면 비밀을 유지한 채 잡아야 했다.

상황이 이렇게 흘러가자 모두 이 씨 아저씨 부부를 보았다. 이 씨 아저씨 부부 2명에 따라 다수결로 결정 나기 때문이었다.

"저는 알리지 않았으면 좋겠네요. 아이들도 걱정되는 것이 사실입니다. 하지만 더 걱정되는 것은 저희 십자도 생계가 달려 있다는 것입니다. 우리 섬은 여름 한철 관광객으로 먹고사는데 이 사실이 알려지면 관광에 타격을 입을 거예요. 요즘 학생들 사이에서는 핸드폰으로 금방 소문이 퍼진다면서요? 우리 부부의 생각은 같습니다."

이 씨 아저씨가 말하며 옆의 아줌마를 보자 고개를 끄덕이며 동의하였다. 고민환 선생도 어쩔 수 없다는 듯이 내용을 정리하였다.

"좋습니다. 그럼 다수결로 학생들에게는 알리지 않는 것으로 하겠습니다. 이제 곧 학생들의 기상 시간이니 이 씨 아저씨와 아주머니는 아침밥을 해주십시오. 혹시나 학생들이 등대로도 갈 수 있으니 청년회장님은 저와 함께 등대에 가서 나중에 경찰에 제시할 증거로 상황 사진을 찍어 놓도록 하죠. 그리고 5월이라지만 낮에는 더워 시체가 부패할지 모릅니다. 어디 다른 곳에 놓도록 하죠. 어디에 보관하면 좋을까요?"

고민환 선생의 질문에 이 씨 아저씨가 대답했다.

"마을회관에 대형 업소용 냉장고가 있으니 일단 거기다 넣도록 하죠. 그리고 아침은 집사람 혼자서도 가능하니 저도 같이 가서 돕겠습니다. 아까는 어두워서 확인을 잘하지 못했는데 밝은 곳에서 이장님 모습도 다시 확인하고도 싶고요."

"그럼 이지현 선생님, 영재, 민선은 아무한테도 이 사실을 말하지 않도록 해주세요."

셋은 고개를 끄덕였다. 고민환 선생은 자신의 손목시계를 보더니 이지현 선생에게 말했다.

"그럼, 이지현 선생님께서 일단 내부를 단속해 주시고요. 저는 서둘러 다녀오겠습니다. 어서 등대로 갑시다."

고민환 선생이 자리에서 일어나 식당 밖으로 발걸음을 옮기자 청년회장과 이 씨 아저씨가 그 뒤를 따랐다. 이지현 선생도 방으로 올라가려는지 자리에서 일어섰다.

"그럼 난 씻으러 방으로 갈게. 너희는 어쩔 거니?"

"저도 일단 씻기라도 해야 할 것 같아요."

선생님을 따라 민선이도 일어섰다. 영재는 이지현 선생을 따라 나가는 민선이의 팔을 잡았다.

"왜?"

"잠시 할 이야기가 있는데."

"뭔데?"

"밖으로 나갈까?"

영재는 구령대 옆 스탠드에 앉았다. 오래된 학교라 그런지 스탠드에는 금이 가 있었고, 그 사이로 풀들이 자라고 있었다.

"아까 이 씨 아저씨도 말했지만 나도 자살은 아니라고 생각해."

"그게 무슨 말이야? 그럼 살인이라도 났다는 거야?"

"단정 지을 수 없지만, 그럴 확률이 커"

"그렇게 생각하는 이유는 있겠지?"

"이 씨 아저씨가 말한 전화나 무전기의 불통도 하나의 이유야. 게다가 목을 매 자살한다면 상식적으로 몸이 축 늘어지게 마련이고 그 고통에 얼굴은 일그러질 텐데, 아까 본 이장은 얼굴이 평온해 보였어. 그리고 팔과 다리가 조금씩 벌어져 있는 것이 누가 죽인 후 의도적으로 만든 것 같았어. 아마 사후 경직을 이용했겠지. 내가 즉시 수첩에 스케치했으니 봐."

영재는 수첩을 펼쳐서 민선에게 건넸다. 수첩을 본 민선이의 코끝에 주름이 졌다.

"그리고 너도 들어봤겠지만, 목을 매면 괄약근이 풀려서 오줌과 똥이 나온다고 하잖아? 하지만 아까 본 이장의 바지는 깨끗했어."

민선은 수첩을 다시 영재에게 건넸다.

"너는 어떻게 그런 것을 다 아니?"

"난 공포, 스릴러, 추리 영화 마니아야. 실제로는 어떨지 모르겠지만 영화나 미드에서 그렇다는 거야."

영재는 작은 조약돌을 주워서 앞을 향해 힘껏 던졌다.

"하지만 더 큰 문제가 있어. 영화대로라면 누군가 또 다치거나 죽는다는 거야."

민선은 지금도 머릿속이 혼란한데 누가 죽는다는 말에 화가 나서 쏘아붙였다.

"넌 누가 또 죽기라도 바라는 것 같다."

"아니, 난 조심하자는 거야. 범인을 미리 파악해서 대비하자는 거지."

"그럼 이걸 나한테 말하는 이유가 뭐야? 아까 선생님들이나 청년회장에게 말하지."

영재는 다시 조약돌을 주워 던졌다. 조약돌은 긴 포물선을 그리며 운동장 반대쪽으로 날아갔다. 영재는 돌아서 민선이를 보았다.

"만약 이 사건이 자살이 아닌 살인이라면 범인이 이 섬 안에 있는 거야. 살인범이 누구일지 모르는 상황에서 쉽게 말할 수 없었어."

민선은 혼란스러웠다. 설마 우리 중에 범인이 있을까?

"그리고 아까 보니 너 의외로 침착하던데? 오랫동안 회장을 하면서 상황을 이끌어서 그런가? 오히려 어른들을 이끌었잖아. 그리고 내 기준에서 너는 범인이 아니야. 너와 짝이 되어 이 사건을 해결하고 싶어."

"만약 살인이라면 누가 범인인데?"

"글쎄, 아무래도 청년회장이 이 섬사람이 아니라는 것이 걸리긴 하지. 민선이 너도 아까 이 씨 아저씨가 말한 거 기억나지? 이장님이 자살이 아니라고 하면서 청년회장이 갑자기 섬에 들어왔다고 했잖아. 하지만 또 모르지. 이 씨 아저씨가 범인일 수도 있고. 섬에 같이 사니까 어떤 이권이 개입되었을 수도 있잖아? 또 희종이와 민석, 태호가 그랬을 수도 있고……."

희종이라는 말에 민선은 눈이 휘둥그레지며 말했다.

"희종이라니. 말도 안 되는 소리 하지 마! 아무리 개가 막 나가지만 살인이라니 말도 안 돼. 그리고 앞으로 애들한테 살인 운운하지 마. 난 몰라도 다른 애들은 엄청난 충격에 빠질 수 있어. 난 못 들은 걸로 하겠어. 나 먼저 들어간다."

건물 안으로 들어가는 민선이의 뒤통수에 대고 영재가 말했다.

"아무튼 저들을 조심해. 특히 남자들!"

민선은 잠시 멈칫했지만, 다시 건물 안으로 발걸음을 옮겼다. 살인이라는 영재 말이 마음속에서 계속 걸렸다. 그렇다면 이장을 죽이고 등대에 매단 살인자가 있다는 것인데… 장희종 패거리가 어젯밤 등대에서 술을 마셨다. 같은 방 미애는 12시쯤에 들어왔었다. 영재가 이장님의 시체를 3시에 발견했다고 했으니 3시간 차이가 난다. 만약 등대에서 술을 마시다 이장님과 시비가 붙었다면 어떨까? 장희종 패거리는 수식어가 필요 없는 날라리에 양아치다. 아무리 그래도 살인을 할까? 아니지. 어제는 술을 마셨으니 술김에… 민선은 고개를 세차게 흔들었다. 영재가 이상한 소리를 해서 그런지 머리가 복잡해져만 갔다.

민선은 방으로 돌아와 먼저 씻었다. 찬물로 샤워를 했지만 잡념들이 머릿속에서 빠져나가지 않았다. 자리에 누웠지만, 이런저런 생각이 들어 뒤척였다. 얼마나 시간이 지났을까 담임 선생님의 방송이 나왔다.

[학생들은 모두 기상하고 7시 30분까지 식당으로 모이길 바란다. 다시 한번 말하겠다. 모든 학생은 7시 30분까지 식당으로 모여라. 아침 식사 후에 오늘의 일정을 알려주겠다.]

민선은 방송에도 아랑곳하지 않고 자고있는 미애를 흔들어 깨웠다. 미애는 눈을 뜨고는 얼굴을 찡그렸다.

"뭐야, 왜 깨우는 거야? 아이고, 머리 아파라."

미애가 말할 때 입에서 술 냄새가 났다.

"어제 얼마나 마신거야?

"물 없어?"

민선은 텔레비전 옆에 있는 지급된 생수를 건넸다. 미애는 목이 많이 타는지 물을 벌컥벌컥 마셨다.

"아, 시원하다. 왜 깨웠어?"

"아침 식사할 건가 봐. 담임이 모이래. 7시 30분까지 모이라고 했으니까 이제 30분 남았어."

민선의 말에 미애는 자신의 배를 손으로 쓸었다.

"으… 밥이란 소리만 들어도 오바이트가 쏠린다. 난 안 먹는다고 전해줘."

미애는 다시 누워 몸을 반대쪽으로 돌렸다.

"근데 미애야, 너희 어제 술 마신 장소가 등대가 맞아?"

"… 응"

"다섯 명이 마시고, 같은 시간에 학교로 왔지?"

"당연하지."

"알았어. 하지만 담임이 다 모이라고 했어. 빨리 일어나. 담임 화나면 알지?"

"……."

"그럼, 나는 식당으로 내려간다. 담임한테 혼나도 책임 못 져."

민선은 거울을 보며 머리를 단단히 묶고는 식당으로 내려갔다. 7시 30분이 되려면 아직 10여 분이 남았지만 10명 정도의 아이들이 내려와 식사하고 있었다. 민선이도 배식을 받은 후 아무도 없는 식탁으로 가서 넘어가지도 않는 밥을 억지로 넘겼다.

"역시 해장엔 콩나물국이 최고지?"

"고럼고럼. 어쩜 우리가 술 마셨는지 알고 콩나물국이 나오냐."

민선이가 돌아보자 희종, 태호, 민석이 배식을 받고 있었다. 미애는 숙취에 일어나지도 못하는데 저놈들은 잘도 나왔다. 민선이 영재의 말이 거슬려 잠시 관찰했지만 저들은 평소와 다른 모습을 보이지는 않았다.

106

간밤에 큰일이 있었지만 식당은 평화로웠다. 아무것도 모르는 학생들은 재잘거리며 수학여행의 아침을 즐기고 있었다.

식사가 대충 끝났을 때, 고민환 선생이 마이크를 들었다. 학생들을 대충 둘러보더니 마이크에 대고 말했다.

"뭐야, 두 명이 없잖아. 누가 없는 거야? 다 내려오라고 했더니. 누구야? 빨리 찾아봐."

민선은 미애 말고 또 누가 없나 둘러보니 명신이가 없었다. 명신이도 미애와 마찬가지로 숙취 때문에 못 나왔을 것이다. 민선은 손을 들고 크게 말했다.

"명신이와 미애가 없어요. 미애는 제가 나올 때 방 안에 있었어요."

고민환 선생은 새벽의 사건 때문인지 화를 냈다.

"잘 챙겨서 내려와야 할 것 아니야! 빨리 가서 둘 다 깨워서 데려와!"

민선이가 대답하고 식당을 나서려고 할 때 멀리서 날카로운 비명이 길게 들렸다.

"꺄~~ 악~~"

비명이 들린 곳은 2층이었다. 분명 명신이의 목소리 같았다. 다시 고통의 비명이 이어졌다. 민선은 다급하게 식당을 빠져나와 계단을 올라갔다. 고민환 선생도 급하게 따라왔고, 많은 학생도 비명의 원인이 궁금한지 뒤를 따랐다.

민선과 고민환 선생이 2층으로 올라왔을 때 2호 방의 미애도 비명에 놀라서 일어났는지 방 밖으로 나와 있었다. 그 와중에도 명신이의 고통스러운 비명은 계속 이어졌다.

"아~ 악~"

1호 방에 도착한 고민환 선생은 주저 없이 방문을 열고 들어갔

다. 방 안의 명신이는 침대 위에서 배를 부여잡고 고통의 비명을
질러댔다.

"명신아, 왜 그래? 어디 아프니?"

고민환 선생의 말을 들었는지 명신이가 비명 중에 대답했다.

"악~~ 배 아파. 아~악."

명신이는 숨이 넘어가는 것처럼 고통스러워했다. 얼마나 고통
스러웠는지 자기 머리카락을 잡아당겨 한 움큼이나 뽑을 정도였
다. 명신이의 비명과 울부짖음은 멈출 기미가 보이지 않았다.

고민환 선생은 더이상 자해하지 못하도록 명신이의 양손을 잡
았지만 명신이가 발로 밀어 바닥으로 내동댕이쳐졌다.

"얘들아, 도와줘."

세 명의 남학생들이 와서 한 명은 다리를 붙잡고, 두 명은 양쪽
팔을 잡았다. 명신이가 움직이지 못하자 고민환 선생은 방에 있던
생수통을 열어 명신이에게 먹였다. 거의 들이붓는 모습이었다.

한참이 지났지만 명신이의 고통은 잦아들지 않았고 오히려 더
심해졌는지 몸부림이 더 심해졌다. 먹은 물마저 다시 게워냈다.
명신의 몸부림이 더 거세져 몇 명이 더 투입되었다.

모두 긴급 상황에 어찌 대응할 바를 모를 때, 이 씨 아저씨가
구급상자를 들고 들어왔다.

"선생님, 섬에서 급할 때 사용하는 진정제가 있습니다. 지금 상
황에서는 이 주사를 놔야 할 것 같습니다."

주사를 꺼내며 고민환 선생에게 보였다.

"이거 모르핀이잖아요. 마약을 놓으라고요?"

"우린 모르핀이 뭔지도 몰라요. 아무튼 덕적도 보건소에서 심
한 상처를 입었을 때 이 주사를 맞고, 가능한 덕적도로 빨리 오라
고 했습니다."

고민환 선생이 머뭇거렸다. 평소의 책임지기 싫어하는 성격이 그대로 나오고 있었다.

"지금은 다른 대안이 없어요. 놓겠습니다."

"……."

대답이 없자 이 씨 아저씨는 명신이의 팔에 주사를 놓았다. 주사가 듣는지 명신의 몸부림이 잦아들었다. 명신이는 몸을 돌려 바닥에 노르스름한 액체를 한 번 더 게워내고는 잠이 들었다.

"여기 포도당 링거에요. 이걸 놓을게요."

이 씨 아저씨는 잠든 명신이의 팔에 바늘을 꽂고 포도당 수액을 침대 위 창문 고리에 걸었다.

"성은이와 민경이가 명신이 방에 잠시 있어라. 또 문제가 생기면 식당으로 내려오고. 곧 조를 짜서 교대시킬 테니 잘 지키고 있어."

고민환 선생은 여학생 둘에게 말하고 문밖으로 나가며 나머지 학생들에게 소리쳤다.

"모두 방에서 나가라. 한 명도 빠짐없이 당장 식당으로 모이도록 해."

긴급한 상황을 목격한 학생들은 빠르게 식당으로 내려갔다.

식당에는 섬에 있는 모든 사람들이 앉아 웅성거리고 있었다. 고민환 선생은 마이크를 들고 말했다.

"장희종! 어제 명신이에게 술을 얼마나 먹였길래 애가 저 지경이 됐어?"

희종은 갑자기 자신이 지목되어 놀랐는지 눈이 동그래져 반박했다.

"선생님, 술 좀 마셨다고 저렇게 되지 않습니다. 그리고 뭘 먹었다고 해도 우리 모두 같은 것을 먹었습니다. 하지만 여기 미애도 멀쩡하지 않습니까?"

고민환 선생은 화가 났는지 언성을 높여 말했다.

"선생님 말 좀 들어라, 이 자식아. 학생 놈들이 술이 웬 말이야. 말을 안 들으니 이런 사고가 일어나는 것 아니야!"

본인 때문에 명신이가 저렇게 된 것처럼 말해 희종이도 발끈해 목소리가 커졌다.

"그거랑 이거랑 무슨 상관이에요? 담임이 저런 식이니 이런 일이 일어나지."

"야 이 개새끼야. 너네들 행동이 이러니 천벌받는 거야!"

순간 이성을 잃었는지 고민환 선생은 욕을 했다. 하지만 오늘은 희종이도 지지 않았다.

"왜 욕을 하고 지랄이야. 씨발."

고민환 선생은 마이크를 던지고 희종이 앞으로 달려가 귀싸대기를 한 대 때렸다. 휘청한 장희종도 고민환 선생을 치려고 팔을 들었지만 민석이와 태호가 한발 빠르게 양쪽 팔을 잡았다. 흥분한 희종이가 계속 욕설을 날렸다.

"놔, 씨발. 지가 선생이면 선생이지 왜 때리고 지랄이야!"

"이 위아래도 없는 쌍놈의 새끼를 내 죽여버리겠어."

달려드는 고민환 선생도 청년회장이 붙잡았다. 그렇게 한참이 지나서야 식당은 진정이 되었다. 희종이는 뺨을 맞은 것이 억울한지 씩씩거리며 말했다.

"섬에서 나가면 선생질 다한 줄 알아."

"누가 한데냐, 더러워서. 나도 때려치운다. 때려치우기 전에 한 놈은 죽이고 갈 테니 각오해라."

고민환 선생은 희종이에게 소리치고는 앞으로 나와 마이크를 들고 전체 학생에게 말했다.

"이제 더이상 즐거운 수학여행은 없다. 지금부터 다음 지시가 있을 때까지 학교 밖으로 나가는 것을 금지한다. 그때까지 자기 방에 들어가 조용히 대기하도록 해라. 모두 방으로 올라가!"

곳곳에서 웅성대며 불만의 소리가 들려왔다. 이때 한쪽에서 조용히 듣고 있던 이지현 선생이 말했다.

"고민환 선생님, 상황이 변했어요. 이제 학생들에게도 어제의 일을 말해주는 것이 좋겠어요. 그냥 나가지만 말라고 하면 아이들의 불만은 더욱 커지고 더 나가고 싶을 거예요."

그 말을 듣고 고민환 선생은 이 씨 아저씨 쪽을 바라봤다. 이 씨 아저씨에게 무언으로 묻는 거였다. 명신이까지도 그렇게 된 마당에 이 씨 아저씨도 더는 숨기자고 할 수 없을 것이다. 이 씨 아저씨는 말없이 고개를 끄덕였고, 고민환 선생은 다시 마이크를 올리고 말했다.

"모두 주목! 나가지 말라는데는 이유가 있어."

고민환 선생은 아이들의 시선이 집중되자 말을 이었다.

"놀라지 마라. 어제 이장님이 자살하셨다."

어수선하던 식당이 순간 조용해졌다.

고민환 선생은 '등대에서 목을 매 자살'했다는 말은 학생들이 무서워하고 동요할까 봐 뺐다.

"경찰에 연락하려고 했는데 어디 전선이 끊어졌는지 유선전화도 되지 않고, 마을에 하나밖에 없는 무전기도 고장이 났다. 이제 토요일 낮에 들어오는 배가 올 때까지 우린 고립되었어. 그러니 모두의 안전을 위해 학교 밖으로 나가지 말라는 것이야."

어른들이 걱정했던 만큼 학생들은 동요하지 않았고 오히려 무덤덤하였다. 희종이는 오히려 킥킥 웃었다.

"야, 자살이래. 가서 인증샷이라도 찍어오자. 태호, 너 겁먹은 것 아니지? 킥킥킥."

태호는 겁을 먹었는지 심각한 표정으로 대답했다.

"야, 사람이 죽었다잖아. 고민 덩어리 열 받았으니 일단 조용히 있자. 이장이 자살하고 명신이도 의문의 복통을 호소했잖아. 그리고 난 무서워."

"그깟 사람 죽은 게 뭐가 무섭다고, 넌 겁이 많아서 탈이야. 암튼 이따 밤에 또 한잔하자."

희종이는 손가락으로 술잔을 들이켜는 모양을 취했다.

"술이 있어야 먹지. 어제 다 마셨잖아."

민석이가 묻자 희종이가 대답했다.

"다 구하는 방법이 있어. 나만 믿어라. 고민 덩어리 열 받게 밤에 또 나가자구. 계속 괴롭혀 줄 테다. 아까 따귀 때린 것에 대해 복수해 주겠어."

이를 본 민선은 사람이 죽었다는데 어쩌면 저렇게 태평할 수 있는지, 게다가 밤에 나간다니 분노가 올랐지만, 입술을 깨물며 참았다.

"그럼, 다들 방으로 올라가라."

고민환 선생의 말에 학생들 모두 일어서 식당을 빠져나갔다. 민선이두 나가려는데 영재가 다가왔다.

"민선아, 나랑 같이 명신이 방에 가보자. 남자가 혼자 여자방에 들어가기 민망해서 그래."

"너 아직도… 아니다. 그래, 같이 가자. 나도 명신이가 걱정되어 가보려던 참이었어."

민선은 아직도 살인 타령이냐고 말하려다 말았다. 1호 방에 도착해서 문을 열고 들어가니 이지현 선생이 먼저 와 있었다.

"선생님, 명신이 괜찮아요?"

이지현 선생은 침대에 걸터앉아 명신이 손을 잡고 있었다. 민선이도 다가가 바닥에 앉았다.

"명신이가 어젯밤 희종이 애들과 술을 많이 마셨나 보더라고요. 그래도 지금은 안정되어 자고 있으니 다행이네요. 아까는 명신이가 어떻게 되는 줄 알고 너무 무서웠어요."

이지현 선생은 명신이의 손을 놓고 바닥으로 내려와 앉았다.

"민선이 너도 고생이 많다. 즐거운 수학여행에서 연이어 이런 일이 일어날 줄 누가 알았겠어. 이제 돌아가는 날까지 아무 일 없어야 할 텐데 말이야."

"이제 별일 없겠죠, 뭐."

둘이 대화를 하고 있을 때, 영재는 묘사 수첩을 꺼내 무언가를 기록하며 방 안을 이리저리 돌아다녔다. 조사가 끝났는지 수첩을 덮었다.

"민선아, 나는 이제 나가볼게."

"영재야, 잠깐만."

민선은 나가려는 영재를 잡았다.

"아까 아침에 나에게 했던 말 이지현 선생님께도 할 수 있니?"

이지현 선생에게도 이장의 죽음이 자살이 아니라고 말할 수 있냐는 질문이었다. 영재는 이지현 선생님을 보았다. 아마 이지현 선생님이 살인범이 될 수 있느냐를 생각했을 것이다.

"뭐, 이지현 선생님은 아닌 것 같아. 그럼 너는 나의 의견에 동의하고 내 제안을 받아들인다는 거야?"

영재의 말은 이장은 자살이 아니라 누군가에게 죽임을 당했다는 것이고, 같이 살인범을 찾자는 것이다.

"일단 이지현 선생님께서도 네 의견에 동의하신다면 같이 할 의향이 있어. 둘보다 셋이 더 좋잖아."

이지현 선생도 둘이 무슨 이야기를 하는지 궁금한 표정이었다.

"좋아."

영재도 다가와 바닥에 앉았다.

"선생님, 놀라지 말고 들으세요. 이장은 자살한 것이 아닙니다. 누군가에게 살해되어 자살한 것처럼 꾸며진 것입니다."

"뭐, 살해!"

"선생님, 목소리 낮추세요."

영재는 일어나서 방문을 열고 복도를 한 번 내다보고 왔다.

"선생님, 누군지 모를 살인범이 들을 수도 있어요."

이지현 선생은 영재의 '살인'이란 말을 믿을 수 없어 고개를 좌우로 저을 뿐이었다. 영재는 자신이 찾은 증거를 말해 이지현 선생을 설득하기로 했다.

"선생님, 정신 차리시고 제 말을 들으세요. 일반적으로 목을 매 자살했다고 생각해 보세요. 시체의 팔, 다리가 아래로 축 처지지 않겠어요?"

이지현 선생은 시체를 생각하는지 인상을 찌푸렸지만, 고개를 끄덕였다.

"그런데 제가 본 이장님의 시체는 빨간 신호등 속 사람처럼 팔다리가 약간씩 벌어져 있었어요. 이것을 논리적으로 설명할 방법은 하나밖에 없어요."

이지현 선생과 민선은 마른침을 꼴깍 삼켰다.

"그건 바로 사후 경직이에요."

"사후 경직?"

"네, 선생님도 사람이 죽으면 근육이 굳어서 딱딱해진다는 것을 들어봤을 거예요. 십자도 살인범은 이장을 죽이고 팔다리를 조금 벌려 눕혀둔 거예요. 그리고 사후 경직이 왔을 때, 등대 창문에

114

목을 매달아 놓은 것이죠."

이지현 선생도 민선이도 인정하지 않을 수 없었다. 자살로는 절대 그런 모양이 만들어지지 않기 때문이다. 이지현 선생은 아무말 못했지만, 생각이 많은지 눈동자가 빠르게 움직였다. 영재는 다짐을 받듯 이지현 선생에게 말했다.

"선생님, 지금 제가 했던 말 아무한테도 말하지 마세요. 특히, 고민환 선생님한테는 절대로 말하면 안 돼요."

영재의 말에 이지현 선생이 고개를 들었다. 영재의 말로는 고민환 선생이 용의자라는 말이기 때문이었다.

"설마 고민환 선생님께서 살인을 했다고?"

"딱히 그렇다는 말은 아니에요. 살인범은 사람을 죽이고 시체를 창문에 매달았어요. 보통 여자의 힘으로는 불가능하죠. 남자들은 모두 조심해야 합니다."

"하지만, 영재 넌 고민환 선생님이 의심스럽다는 거잖아?"

이지현 선생은 믿고 싶지 않은지 힘없는 목소리로 말했고, 민선이도 이지현 선생의 말에 동조했다.

"맞아, 영재야. 아무리 그래도 고민환 선생님은 우리 담임 선생님이야. 우리가 좋은 선생님이라고 생각하지는 않아도 설마 살인을 할 정도인 그런 선생님은 아니잖아?"

민선은 몸을 부르르 떨었다.

"그러니 우리가 살인범을 먼저 찾아서 방비하자는 거야."

영재의 말에 이지현 선생은 고개를 좌우로 흔들었다.

"그래도 선생님은 아직 뭐가 뭔지 모르겠어. 그리고 영재야, 살인범이 이장님을 죽였다면 이제 끝난 거 아니야? 방비하자니? 넌 살인범이 또 다른 살인을 저지른다는 거야?"

영재는 민선이와 이지현 선생을 설득하기 위해 다음 증거를 보여주기로 했다. 혼자보다는 둘의 도움이 필요했기 때문이었다.

"민선아, 선생님. 잠깐만 기다려주세요. 제가 결정적인 증거를 보여줄게요."

밖으로 나갔다가 잠시 뒤 들어온 영재의 손에는 생수 한 병이 들려 있었다.

"이것은 학생들에게 나누어준 생수예요."

그리고는 텔레비전 옆의 빈 생수통을 가져왔다. 빈 생수통은 명신이 방에 있는 것으로 명신이가 마시고 난 빈 통이었다.

"명신이가 마신 이 생수통에는 독성 물질이 들어있습니다."

영재는 명신의 생수통을 열어 자신이 가져온 생수통에 부었다. 남아 있는 몇 방울의 물이 떨어졌다. 그리고는 희석하려는지 다시 뚜껑을 닫아 흔들었다.

"아까도 말했지만, 이장님은 누군가에게 살해당한 겁니다. 아침에 민선이한테 누군가 또 죽을지도 모른다고 했는데, 진짜 그런 일이 일어났어요. 저는 영화 이야기를 장난으로 말했지만 실제로 살인범에게는 다음 타깃이 있었던 겁니다."

"그럼 넌 살인범이 명신이도 죽이려고 했다는 거야?"

영재는 고개를 끄덕이고 생수통을 이지현 선생에게 내밀었다.

"이 물을 손으로 살짝 찍어서 혀에 대 보세요."

영재 말로는 생수에 독극물을 넣었다고 했는데 찍어 먹어보라니 이지현 선생은 망설였다.

"선생님, 걱정하지 마세요. 새로운 생수에 몇 방울 넣어서 희석도 했고, 제가 아까 살짝 맛을 봤는데 이렇게 괜찮잖아요. 걱정하지 마시고 맛을 보세요."

이지현 선생은 물을 검지로 살짝 찍어 조심스럽게 혀에 댔다. 맛을 본 이지현 선생의 두려운 표정이 사라졌다.

"그냥 맹물인데? 아무 맛도 안 나."

"그래요? 잘됐네요. 그럼 다음 민선이 네가 맛을 봐봐."

곧이어 민선이가 검지로 물을 찍어 맛을 봤다. 민선은 물이 쓴지 얼굴이 일그러졌다.

"윽~ 엄청 쓴데."

민선은 입이 쓴지 휴지에 침을 뱉고는 뭉쳐서 휴지통에 버렸다. 영재는 두 사람 앞에서 자신의 추리를 시작했다.

"자, 여기서 생각해 볼 문제가 있어요? 방금 두 분은 똑같은 물의 맛을 봤는데 선생님은 아무 맛도 못 느끼고, 민선은 쓴맛을 느꼈어요. 도대체 이건 무슨 조화일까요?

영재가 퀴즈를 내듯 두 사람에게 말했다. 공부 잘하는 모범생 민선은 곧 대답할 수 있었다.

"답을 알았어. PTC 용액이야. 이지현 선생님은 미맹이라 쓴맛을 느끼지 못한 거예요. 영재 넌 쓴맛을 느낀 거지?"

"맞아. 아까 이런저런 조사를 하다가 별생각 없이 빈 생수통에 조금 남아 있는 물을 마셔 봤는데 엄청 쓰더군. 물이 이렇게 쓴데 명신이는 어째서 멈추지 않고 500ml 한 통을 마셔버렸을까를 생각해봤어. 정확히 기억나지는 않았지만, 중학교 과학시간에 학교에서 했던 실험이 기억났지. 과학 선생님이 한 명씩 나와서 물의 맛을 보라고 했었는데, 어떤 학생은 쓴맛을 느끼고, 어떤 학생은 쓴맛을 느끼지 못한 것이 기억난 거야. 음, 그 용액 이름이 PTC군."

영재의 말을 듣고 민선이가 무언가 생각났는지 손뼉을 치며 말했다.

"아! 고등학교 유전 수업시간에는 희망자만 했었어. 용액이 아니라 PTC 시험지였지. 고민환 선생님이 처음 발령받았을 때, 미맹 수업을 하려고 PTC 용액을 찾으러 약품실에 갔는데 일반 약품 장에서는 PTC 용액을 찾을 수 없었다는 거야. 한참을 찾다가 혹시나 해서 독극물을 넣는 약품장에 가봤더니 PTC 용액이 거기 들어 있었다고 했어. 약병에 해골이 그려져 있고, 'very poison'이라고 쓰여 있다고 하면서 웃었지. 그러면서 '너희들 중학교 때 미맹 실험을 했다면 해골 물을 먹은 거야.' 하면서 웃었던 게 기억나."

말을 멈춘 민선은 놀란 표정을 지었다. 담임 선생님은 생명과학 선생님이다.

"영재 너, 그래서 담임 선생님을 의심하는 거야?"

민선이가 말하는 동안 영재는 수첩을 꺼내 민선이가 하는 말을 요약해서 적고 있었다.

"역시 민선이는 공부를 잘해. 나도 수업을 열심히 들었으면 이런 내용을 알았을 텐데. 아무튼 고마워. 그리고 여기서 중요하게 생각할 것은 PTC 용액을 이용해 누군가 명신이에게 위해를 가하려고 했다는 거야. 민선이 네 말대로 생물을 잘 알면서 PTC 용액을 쉽게 구할 수 있는 사람은 고민환 선생님이고."

민선은 어느새 이 사건에 대해 진지해졌다.

"여기 1층에 과학실이 있잖아. 어제 거기 구경 갔었는데 옛날에 쓰던 물건들을 거의 그대로 보존해 놨더라고. 고민환 선생님이 아니라도 거기에서 PTC 용액을 구할 수 있지 않을까?"

민선의 말에 영재는 맞장구쳤다.

"오, 그렇구나. 누구라도 거기서 PTC 용액을 구할 수 있겠어. 거봐. 나 혼자로는 한계가 있어 도움이 필요해."

영재는 깊은 생각에 잠긴 듯 창문 밖 운동장을 잠시 주시하며 말을 이었다.

"난 예감이 좋지 않아. 누군가 이장을 죽이고 명신이에게 위해를 가했다면, 다음 차례가 있을 거야. 어서 이 사건을 조사해서 또 다른 피해를 막아야 해. 민선아, 선생님. 저 혼자서는 벅차니 도움을 주세요."

민선은 적극적으로 고개를 끄덕였고, 상황의 심각성을 인지한 이지현 선생도 고개를 끄덕였다.

"고맙습니다. 그럼 각자에게 임무를 줄 테니 신중하게 조사해 주세요."

영재는 수첩을 펼쳤다. 마치 경찰이 수사하는 것 같았다.

"민선이 너는 미애한테 어제 희종이네랑 술 마신 상황을 조사해 줘. 술은 어떻게 구했고 안주는 무얼 먹었는지 그런 것 좀 조사해보고, 선생님은 이 씨 아저씨께 청년회장에 대해 조사 좀 해주세요. 이 씨 아저씨는 청년회장을 의심하는데 왜 그런지, 그리고 이 섬사람이 아닌데 어떻게 들어와 청년회장을 하는지 그런 거요. 참, 이 씨 아저씨도 유력한 용의자니 말조심하시고요. 전 과학실을 집중적으로 조사하겠습니다."

민선이와 이지현 선생은 각자 임무를 부여받고 고개를 끄덕였다.

"그럼, 점심 식사 시간 전까지 각자 조사하고, 식사 후 이지현 선생님 방에서 모이는 걸로 하죠."

3

이지현 선생은 자신에게 닥쳐온 재앙 같은 수학여행을 곱씹어 보며 침착하려고 애썼다. 올해 신규 교사로 발령받아 처음 수학여행에 참가하게 되어 즐겁게 준비했던 자신의 모습이 떠올라 또 눈물이 흘렀다. 이게 도대체 몇 번째 흘리는 눈물인지 몰랐다.

하지만 계속 눈물만 흘리고 있을 수는 없었다. 눈물을 삼키고 마음을 단단히 먹어야 한다. 학생들도 무섭겠지만 노력하고 있었다. 특히, 영재는 다른 위험을 예상하고 친구를 구하려고 나섰다. 부담임으로 조금이라도 도움을 줘야 했다.

'이지현, 정신 차리자. 넌 선생이 돼서 뭐 하는 거야?'

영재가 말한 대로 이 씨 아저씨 부부를 만나러 식당으로 내려갔다. 이 씨 아저씨 부부는 가까운 사람이 죽었음에도 열심히 식사를 준비하고 있었다. 이지현 선생이 다가가자 이 씨 아저씨가 감자 까던 일을 멈췄다.

"선생님, 무슨 일 있나요?"

"아니요. 이장님께서 저렇게 되셔서 정신이 없으실 텐데 학생들을 위해 식사 준비를 해 주셔서 감사드려요."

이 씨 아저씨는 다시 감자를 까면서 말했다.

"그건 그거고, 이건 이거지요. 그렇다고 학생들을 굶길 수는 없잖아요."

감사함에 이지현 선생은 다시 고개를 숙였다.

"다시 한번 감사드립니다. 그리고 학생들이 돌아갈 때까지 잘 부탁드려요."

"식사는 걱정하지 마십시오."

이지현 선생은 대화를 위하여 할 수 있는 일이 있나 둘러보았다. 이지현 선생이 돌아가지 않고 얼쩡거리자 이 씨 아저씨가 다시 하던 일을 멈췄다.

"선생님, 학생들 식사는 걱정 마시고 돌아가서 쉬세요."

"음… 잠시 시간이 되시면 얘기를 좀 했으면 해서요."

감자를 씻던 이 씨 아저씨는 하던 일을 멈추고 앞치마에 손을 닦으며 다가왔다. 이지현 선생의 머뭇거림에서 걱정을 느꼈을 것이다.

"아까 제가 했던 말 때문에 그런가요? 이장님이 자살이 아니라는 거요?"

"네, 그에 대해 말씀하셨던 청년회장님도 궁금하고요."

"좋습니다. 일단 자리에 앉으세요. 커피 한 잔 드시겠어요?"

"네, 감사해요."

이지현 선생이 식탁 의자 하나를 빼서 앉자, 이 씨 아저씨가 커피를 내어 왔다.

"커피 드세요. 커피와 설탕을 추가로 더 넣었습니다. 카페인과 당분이 진정하는 데 도움을 줄 겁니다."

이지현 선생은 감사 인사 후 잔을 들어 커피를 한 모금 마셨다. 입안에 달달함이 전해지자 조금이지만 행복이란 느낌이 올라왔다.

"아까 새벽에 아저씨께서 청년회장이 이 섬사람이 아니라고 했는데 청년회장은 원래 이 섬사람이 아니었어요?"

이 씨 아저씨가 마시던 커피잔을 내려 놓았다.

"원래 우리 섬은 여름 성수기에만 관광객들이 들어오는데 민박 형식으로 운영해요. 물론 겨울에는 오는 사람이 없어서 이장님과 저희 부부만 섬에 남아서 가끔 오는 손님들을 맞고 있습니다. 한데 한 달 전쯤에 이장님이 학생들을 받아 보자고 했습니다. 저희 부부 보고 밥을 하라고 했어요. 어차피 여름에 손님들이 와도 주로 텐트 치고 야영을 하는지라 민박이 잘 되지 않았거든요. 돈도 만족스럽게 준다고 하여 좋다고 했죠."

이 씨 아저씨는 말을 멈추고 커피를 마셨다.

"그런데 일주일쯤 전에 이장님이 청년회장을 데리고 왔어요. 이장님 말로는 학생들 때문에 안전요원을 들였다고 했습니다. 그리고 청년회장이라는 직함을 주었어요. 지금 생각해보니 이상한 것이 청년회장은 일주일 동안 섬의 이곳저곳을 돌아다니면서 사진도 찍고, 뒷산 꼭대기도 자주 올라가고 하더라고요. 안전요원의 일이라고는 하나 조금 과한 느낌이 들었습니다."

이지현 선생은 중요하다고 생각하는 이야기들을 스마트폰 메모장에 적어 내려갔다.

"혹시 청년회장의 이름과 나이를 알고 있나요?"

"뭐, 이름은 서문주라고 했고, 나이는 뭐 군대 갔다 왔다고 하던데 20대 중반일 거예요."

"그럼, 일주일간 어디서 묵었나요?"

"그동안은 이장님 댁에서 머물렀어요."

"이장님과는 사이가 좋지 않았나요?"

"글쎄요. 저녁에 둘이 술도 한 잔씩 하고, 같이 산책도 하고 크게 이상한 점은 없었어요."

"그럼 아까 새벽에 왜 청년회장을 조심하라고 했어요?"

이 씨 아저씨는 커피잔을 들어 남아 있는 커피를 모두 마셔버렸다.

"이장님은 절대 자살할 사람이 아니에요. 이장님은 이 섬에서 태어난 토박이고, 저도 마찬가지예요. 소위 말해 이장님과 우리 집은 젓가락이 몇 벌 있는지도 알고 있는 사이입니다. 이유가 없어요. 절대 자살할 사람이 아니에요. 만약 이장님을 누군가가 살해했다면 학생들은 그럴 리 없겠고 청년회장밖에 더 있겠어요? 청년회장 이놈 지금은 증거가 없지만 잡히기만 해봐라. 내 요절을 내줄 테다."

이 씨 아저씨는 청년회장이 범인이라는 생각이 들었는지 말투에 화가 묻어 있었다.

"그렇군요."

이지현 선생은 학생들이 아니라면 청년회장, 혹시 청년회장이 아니라면 고민환 선생의 얼굴이 떠올라 고개를 흔들었다. 이 씨 아저씨는 식탁에 가까이 다가와 목소리를 한층 낮췄다.

"어제 저녁 6시쯤 되었나? 청년회장과 이장님이 등대 쪽으로 가는 것을 봤어요. 아! 아이스박스 같은 걸 가지고 갔었어요. 뭐 일주일간 둘이 자주 다녔기 때문에 별문제 삼지 않았어요. 학생들도 등대로 자주 왔다 갔다 해서 특별하게 생각하지 못했지만, 청년회장 이놈이 그때 이장님에게 해코지했을 겁니다."

이지현 선생은 스마트폰에 기록하며 생각했다. 영재 말로는 무거운 시체를 다시 매달려면 남자들의 힘이 있어야 한다고 했다. 아이들이 많이 왔다 갔다 했으면 남학생들도 모두 용의자가 될 수도 있는 것이다. 그것보다… 앞의 이 씨 아저씨 팔뚝에 눈이 갔다. 근육질에 혈관이 크게 부풀어 있었다.

저 팔뚝이라면 시체를 간단히 매달겠지? 이 씨 아저씨가 범인이라면 다른 이야기로 혼란을 줄 수도 있다는 생각에 등골에 전류가 흘렀다. 이지현 선생은 질문을 멈춰야겠다는 생각이 들었다.

"네, 여러 가지 도움을 주셔서 감사하고요. 힘드시겠지만 이틀 동안 학생들을 위해서 수고해 주세요. 그럼 저는 일어나 보겠습니다."

이지현 선생은 일어나 고개를 숙여 다시 한번 감사를 전하고 식당 밖으로 나왔다. 자신의 임무를 마치고 방으로 돌아가던 이지현 선생은 고민환 선생의 방 앞에 멈췄다. 엉망이 되어 버렸지만 앞으로의 수학여행 일정을 상의하고자 했다.

이지현 선생은 방문 앞으로 가서 노크했다. 잠시 기다리자 대답이 없이 바로 문이 열렸다.

"이지현 선생님, 잘 오셨어요. 그렇지 않아도 앞으로의 일정을 상의하려고 했는데… 들어오실래요? 아니면 선생님 방으로 갈까요?"

"들어가겠습니다."

방으로 들어가자 담배 냄새가 심하게 났다. 사건 때문에 방에서 담배를 피운 것 같았다. 고민환 선생은 바닥의 옷가지를 대충 모아 구석에 정리했고, 이지현 선생은 침대 한쪽에 걸터앉았다.

"뭐, 마실 거라도 드릴까요?"

"방금 커피를 마셔서 괜찮습니다."

고민환 선생은 냉장고를 열어 자신의 캔 커피 하나를 꺼내왔다.

"이지현 선생님, 고생이 많으십니다. 괜히 따라오셔서 별난 고생을 하시네요."

"아닙니다. 어쩔 수 없죠. 저도 수학여행에 오고 싶어서 반대하지 않았었잖아요. 이런 일이 일어날 줄 그 누가 알았겠어요. 그나저나 앞으로 어떡하죠?"

"지금 밖으로 연락할 방법이 없어서 큰일이에요. 무슨 지시가 없으니 일정을 어떻게 진행해야 할지 모르겠습니다. 이지현 선생님은 어떻게 하는 게 좋을 것 같아요?"

밖으로 연락할 방법이란 말을 듣고 이지현 선생의 머리에 스치는 생각이 있었다. 처음 이장님께서 산꼭대기에 올라가면 신호가 조금 잡힌다는 말이 생각났다.

"아! 산꼭대기에 올라가면 어떨까요?"

"그래서 저도 이 씨 아저씨에게 물었더니 소용없다네요. 아주 맑은 여름날에 간혹 연결된다는 여행객의 말이 있었지. 확실한 것은 아니랍니다."

이지현 선생은 어깨에 힘이 빠졌다.

"앞으로 어떻게 해야 할지 잘 모르겠어요. 왜 이런 일이 일어나는지 저는 무서워요. 명신이는 괜찮겠죠?"

"일단 지금은 안정을 찾은 것 같으니 기다려봐야죠. 그리고 선생님이 신규 교사라 아직 모르시겠지만 애들 조심하세요. 뒤통수를 치고, 야비하고, 명신이 개도… 으이구, 말을 맙시다."

고민환 선생은 학생들에게 많이 당했는지 말하면서도 주먹에 힘이 들어갔다.

"고민환 선생님, 이장님도 죽고, 명신이도 아픈데 아이들도 얼마나 무서워하겠어요. 선생님께서 아이들을 싫어하는 것은 알지만, 일단 접어 두시고 지금의 상황에 어떻게 대응할지 생각을 해 봐요."

이지현 선생의 말에 고민환 선생은 한심하다는 듯한 표정을 지었다.

"아이고 참, 선생님. 무서워하다니요? 애들 못 보셨어요? 선생님 말씀 같은 애들은 서너명 되려나? 저기 좀 보세요. 벌써 저렇게 히죽대고 있잖아요."

복도에서 까르르 하는 여학생들의 목소리가 들렸다. 고민환 선생은 손가락으로 복도를 가리켰다.

"아마 풀어주면 이장 시체 사진이라도 찍으려고 들걸요? 저 창문 밖도 보시죠."

창문 밖에서 남학생들 소리가 났다. 운동장에서 몇 명이 나뭇가지로 칼싸움을 하며 웃고 있었다.

"그래도 제 눈에는 순수하게 보이네요. 선생님은 왜 이렇게 아이들을 싫어하세요?"

뜻밖의 질문에 고민환 선생은 잠시 생각했다.

"저도 처음에는 선생님과 같이 열정이 많았죠. 신규 교사 때에는 학생들과 라면도 끓여 먹고 집에 초대하여 밥도 해주고 공부도 늦은 시간까지 가르쳤었어요. 그땐 정말 열심이었죠. 하지만 세상이 바뀌고, 학교와 학생이 변했어요."

"세월이 지나면 뭐든지 변하는 게 당연하겠죠."

"그럼 제가 정말 황당한 이야기를 해주죠."

고민환 선생은 옛일을 생각하는지 창문 밖을 보며 이야기를 시작했다.

"뭐 너무 많은 일이 일어났지만 한 번은 이런 일도 있었어요. 작년 수업 때, 칠판에 필기하고 있는데 교실에서 무언가 타는 냄새가 나는 거예요. 그래서 돌아봤더니 교실 맨 뒤에서 명신이가 라이터로 종이를 태우고 있는 거예요. 너무 황당했지만 명신이와는 한두 번 부딪친 게 아니라서 말로 타이르려고 상담실로 데리고 갔어요. 상담실에서 자신의 나쁜 행동을 이해시키려는데 얼마나 답답한지. 본인은 다른 학생들에게 피해를 주지 않았는데 왜 혼나는지 모르겠대요. 결국 제 언성이 높아졌고 버럭 화를 냈습니다. 그제야 명신은 본인이 잘못했다고 했어요. 그런데 일주일 후 교육청 장학사가 학교로 찾아왔어요. 글쎄, 명신이가 성희롱으로 저를 교육청에 신고했다는 겁니다. 그래서 감사 나온 거였어요. 얼마나 황당하고 억울한지 조사 결과가 나올 때까지 소주로 버텼어요. 장학사는 여학생들과 여선생님들에게 전수조사를 했어요. 근데 결론이 어떻게 난 줄 아세요? 실질적인 징계는 아니지만 '엄중경고'를 받았습니다. 이유가 뭔 줄 아세요? 학생의 말 빼고 확실한 증거는 없지만 상담실에서 여학생과 단둘이 있었던 점, 학생을 안쪽에 앉히고 본인이 문 쪽에 앉아 혹시나 성추행을 당할 때 학생이 도망가는 길을 막았던 점을 들어 '엄중경고'를 준 거예요. 실질적 징계는 아니었지만, 그 후로 여선생이나 여학생들은 저를 성범죄자 보듯 했어요. 선생님도 저에 대하여 들은 소리가 있죠? 저는 학생들에게 두 손 두 발 다 들었어요."

실제로 이지현 선생은 같은 교무실의 임정은 선생에게 고민환 선생을 조심하라는 말을 들었었다. 아무래도 학교는 고민환 선생에 대한 오해가 단단히 쌓인 것 같았다. 그리고 고민환 선생이 아이들에게 왜 이렇게 적대적인지 이유를 조금은 알 수 있을 것 같았다. 희종이 아이들과만 문제가 있는 줄 알았는데 명신이와도 사연이 있다니, 아마 다른 아이들과도 많은 문제가 있을 것이다.

"명신이 그거 벌받은 거예요. 1학년 때부터 나를 얼마나 괴롭

혔는지 으이구. 이지현 선생님께 할 말은 아니지만 걔 부모는 조
폭이에요. 그것을 빌미로 얼마나 애들을 괴롭혔는지 아마 걔한테
원한 가진 아이들이 많을 겁니다."

"조폭이요?"

"네, 명신이가 학교 폭력 저지르면 학교에 와서 어깃장을 놨죠.
그래서 징계도 약해졌고요. 피해 아이들 부모는 어쩔 수 없이 합
의하고요."

고민환 선생은 다 마신 커피 캔을 손으로 찌그렸다. 명신이에
대한 고민환 선생의 깊은 분노가 전해지는 것 같았다. 이야기가
다른 곳으로 새어 버렸지만 좋은 정보였다. 명신이에게 원한을 가
진 학생들이 있다면 용의자가 될 수도 있다. 이지현 선생은 갑자
기 사건 조사 본능이 깨어나 청년회장 이야기를 해보기로 하였다.

"그나저나 선생님, 청년회장 말인데요. 이 섬사람이 아니래요.
우리가 수학여행 오기 일주일 전에 미리 들어왔었데요."

"아 참, 이지현 선생님은 모르고 있었나요? 청년회장은 경호회
사 사람이에요. 희종이 보호를 위하여 희종이 어머니가 고용해서
보낸 거예요."

"네? 경호회사요?"

허무한 결말이었다. 가장 의심스러운 행동을 한 사람이 희종이
를 보호하는 경호회사 사람이라니… 희종이 부모라면 가능한 이
야기였다.

"전혀 몰랐어요. 진작 좀 말해주시지……."

"저번에 희종이 어머니를 교장실에서 같이 만났잖아요. 그때
이야기가 나왔었는데 같이 있는 선생님도 당연히 알고 있을 줄
알았네요. 참, 선생님은 그때 빨리 나갔었죠? 제가 희종이 보호를
위해 보디가드를 고용하라고 제안했어요. 저놈들 망나니처럼 날

뛸 텐데 저놈들만 신경 쓸 수 없잖아요."

청년회장이 희종이 보디가드라면 도대체 이장님을 죽인 사람은 누군란 말인가? 역시 이장님은 자살이고, 명신이 사고는 우연인가?

"아무튼 이지현 선생님! 애들하고 너무 친하게 지내지 마세요. 특히 희종이, 민석이, 태호는 무서운 애들이에요. 희종이는 부모만 믿고 앞뒤 가리지 않고 행동하고, 태호랑 민석이는 희종이 믿고 날뛰니까요."

"네, 그럴게요. 그런데 청년회장은 위험한 사람은 아니겠죠?"

"뭐, 경호회사 사람이니 특별한 문제가 있겠습니까? 희종이 어머니가 보냈으니 별다른 문제 없겠죠."

이지현 선생은 이 씨 아저씨가 의심하는 강력한 용의자인 청년회장이 경호회사 사람이라서 허무함을 느꼈다. 청년회장이 희종이 어머니가 고용한 경호회사 사람이라면 이장을 죽일 동기가 없어진다. 그럼, 다음으로 유력한 용의자는 고민환 선생일까?

영재는 고민환 선생이 용의자가 될 수 있다고 하였지만, 청년회장도 용의자에서 벗어난 마당에 고민환 선생을 떠보기로 하였다.

"고민환 선생님, 저기 이장님이요. 이 씨 아저씨는 자살이 아닐지도 모른다고 하던데 청년회장이 의심스럽다고 했어요."

이지현 선생은 이 씨 아저씨 말을 빌려 청년회장이 의심스럽다는 말을 전했다. 갑자기 살인 이야기가 나왔을 때, 표정을 살피기 위해서였다. 고민환 선생은 잠시 침울한 표정을 지으며 말했다.

"글쎄, 저도 이장님의 시체를 보았을 때 정말 자살일까라는 의문이 들긴 했어요. 하지만 청년회장이 이장을 죽일 이유가 없다는 겁니다. 무동기 살인도 있긴 하지만 굳이 이 섬에서 청년회장이 무동기 살인을 하지는 않겠죠. 오히려 저는 이 씨 아저씨가 더 가능성이 있다고 생각합니다. 이번 수학여행을 위해서 희종이 어머니가 뱃값을 제외하고 섬에 천만 원을 내놨어요. 돈을 분배하는데 다툼이 있었는지도 모르고, 앞으로 알짜 사업이 될 것 같으니 이권 때문에 이장을 죽였을 수도 있겠죠?"

고민환 선생의 말을 들어보니 오히려 이 씨 아저씨도 용의자가 될 수 있을 것 같았다.

"혹시 모르죠. 저 희종이와 친구들이 어젯밤 등대에서 술 마신 것 같은데 이장이 와서 혼내니까 홧김에 죽였을지도 모르고요."

희종이와 아이들이 홧김에 죽였다는 것은 과대망상일지 모르지만, 영재가 모든 가능성을 열어 놓으라고 했었다. 이지현 선생은 이제 대화를 끝내려고 시계를 보았다.

"선생님, 벌써 시간이 이렇게 되었네요. 점심 먹을 때가 되었어요."

고민환 선생도 시계를 보더니 기지개를 폈다.

"그렇네요. 학생들에게 방송을 해야겠습니다. 이지현 선생님도 먼저 식사하세요. 아 참, 그리고 애들이 동요할지 모르니 살인 이런 이야기는 절대 하지 말아 주세요."

이지현 선생은 고개를 끄덕였다.

4

민선이 자신의 방으로 들어갔을 때 미애가 잠에서 깨어났다. 민선은 여태 잠을 자던 미애를 보며 자기 베프가 저 난리를 치고 누워있는데 잠이 오나 싶었다. 눈을 비비며 미애가 말했다.

"민선아, 지금 몇 시나 됐냐? 점심시간 아직 멀었어? 아침을 먹지 않았더니 허기져 미치겠어."

사람이 죽고, 친구가 다쳤는데 배가 고플까? 하지만 어젯밤 일을 알아내려면 관계가 좋아야 한다. 민선은 자신의 가방을 뒤져 간식으로 싸 온 과자를 꺼내 주었다.

"지금 10시쯤 됐어. 아직 점심시간까지는 멀었으니 일단 이 과자라도 먹어."

"오! 고마워."

미애는 배가 많이 고팠는지 과자를 뜯어 허겁지겁 먹었다.

"미애야, 너희들 어제 등대로 술 마시러 갔다며. 진짜 거기로 갔었어?"

과자가 도움이 되었는지 미애는 민선의 질문에 적극적으로 대답했다.

"야~ 거기 분위기 끝내주더라. 검은 바다를 비추는 등대와 함께 술 마시니 정말 좋더라고. 캬~ 또 가고 싶네."

"술은 어디서 났어?"

"희종이가 어젯밤에 돈의 힘에 대하여 얼마나 자랑을 하던지. 희종이네 집이 부자인 건 민선이 너도 알지? 이장한테 이백만 원 주고 샀다나? 이장이 싱글벙글하면서 소주 열 병이랑 안주 일체를 준비해 주었대. 거기다 분위기가 좋다며 등대에서 먹으라고 안내도 해줬대. 히히. 어른들은 돈이 그렇게나 좋은가? 근데 민선이 넌 모를 거다. 등대 위에서 파도 소리를 들으며 짭조름한 소금 냄새를 안주 삼아서 캬~"

미애는 어제 마셨던 술이 또 생각나는지 손으로 술잔을 잡고 마시는 흉내를 내었다. 민선은 사람이 죽어 나가는 섬에서 다시 술 마실 생각을 하는 미애를 보며 속으로 혀를 찼다. 한데 이장 아저씨는 죽었는데 밤에 술을 준비해줬다고?

"미애야, 이장님이 직접 준비를 해주었다고? 그럼 어제 술 마실 때 이장님을 봤어?"

"아니. 우리가 등대에 도착했을 때는 이미 준비가 되어 있었어."

"등대에서 무슨 이상한 것은 보지 못했지?"

이장님은 등대 2층 창문에 매달려 있었다. 영재 말로는 사후경직 어쩌고 했으니 미리 죽여 시체를 등대 어딘가에 놓았다가 영재가 발견하기 전에 걸어둔 것이리라.

"이상한 거라니?"

만약 시체를 보았다면 아이들이 기분 좋게 술을 마셨을 리가 없다.

"아니야 아무것도. 그럼 어제 몇 시에 왔는지 기억나?"

"글쎄, 술 취해서 뜨문뜨문 기억나는데 한 12시쯤 아니었나? 민선이 네가 알 거 아니야? 나 몇 시에 들어왔어?"

"맞아. 11시 50분쯤이었어. 그때 다른 애들도 같이 왔지?"

"어. 다 같이 손잡고 노래하며 왔던 게 기억나."

그리고 갑자기 기억난 듯 민선이 가까이 오며 속삭였다.

"희종이가 명신이 방에서 잤을 거야. 걔네 사귀지는 않지만 그렇고 그런 사이인 거 너도 알지? 아마 중학교 때부터일걸?"

민선이도 둘이 그런 사이란 것은 알고 있었지만, 중학교 때부터인지는 몰랐었다.

"그랬구나. 중학교 때부터라면 희종이, 태호, 민석이와 명신이는 친하겠네?"

"나야 고등학교 2학년 올라와 친해져서 잘은 모르지만 넷은 중학교 때부터 엄청 친해."

"그래. 마지막으로 하나만 물을게. 등대에는 문이 잠겨 있었을 텐데 어떻게 들어간 거야?"

"맞다! 희종이가 청년회장도 돈으로 매수했대. 술도 청년회장이 옮겨주고, 등대로 들어가는 열쇠 있는 곳도 알려주고."

민선은 단서가 될지는 모르지만, 미애와 했던 이야기의 핵심을 스마트폰에 기록하며 일어났다.

"그래 미애야, 그럼 좀 더 쉬어. 또 무언가 생각나면 알려 줘야 해. 그리고 술 깨면 명신이 방에 가봐. 지금 희정이와 혜인이가 있을 거야. 교대 좀 해줘."

"그래, 알았어. 씻고 가볼게."

민선은 방에서 나와 명신이 방으로 들어가 보았다. 명신이는 죽은 듯이 누워있고, 옆에서 희정이와 혜인이가 과자를 먹으며 조잘대고 있었다.

"희정아, 혜인아 고생한다. 명신이는 그대로지?"

"어, 가끔 고통스러운지 인상을 쓰고 신음을 냈지만, 곧 괜찮아져서 자고 있어."

"그래, 조금만 있어. 곧 미애가 와서 교대해 줄 거야."

민선은 간호를 부탁하고 운동장으로 나왔다. 희종이 패거리가 정글짐 위에 앉아 담배를 피우고 있었다. 민선은 몰래 다가가 희종이 이름을 크게 불렀다.

"야, 장희종!"

희종이와 태호, 민석이는 서둘러 담배를 끄고 돌아보았다. 거기에 민선이가 있어 안심되는지 한숨을 크게 내뱉었다.

"아이, 씨발 놀랐잖아. 소리를 내면서 와야지"

민선은 희종이 패거리에게 무엇 하나 건져볼 요량으로 이장의 죽음에 대해 묻기로 하였다.

"어제 등대에서 술 마셨다며?"

"그랬지, 정말 분위기 끝내주더라. 거기다 술집 차리면 대박일걸? 또 마시고 싶다. 그렇지? 히히히."

희종이는 대답하며 양쪽에 앉은 태호와 민서이를 보았다.

"고럼, 고럼."

"희종이 네가 차리면 되겠네. 진짜 우리 졸업하면 여기다 술집 차릴까?"

"이런 시골에 차리면 뭐 하나?"

"하긴 이런 시골에서 썩을 순 없지."

민선은 시답지 않는 농담이 계속 이어질까 봐 말을 끊었다.

"근데, 어제 너희들이 등대에서 술 마실 때 뭐 이상한 점 없었어?"

"뭐가 이상해?"

"혹시나 이장님이 자살했으니까 뭔가 특별한 것이 있나 해서."

희종이는 잠시 생각하는가 싶었다.

"뭐가 있었어도 술 취해 신나게 떠들어 댔으니 들을 수도 없었 겠지. 그리고 이장이 집에서 자살했는데 등대에서 뭔가 발견될 리 없잖아?"

그렇다. 일반적으로 자살했다고 하면 집에서 했거니 생각할 것 이다. 희종이 갑자기 궁금하다는 듯 도리어 물었다.

"민선아, 그럼 이장 시체는 이장 집에 그대로 있는 거야?"

"아닐걸. 아까 얼핏 들었는데 시체의 부패 때문에 마을회관 냉 장고에 놓는다고 했었어."

민선이의 대답에 희종이는 음흉한 표정을 지었다. 뭔가 꿍꿍이 가 떠오른 것이다.

"그럼 이장 집에 없단 말이지? 잘됐다."

"그건 왜 묻는데?"

"시체 인증샷 찍어야지. 아니 공포 유튜브를 찍을까? 하하하."

"그거 좋겠네. 구독자 엄청 늘어날걸?" 민석이 맞장구를 쳤다.

희종이는 크게 웃더니 담배를 하나 꺼내 입에 물고 불을 붙였 다. 민석이와 태호도 경쟁하듯이 불을 붙이고는 연신 담배 연기를 뱉었다.

희종이 패거리들은 이장이 등대에서 발견된 것도 모르고, 평소 와 같이 기분 나쁜 말장난뿐이다. 이장의 죽음과 조금이라도 관련 되어 있다면 할 수 있는 행동이 아니었다.

아무리 희종이가 선생님들에게 악마같이 대들어도 설마 재미 로 사람을 죽이지는 않을 것이다. 민선은 이런 생각을 하며 마지 막으로 뜬금없는 질문을 했다.

"너희들 PTC가 뭔지 알아?"

셋은 서로 멀뚱멀뚱 쳐다보았다. 알 리가 없는 표정이었다.

"그게 뭔데? 먹는 거야?"

"무슨 게임이야?"

"유튜브 채널이야?"

셋은 서로의 얼굴을 번갈아 바라볼 뿐이었다. 이 녀석들은 학교에서 수업이란 것을 들어본 적이 없기 때문에 절대 PTC 용액을 모를 것이다.

"새로 나온 가수 이름이다. 너희들 선생님이 학교 밖으로 나가지 말라고 했으니 일단 오늘만이라도 나가지 마! 너희들이 걱정돼서 그래."

"알겠습니다. 민선 담임 선생님. 히히."

끝까지 장난하는 희종이었다. 민선은 희종이 패거리는 사건에 관계되어 있을 리 없다고 생각하며 식당으로 발걸음을 옮겼다.

5

점심 식사를 마치고 이지현 선생 방으로 영재와 민선이가 모였다. 오전에 조사한 내용을 공유하고 이장이 살해되었다면 범인을 추리해서 더 이상의 피해를 막기 위해서였다. 먼저 영재가 나서서 말하였다.

"그럼, 이것을 '십자도 회의'라고 하겠습니다. 회의 진행은 제가 이끌도록 하지요."

영재는 본인이 이 회의를 이끌어가야 한다는 것을 알고 있었다. 이지현 선생은 사회에 처음 나온 초임 선생이고, 민선은 회장과 부회장 경험으로 리더십은 있지만 이런 강력 사건은 경험하지 못했기 때문이다.

영재는 평소에 스릴러나 탐정류의 소설과 영화를 좋아하기 때문에 거기서 얻은 지식이 이런 상황에 충분히 적용될 수 있다고 생각했기 때문이다. 오히려 이런 사건이 언젠가 올 것이라 생각해서 사소한 것도 놓치지 않기 위하여 묘사하는 습관도 일부러 만든 것이었다.

"먼저 이 사건이 '살인이냐?'라는 것에는 이견이 없을 것입니다. 이장은 99% 이상, 아니 100% 살인 당했습니다."

영재가 민선과 이지현 선생의 얼굴을 한번 둘러보았다. 둘은 아무 대답이 없었다. 영재가 말한 시체의 모양 때문에 자살은 아닐 거라는 생각을 가지고 있는 것이다. 영재는 두 사람이 아무런 대답이 없는 것을 보고 이견이 없음으로 이해하고 말을 이었다.

"그래도 확실하게 하기 위해 한번 정리해 보죠. 이장이 등대 밖에서 보았을 때 신호등처럼 보인 것은 팔과 다리를 약간 벌려서 고정했기 때문입니다. 그 모습을 제가 보자마자 묘사하였고 여기에 적어놓았습니다."

영재는 두 사람이 볼 수 있도록 이장을 묘사했던 페이지를 펼쳐 보였다.

"여기 보시는 바와 같이 이장의 팔다리가 각각 30도 정도의 각도로 벌어져 있었습니다. 이것이 살인임을 알리는 결정적 증거라고 할 수 있겠습니다. 만약 본인이 목을 매었다면 몸 전체가 축 늘어져 이런 모습은 나올 수 없기 때문이죠. 저는 이런 모습이 사후 경직 때문이 아닐끼 생각합니다. 이장의 시체를 더 보지 못해서 범인이 이장을 죽인 방법은 알 수 없지만 어떤 방법으로 죽이고는 팔다리를 벌려서 눕혀놓아 이런 상태로 근육이 경직된 것입니다."

영재는 더 설명하려는지 자신의 수첩을 넘기며 뭔가를 찾았다.

"아, 여기 있네. 사후 경직은 그러니까 근육이 굳는 것으로 사망 후 5~6시간이 지나면 온몸이 뻣뻣하게 굳고, 지금 계절이라면 1~2일 후 풀린다고 되어 있네요."

영재는 잠시 눈을 치켜뜨고는 입을 중얼거리며 계산했다.

"제가 새벽 3시에 발견했으니 최소로는 저녁 9~10시에 살해당한 겁니다."

영재의 말에 이지현 선생이 대꾸했다.

"이 씨 아저씨의 말로는 저녁 6시에 이장님이 청년회장과 함께 등대로 간 것을 목격했으니 대충 시간이 나오네."

"오, 그래요?"

영재는 자신의 수첩에 뭔가를 다시 기록하며 말했다.

"죽이면 죽였지 왜 다시 창문에 매달았을까요? 저는 이것이 일종의 메시지라고 생각됩니다. 등대 밖에서 이장이 죽은 모습을 보게 하려는 살인범의 의도라고 생각해요."

민선은 영재의 조리 있는 말에 이미 영재는 범인을 알고 있다는 생각이 들었다.

"영재 너는 범인을 아는 거야?"

"아니, 그냥 현 단계에서는 추측만 할 뿐이야."

"넌 범인이 우리에게 보이려고 그랬다고 했는데, 왜 범인은 우리에게 그런 모습을 보이려고 한 거지?"

"자살로 만들려면 굳이 이렇게 시체 모양을 만들지 않아. 경찰이 오면 자살이 아니라는 것쯤은 조사하면 금방 탄로 날 거야. 범인은 밖으로 연락하지 못하게 통신시설을 부숴놨어. 섬에는 우리 밖에 없으니 우리들에게 겁주려고 한 것이 분명해."

실제로 시체를 본 민선은 겁을 먹었다. 그리고 이지현 선생도 마찬가지로 두려움이 온몸에 가득했다. 누구라도 등대에 매달린 시체를 본다면 두려움에 사로잡힐 것이다. 민선은 등대에서 본 이장의 시체가 생각나 몸을 부르르 떨었다.

"하지만 예상과 다르게 학생들은 무서워하기는커녕 이 상황을 아무렇지도 않게 받아들이고 있어요. 이 이야기는 조금 있다가 마저 하기로 하고, 그럼 누가 범인이냐가 중요합니다. 아침에도 말했지만, 이장을 그렇게 만들려면 강한 힘이 필요합니다. 그래서 용의자는 건장한 남자로 한정하겠습니다. 이 섬에 우리 외에 없다는 가정을 하고 우선 제가 의심하는 순서로 말해보면, 청년회장, 고민환 선생님, 이 씨 아저씨, 희종이파 애들입니다. 아, 희종, 민석, 태호를 희종이파라고 할게요. 이 이외의 용의자가 있을까요?"

말을 들은 민선이가 의견을 내었다.

"여자들도 여러 명이 힘을 합치면 시체를 매달 수 있지 않을까?"

"물론 가능은 하지. 그 점을 항상 염두에 두고 있도록 해. 하지만 민선이 너도 생각해봐. 우리 반에서 누가 그러겠냐는 거야. 살인에는 누가 죽였는가? 왜 죽였는가? 어떻게 죽였는가? 모두 생각해야 해. 살인에는 반드시 동기가 있어. 하지만 이장님을 죽이기에는 우리 반 모두 동기가 없잖아? 그래서 용의자를 네 사람으로 한정하는 거야."

"희종이네도 동기는 없잖아."

"물론 강력한 동기는 없어. 그래서 가장 낮은 확률로 의심을 하는 거야. 하지만 그동안의 희종이네 행동으로 볼 때, 재미로 사람을 죽인다면 희종이네가 아닐까 해서야. 그리고 셋이 항상 같이 다니는 것이 조직적으로 일을 꾸미기에는 적당하기 때문이지."

"하지만 내가 만나 본 희종이 패거리에게서 그런 느낌은 들지 않았어."

"좋아. 그럼 다음은 민선이 네가 조사한 것을 발표해볼래?"

민선은 고개를 끄덕인 후 스마트폰에 적은 내용을 보며 발표하였다.

"저는 미애에게 어젯밤에 있었던 일을 물어보았습니다. 장희종, 박민석, 강태호, 김명신, 심미애 다섯은 저녁 9시경에 등대로 가서 술을 마시기 시작했고 12시경에 들어왔다고 합니다. 미애가 저랑 같은 방을 쓰는데 미애가 들어온 시간이 12시경이 맞습니다. 술은 이장에게 이백만 원을 주고 소주 열 병과 안주를 구입했다고 했어요. 모두 아시다시피, 희종이는 돈이 많아 충분히 그럴 만하다고 생각합니다. 안주 일체와 술 마실 장소도 알려주었다고 하는데 개인적인 생각으로 이장이 돈을 좋아해 마련해 준 것으로 사료됩니다."

여기까지 말했을 때 이지현 선생이 손을 들고 말했다.

"아까 이 씨 아저씨가 말해주었는데 어제 저녁 6시쯤 청년회장과 이장님이 아이스박스 같은 걸 들고 등대 쪽으로 가는 걸 봤다고 했어. 그 아이스박스가 술과 안주였었나 보다."

이지현 선생의 말을 듣고 민선이가 말을 이었다.

"아, 그리고 희종이가 청년회장도 돈으로 매수를 했다고 했었습니다. 선생님 말씀대로라면 이백만 원을 둘이 나누어 가졌겠네요. 그리고 같이 술과 안주를 준비했다고 할 수 있을 것입니다."

"오, 선생님 말씀대로라면 저녁 6시쯤 등대로 가서 청년회장이 이장을 죽인 후 등대 근처에 시체를 숨긴다면 사후 경직 시간도 설명이 되네요."

청년회장이 유력한 용의자로 떠올랐다. 이지현 선생은 청년회장이 경호회사 사람인 것을 먼저 말할 필요성을 느꼈다.

"영재야, 내가 먼저 말해야 할 중요한 사항이 있는 것 같아."

"네, 그럼 먼저 말씀하세요."

"청년회장이 유력한 용의자가 되는 것 같은데, 청년회장은 희종이 어머님이 보낸 경호회사 사람이었어. 그러니까 청년회장은 수학여행 기간 동안 희종이를 보호하는 보디가드라는 거지. 고민환 선생님이 말해준 얘기야."

영재는 진짜 의외였는지 턱이 빠진 것처럼 입이 벌어졌다. 조금 예상했다 싶으면 새로운 변수가 등장했다.

"헉, 그랬군요. 보디가드라… 어쩐지 걸음걸이가 무술을 하던 사람일 것 같은데 경호원이었군요."

"그럼 용의자에서 제외되는 거니?"

"글쎄요, 확률이 확 줄어들기는 하겠네요. 청년회장에 대해 조사한 것 좀 자세히 말씀해주세요."

이지현 선생은 자신의 스마트폰을 열었다.

"이 씨 아저씨에게 들은 바로는 이름은 '서문주'이고, 나이는 20대 중반일 거라고 해. 자세한 것은 모르지만 우리가 섬에 들어오기 일주일 전에 미리 들어와 섬의 이곳저곳을 돌아다녔다는 거야. 이 씨 아저씨는 이장님이 절대 자살할 사람이 아니라고 하였고, 청년회장을 제일 의심하고 있어. 그 이유는 단순히 학생들은 그럴 리 없으니 청년회장일 것이라는 거야."

영재는 이지현 선생의 말을 하나도 빼먹지 않겠다는 듯 열심히 기록했다.

"평소에 이장님과 이 씨 아저씨는 사이가 어땠나요?"

"이장님과 이 씨 아저씨는 섬에서 태어난 토박이야. 오랫동안 알고 지낸 사이라는 것이지. 섬 전체에서 수익을 나누는 구조이기 때문에 특별한 원한은 없는 것 같았어."

"그럼, 이 씨 아저씨에게 알아 온 내용은 다 말씀하신 건가요?"

"그래."

"수고하셨습니다. 민선아, 조사한 내용 중 말 안 한 것 있어?"

영재가 민선이를 보며 말했다. 민선은 고개를 끄덕이고는 말을 이었다.

"뭐 특별히 말할 것은 없는 것 같은데. 희종이가 어젯밤 술 마시고 숙소로 돌아올 때 명신이 방에서 잤대. 희종이와 명신이는, 이지현 선생님은 잘 모르시겠지만……."

아이들끼리의 민망한 얘기라서 그런지 민선은 이지현 선생을 곁눈질로 보았다.

"사귀지는 않지만 그렇고 그런 사이라는 것은 영재 너도 알고 있지? 근데 그게 중학교 때부터였대. 미애가 알려준 거야. 그리고 희종이파 애들은 범인이 아닌 것 같아."

범인이 아니라는 말에 영재는 눈빛으로 이유를 물었다.

"내가 PTC에 대해 물어봤는데 한 치의 동요도 없었고, 내용도 모르더라고."

민선의 말에 영재가 꾸짖듯이 말했다.

"민선아, 용의자한테 이 사건 이야기를 절대로 하면 안 돼! 혹시나 쟤들이 범인이라면 우리가 위험해져. 그리고 용의자를 그렇게 쉽게 제외하면 안 되는 거야. 확실한 증거가 나올 때까지 조심하고 또 조심해야 하는 거야."

민선이가 머쓱한지 대꾸했다.

"넌 모르겠지만 여자의 직감이라는 게 있는 거야. 희종이 패거리 애들은 아니야. 그리고 들키진 않았겠지만, 앞으로는 조심할게."

영재는 후하고 심호흡을 한번 하고는 다시 수첩을 보며 말을 이었다.

"전 묘사하는 것을 좋아합니다. 민선이, 너도 알지? 첫날 여기 와서 과학실에 들어가 봤습니다. 특별한 것은 없지만 이렇게 묘사한 구절이 있습니다."

[지나간 세월의 흔적일까? 굳게 잠긴 약품장 위로 먼지가 가득하고, 안쪽의 약품들도 사용의 날을 기다리고 있는 듯하다.]

"분명히 겨울 동안 사람들이 방문하지 않아 먼지가 쌓였을 것입니다. 한데 조사를 위하여 과학실에 다시 가봤더니 자물쇠 위에 먼지가 없었어요. 누군가 약품장의 자물쇠를 만진 겁니다. 분명히 범인이 PTC 용액을 꺼냈을 것입니다."

"그럼 누군가 명신이를 노리고 약품을 꺼낸 거잖아."

민선이의 물음에 영재는 씨익 웃었다.

"그거 이상이야. 자물쇠가 다시 잠겨 있는 걸로 봐서 누군가 열쇠로 약품장을 열었다는 것이지. 이것은 범인이 열쇠의 위치를 아는 사람이라는 거야. 누가 약품장의 열쇠 위치를 알까?"

영재는 탐정처럼 손가락을 들며 말했다.

"당연히 섬 주민인 이장과 이 씨 아저씨는 알고 있었겠지? 청년회장은 일주일 전에 왔으니까 이장에게 들어 열쇠의 위치를 알 수 있겠고, 고민환 선생님도 섬 주민에게 물어봐서 알 수 있었을 거야. 희종이 패거리는 예외로 두더라도 우리 학생들은 굳이 열쇠의 위치를 물어보지 않을 거잖아. 그러니까 이들 중에 범인이 확실히 있을 거야."

영재의 말에 이지현 선생이 고민하듯 말했다.

"고민환 선생님은 명신이에게 악감정이 있어."

고민환 선생의 동기를 말했지만, 표정에서는 고민환 선생이 범인이라고 전혀 믿고 싶지 않은 눈치였다.

"그게 무슨 소리죠?"

144

영재가 물었다.

"학교에서 고민환 선생님이 성범죄자 취급을 받는데, 너희들도 그렇게 생각하니?"

영재는 무표정으로 자신의 생각을 말했고, 민선이가 입을 열었다.

"성범죄자까지는 아니지만, 변태 기질은 있죠."

"고민환 선생님이 왜 변태지?"

이지현 선생이 민선이를 보고 물었다.

"그야 명신이 사건으로 교육청에서도 조사를 나왔었고, 특별한 것은 없지만 매일 술에 절어 눈빛도 좋지 않고, 학급 운영도 대충이고……."

"그게 너희들의 오해라는 거야. 명신이 사건은 잘못 전달됐어."

이지현 선생은 아까 고민환 선생에게 들었던 사건의 내용을 이야기했다. 선생님의 말을 들은 영재가 고개를 끄덕였다.

"그게 사실이라면 명신이에게 위해를 가할 확실한 동기가 되겠네요."

"하지만 고민환 선생님은 아니야."

이지현 선생은 본인의 말에 고민환 선생이 의심을 받는 것 같아 재빠르게 해명했다.

"무슨 이유에서죠?"

영재가 물었다.

"여자의 직감이야."

이지현 선생이 민선의 말을 빌려 직감을 말했다. 영재가 자신의 손으로 이마를 짚었다.

"선생님도 고민환 선생님께 살인 이야기를 하셨나요?"

"어… 하지만 거기서 확실히 고민환 선생님은 이장님을 죽이지 않은 걸 느낄 수 있었어."

영재는 한숨을 길게 쉬고 말했다.

"앞으로 절대 우리가 조사한다는 것을 누구한테도 말하지 마세요. 지금은 외부로 나가는 연락은 끊어놨지만, 토요일에 배가 들어오면 경찰이 조사를 시작할 것이고, 그러면 분명히 범인은 잡힐 거예요. 범인도 당연히 그것을 알고 있어요. 범인은 배수의 진을 치고 있다는 겁니다. 무엇인지는 모르겠지만 본인의 과업을 완성하기 위하여 우리처럼 사건을 조사하는 방해물은 주저 없이 제거할 거예요. 정말 위험합니다. 다시는 아무에게도 이런 이야기를 절대로 하지 마세요."

영재는 민선이와 이지현 선생에게 다시 한번 약속을 받았다.

"그럼, 내용을 정리해 보겠습니다. 아직 확실하게 의심을 가질 만한 용의자를 찾지는 못했습니다. 그래서 모두를 주시해야 해요. 사건을 다시 살펴보면 등대에서의 죽은 이장 모습은 우리를 놀라게 할 목적으로 살인을 한 것 같고, 명신이에게 처음 위해를 가해 공포 분위기를 조성하거나 그것 자체가 목적이 될 수 있겠죠. 하지만!"

영재가 갑자기 목소리를 높여 둘은 깜짝 놀랐다. 이지현 선생과 민선이 영재에게 집중하자 영재는 깊이 숨을 들이마신 후 목소리를 낮게 깔았다.

"하지만 저는 범인이 오늘 밤에도 누군가에게 또 다른 위해를 가할 것이라는 생각이 듭니다. 저녁 먹을 때까지 조심해서 각자 맡은 용의자를 관찰해 주시기 바랍니다. 이지현 선생님은 고민환 선생님과 이 씨 아저씨를 맡으시고, 민선이 너는 희종이 패거리와 아이들을 맡아줘. 전 청년회장을 주시하도록 하겠습니다. 너무 무리는 하지 마시고 자연스럽게 지켜보시기 바랍니다.

그럼, 저녁 식사를 마치고 '십자도 회의'를 다시 하도록 하겠습니다."

영재가 운동장으로 나오자 하늘의 구름이 빠르게 움직이고 있었다. 마치 십자도의 급박한 상황 같았다.

'과연 오늘 밤에는 어떤 일이 펼쳐질까?'

3. 둘째 날 밤

1

이 씨 아저씨는 학생들과 선생님들에게 저녁 식사를 지어 주고, 뒷정리와 내일 아침에 쓸 채소를 정리하고 집으로 돌아왔다. 자리에 누웠지만 이런저런 생각 때문에 잠이 오지 않았다. 이장님과 나이 차이는 조금 나지만 젊은 시절부터 같이 지냈다. 절대 자살할 사람이 아니다. 청년회장이 시체를 내려 목을 맨 시체를 실제 보지는 못했지만, 이장님의 시체는 뭔가 이상했다. 얼굴이 너무 평온해 보였다. 과연 목을 맨 사람의 얼굴이 이렇게 평온할 수 있을까?

그럼 누가 이장님을 죽였을까? 산속에 숨어 있는 자연인? 분명히 섬에 들어와 자연인처럼 사는 사람이 있었지만, 자연인이라도 쌀과 라면을 구하러 마을로 내려왔다. 한 달 이상 자연인은 보이지 않았다.

청년회장 서문주, 분명 이장님과 일주일 사이에 무슨 일이 있는 것이다. 그리고 청년회장의 행동, 어디를 돌아다니는지 긴 시간 동안 안 보일 때가 많았다. 확실한 물증은 없지만, 심증으로는 청년회장이 범인이었다.

이 씨 아저씨는 아내가 깨지 않도록 조용히 몸을 일으켰다. 시계를 보니 새벽 2시. 청년회장 이놈이 범인이라면 분명 그 장소에 있을 것이다.

'내 요놈을 잡아서 족쳐야지. 범인은 분명 범행장소로 다시 온다고 했겠다. 분명히 그 장소일 거야.'

등대는 이제 자동화되어 계절에 따라 입력한 정보로 점등과 소등이 된다. 하지만 자동화 이전에는 사람이 일일이 켜주고 꺼줘야 해서 등대를 관리하는 사람이 머물 수 있도록 등대에는 지하방이 있었다. 하지만 오래전부터 아무도 사용하지 않았고, 지하실입구에 상자 같은 것들이 올려져 있어 지하실이 있는지는 외부 사람들은 전혀 알 수 없었다. 이 씨 아저씨는 등대 밑 지하실로 가보기로 했다.

이 씨 아저씨는 광에서 낫을 하나 꺼내 들고 등대로 갔다. 등대는 자물쇠로 잠겨 있어야 했는데 자물쇠가 풀려있었다. 누군가 등대 안에 들어가 있는 것이다.

이 씨 아저씨는 소리가 나지 않도록 조심스레 철문을 열었다. 예상대로 입구를 막고 있던 상자들이 치워져 있고 지하로 내려가는 철문이 올려있었다. 지하에는 누가 있는지 불빛이 입구로 올라왔다. 이 씨 아저씨는 바닥에 엎드려서 조심스레 지하실 안을 보았다. 지하실 전체가 보이지는 않았지만, 사람은 없는 것 같았다.

이 씨 아저씨는 지하실로 내려갔다. 누구인지 증거를 잡아야 한다. 지하실로 내려가는 나선 계단을 찬찬히 내려갔다.

지하실 안에는 사람이 오랫동안 없어서 그런지 쾨쾨한 먼지 냄새가 났다. 그런데 오래된 가구와 물건들과는 다르게 먼지 하나 없는 전자기기와 전선들이 보였고, 책상 위에는 실험실처럼 액체가 든 플라스크도 보였다.

'도대체 이것들이 다 뭐야. 서문주 이놈 뭔 일을 꾸미는 거야?'

이때 등 뒤에서 계단을 내려오는 소리가 났다. 이 씨 아저씨는 재빨리 뒤를 돌아 오른손에 쥐고 있는 낫을 높이 들어 공격 준비를 하였다. 내려온 사람은 프로레슬러들이 쓰는 복면을 쓰고 있어 누군지 알 수가 없었다. 이 씨 아저씨는 낫으로 복면을 가리키며 소리쳤다.

"너 누구야 인마!"

내려온 복면의 남자는 자신을 숨기고 싶었는지 소형 메가폰을 입에 대고 말했다. 말소리는 메가폰을 통해 변조되어 누구의 목소리인지 알 수 없었다. 다만, 몸의 체형과 일그러진 목소리로 남자라는 것만 알 수 있었다.

"흐흐흐. 가만히 밥이나 할 것이지 왜 나서고 그러세요. 괜히 목숨만 잃게 생겼잖아요. 흐흐흐."

"서문주, 이 개새끼야. 이장님은 쉽게 당했겠지만 내가 그렇게 쉽게 당할 것 같아?"

"왜 서문주라고 생각하세요? 책상 위를 보세요. 담임 선생님은 과학 선생이라고 하는데, 오히려 각종 약품들을 보면 고민환 선생이 아닐까요?"

"뭐? 당신 고민환 선생이야?"

"하하하. 왜 고민환 선생이라고 생각하세요? 학생들 중에는 사이코가 없을 거라 생각하세요? 장희종의 유튜브를 보니 길고양이를 막 죽이던데요?"

"뭐라고? 그럼, 학생이라는 거야?"

"흐흐. 뭐 이 섬에서 사는 자연인 일지도 모르죠?"

이 씨 아저씨는 낫으로 복면의 사내를 가리켰다.

"너 나랑 장난하냐? 두들겨 패서 복면을 벗겨주지."

"뭐, 그렇게 할 수 있으면 하세요. 당신이 이렇게 나설 것을 예상해서 시나리오 B를 준비했습니다. 그럼, 곧 시나리오 B를 진행하도록 하겠습니다."

"시나리오라니 도대체 뭔 소리를 하는 거야? 넌 대체 누구야?"

"당신이 저를 이긴다면 알 수는 있겠지만요."

"그래? 그럼 이따 보면 될 것이고. 왜 이장님을 죽였지?"

"시나리오 때문입니다. 저는 이 섬에서 복수를 완성하려고 합니다. 죄인을 처벌하기 전에 공포심을 심어주기 위해서 이장을 죽였어요."

"그럼, 아무 죄도 없는 이장님을 죽였다는 거야? 그렇다면 나는 이장님의 복수로 널 죽여주마."

"이장도 깨끗한 사람이 아닙니다. 아이들을 돈벌이로만 생각했어요. 이장이 이번 수학여행 때문에 천만 원이나 받은 것을 이 씨 아저씨는 몰랐죠?"

천만 원이라는 소리에 이 씨 아저씨의 미간에 주름이 졌다. 이장은 이 씨 부부에게 밥을 하는 대가로 삼백만 원을 준다고 했었다.

"흐흐흐, 표정이 좋지 않네요. 이 씨 아저씨에게 한 이백만 원쯤 준다고 했나요? 이장은 욕심 많은 변태예요. 제가 조사해보니 학교 곳곳에 몰카가 설치되어 있더군요. 섬에 놀러 온 젊은이들을 그 방에 배정했겠죠. 이건 심각한 범죄입니다."

"… 그래도 그게 죽을 만한 범죄는 아니잖아?"

"뭐, 복수를 완성하기 위해서는 시나리오대로 할 뿐입니다."

"그래, 안 됐지만 널 때려잡아 그 시나리오를 막아주지."

이 씨 아저씨는 이야기를 마무리하려는 듯 낫을 높이 치켜들었다.

"흐흐, 잠시만요. 아직 설명할 것이 남았어요. 원래 시나리오에는 이 씨 아저씨를 죽이는 것은 없었어요. 하지만 방해가 될지도 몰라서 시나리오 B를 만들어 놨죠. 어젯밤에 저는 당신 집에도 몰래 침입해서 약품으로 잠들게 한 후 주사를 한 방 놨어요. 왼쪽 팔을 걷어보면 자국이 있을 거예요."

이 씨 아저씨는 옷을 올려 왼쪽 팔 접히는 부분을 보니 정말 주사를 놓았는지 그 주위가 파랗게 멍들어 있었다.

"그럼, 계속 얘기해주지요. 당신에게 주입한 약품은 '헤파린나트륨'이라는 전문의약품이에요. 그게 뭐냐면 수술 시 혈액이 응고되면 안 되잖아요? 헤파린나트륨은 혈액 응고를 막는 물질이에요. 즉, 이제 아저씨는 조금만 상처를 입어도 출혈이 멈추지 않아요. 이 씨 아저씨에게는 정량의 5배 정도 놨으니까 한 5일만 지나면 정상이 될 수 있었을 텐데 이렇게 죽음을 자초하셨으니 어쩔 수 없죠."

"뭔 헛소리야. 그럼 피만 안 나면 된다는 거잖아?"

"맞습니다."

"그럼 됐네. 이제 이 낫으로 너의 숨통을 끊어주마."

"아이고, 무서워라. 그럼, 어서 해 보세요."

이 씨 아저씨는 이장님의 복수심에 낫을 들어 복면의 머리를 노리고 크게 휘둘렀다. 복면은 예상했다는 듯이 한번 허리를 숙여 피하더니 뒷주머니에서 외과 수술용 메스를 꺼냈다. 이번에는 가슴을 향해 낫을 휘둘렀고, 복면은 다가가 왼손으로 낫을 잡고 이 씨 아저씨의 왼쪽 손목을 잡고는 메스로 힘차게 그었다. 그리고는 이 씨 아저씨의 배를 발로 차서 쓰러뜨렸다. 이 씨 아저씨의 손목에서 피가 솟아 올랐다. 복면은 서둘러 나선형 계단을 올랐다.

"사람의 혈액이 총 5L 정도 있을 텐데 1L만 빠지면 죽는다고 하더라고요. 후후후, 걱정 마세요. 그전에 저혈압으로 기절할 거니까요."

이 씨 아저씨는 솟아 오르는 피를 손으로 누르며 일어섰지만, 복면은 위층으로 올라가 철문을 닫고 그 위에 무거운 상자를 올렸다.

2

저녁 식사 후에 열린 두 번째 '십자도 회의'에서는 특별하게 논의된 사항이 없었다. 이장이 죽고, 명신이가 아파서 학생들도 조심스러웠다. 망나니 장희종과 아이들도 웃고 떠들었지만, 학교를 벗어날 수 없었다. 섬 전체를 무거운 공기가 짓누르는 것 같았다. 그렇게 둘째 날 밤이 지났다.

셋째 날, 해가 뜨려는지 동쪽 하늘이 붉게 빛나기 시작했다. 아직 모두 깊은 잠에 빠져 있을 시각, 고요함과 어울리지 않는 날카로운 비명이 학교에 울렸다.

"꺅~ 여보~"

비명은 1층 식당 쪽에서 들렸다. 사건을 추리하느라 새벽녘에야 간신히 잠이든 영재는 눈이 번쩍 떠졌다. 잠을 충분히 자지 못했지만, 몸을 스프링처럼 튕겨 일어났다. 머리맡의 수첩을 들고 식당으로 뛰어 내려갔다. 식당 중간쯤의 긴 테이블 위에 이 씨 아저씨가 누워있었고, 아줌마가 아저씨를 부여잡고 울고 있었다. 아줌마의 상태로 이 씨 아저씨의 죽음을 직감적으로 알 수 있었다.

혹시 용의자가 근처에 있을지도 모른다. 영재는 바로 현관을 통해 건물 밖으로 뛰어나갔다. 새벽의 운동장은 고요했다. 사람의 그림자는 보이지 않고, 하늘에는 이름 모를 새가 바다로 날아갔다.

이 씨 아저씨와 아줌마가 학교 건물 안에 있고, 이장은 냉장고에 있으므로 이제 밖에 있는 사람은 없다. 혹시 모를 자연인을 제외하고는 말이다.

영재는 다시 식당으로 뛰어 들어왔다. 2층에서 웅성거리는 소리가 들리는 것이 곧 사람들이 올 것이다. 영재는 수첩을 펼쳐 바로 묘사를 시작했다.

[이 씨 아저씨의 원래 까만 얼굴이 백지장처럼 하얗게 변했다. 반면 하얀 식탁은 피로 붉게 물들었다. 흘러나온 피의 양으로 볼 때 이 씨 아저씨 얼굴에 핏기가 없는 것은 당연할지 모른다. 피는 왼쪽 손목에서 나왔을 가능성이 높다. 왼쪽 손목을 가로지르는 깊은 상처는 크게 부어올라 열곡을 이루었다. 아줌마가 아저씨의 가슴을 치며 울부짖을 때 아직도 몸속에 남아 있는 피가 있는지 열곡 사이로 샘솟는 피는 따뜻해 보였다.

전반적으로 둘러봐도 다른 외상은 없는 것으로 보이며 주변에 낭자하게 퍼져 있는 새빨간 액체들을 보니 과다 출혈로 죽었을 것이다. 이 씨 아저씨 머리맡에 '유서'라고 적혀 있는 종이와 죽어 있는 형태로 볼 때 자살임을 암시한다. 하지만 난 바보가 아니다. 이장의 석연치 않은 자살과 명신에게 고통을 주었던 PTC 용액. 다음 타자는 이 씨 아저씨였던 것이다. 난 절대 속지 않는다.]

식당으로 들어온 고민환 선생은 피가 낭자한 식탁을 보자 뛰어왔다.

"아주머니, 잠시만요."

고민환 선생은 이 씨 아저씨 입에다 귀를 갖다 대더니 다음으로 검지와 중지를 귀 뒷부분에 댔다. 분명 맥박을 느껴보려는 시도일 것이다. 굳이 저렇게 확인하지 않아도 하얀 얼굴과 왼쪽 손목에 깊게 그어진 상처, 주변에 흘러 있는 피의 양으로 볼 때 누가 보더라도 이 씨 아저씨는 죽었다는 것을 알 수 있다.

이어서 들어온 이지현 선생의 입에서 비명이 흘러나왔다.

"꺅~"

학생들도 식당 안으로 밀려 들어왔고, 눈 앞에 펼쳐진 광경에 저마다 비명을 질러댔다. 고민환 선생은 학생들을 식당 밖으로 밀어내며 소리쳤다.

"모두 자기 방으로 가라! 빨리!"

민선이도 식당 한쪽에 우두커니 서서 이 씨 아저씨의 모습을 보고 있었다. 주먹을 꼭 쥐고 있었다. 시체를 봐서 놀랐다기보다 영재가 말한 살인범의 존재에 분노한 것이다. 고민환 선생이 민선에게 소리쳤다.

"부회장 뭐해! 빨리 애들 데리고 나가!"

민선은 정신을 추스르고 친구들을 식당 밖으로 데리고 나갔다.

식당이 조용해지자 청년회장이 이 씨 아저씨의 머리맡에 있는 유서 봉투를 들었다.

"여기 유서가 있습니다. 한번 읽어 보겠습니다."

청년회장은 봉투 안쪽에서 종이를 꺼내더니 소리 내어 읽었다.

"유서. 이장님이 죽은 것은 내 책임이 가장 큽니다. 아니, 제가 이장님을 죽였습니다. 이번 학생들의 수학여행 총비용으로 천만 원을 받았지만, 이장님은 그것을 속였습니다. 식사를 준비하는 우리가 더 많이 받아야 했는데 우리에게 겨우 삼백만 원의 돈을 주었습니다. 제가 천만 원 받은 것을 나중에 알고 따지자 안전요원에게 월급을 줘야 하고, 배를 추가로 운행하는 해운사에도 뒷돈을 줘야 한다고 했습니다. 앞으로 이런 수학여행을 많이 유치하려면 어쩔 수 없다는 말에 참았습니다.

하지만 이장님의 말은 모두 거짓이었습니다. 해운사에 알아보니 받은 돈이 없다고 했습니다. 화가 나서 이장에게 돈을 반으로 나누자고 했지만, 자신이 사업을 따왔는데 왜 나누냐고 오히려 화를 냈습니다. 순간 화가 나서 목 졸라 죽였고, 정신이 들자 살인에 대한 모든 것이 두려워 등대에 목매달아 자살로 꾸민 것입니다.

괜찮을 것 같았지만 밤새 이장님의 귀신에게 시달렸습니다. 이제 용서를 빌고자 이장님을 따라갑니다. 가장 미안한 것은 마누라입니다. 마누라, 이제 마누라도 이 섬을 떠나서 자식들에게 가도록 해. 그럼 저는 지옥으로 가겠습니다."

청년회장이 유서 읽기를 마치자 아줌마는 더 크게 통곡했다.

"엉엉~ 이 미련한 사람아, 사람을 어쩌자고 죽인 거야. 그리고 날 두고 가면 어떡해. 같이 가자. 엉엉~"

이 씨 아줌마의 통곡에 모두 할 말이 없었다. 유서의 내용대로라면 이장의 죽음도 설명이 되니 섣불리 말을 꺼내기 껄끄러웠을 것이다. 마침 영재의 묘사도 마무리되었을 때, 청년회장이 다가왔다.

"넌 또 이 지랄이냐? 대단하다. 대단해."

고민환 선생도 학생인 영재가 있다는 것을 그제야 깨달았다.

"영재 넌 뭐야? 학생들 모두 자기 방으로 가라고 했잖아."

"죄송해요. 묘사가 제 취미입니다. 나중에 스릴러 소설 작가가 되려면 이런 상황들을 알아야 하지 않겠습니까?"

"헛소리. 빨리 네 방으로 올라가!"

"네, 알겠습니다."

영재는 식당을 나가며 이지현 선생에게 눈짓을 보냈다. 앞으로의 행동을 잘 감시하라는 뜻이었다. 이지현 선생도 영재의 뜻을 이해했는지 눈짓으로 대답했다.

3

영재는 일단 방으로 돌아왔다. 문을 열자 같은 방을 쓰는 현보가 손으로 방 안을 휘젓고 있었다. 방에서 담배를 피우고 있던 것이다.

"넌 담배 안 피우지? 이해해라. 밖에 나가서 피우기 무서워서 그냥 방에서 폈어."

"그래 난 상관하지 마."

"어떻게 됐나? 아저씨는 왜 죽은 거야?"

영재는 괜히 공포심을 심어줄 필요가 없어서 식당에서 봤던 그대로를 이야기했다.

"유서가 있었어. 이 씨 아저씨가 이장님을 죽이고 자살로 꾸민 건가 봐. 그것을 고백하고 자신도 스스로를 벌한 거지."

"무서워 죽겠네. 섬에서 두 명이 죽는 사건에·얽히다니, 심장의 속도가 줄지를 않네. 부교감신경은 언제 작동하는 거야. 한 대 더

펴도 되지?"

영재가 고개를 끄덕이자 현보는 창문으로 가서 담배에 불을 붙였다. 영재는 벽에 기대 이 씨 아저씨를 묘사한 페이지를 열고 다시 읽어 내려갔다. 이장의 자살이 부자연스러운 것도 이 씨 아저씨에게 모두 뒤집어씌웠다. 아주 멋있는 작전이지만 범인의 실수를 찾아야 한다. 영재는 눈을 감고 이 씨 아저씨의 모습을 다시 떠올렸다.

하얀 얼굴, 붉은 식탁, 오열하는 아줌마, 손목의 깊은 열곡, 열곡에서 솟아 나오는 따뜻한 빨간 혈액! 솟아 나오는… 죽은 지 그렇게 오래됐는데 아직 피가 솟아 나온다고?

영재는 눈을 뜨고 창문에서 담배를 피우는 현보에게 물었다.

"현보야, 너 방금 부교감신경 어쩌고 했지? 그러고 보니 현보네가 우리 반 1등이었나?"

"뭐 1~2등은 하지. 왜 그래?"

"너 과학 잘하냐? 아까 부교감신경 어쩌구 했잖아."

"부교감신경은 심장을 느리게 하는 자율신경이야. 계속 심장이 뛰니 그렇게 얘기한 거지."

"잘됐다. 뭣 좀 물어보자."

현보는 이제 끄려는지 마지막으로 담배를 깊게 마신 후 하얀 연기를 뱉었다. 그리고 짧아진 꽁초를 손가락을 밖으로 튕겨 버리고는 영재 옆에 와서 앉았다. 영재는 아까부터 궁금했던 혈액에 대해 질문했다.

"현보야, 우리가 일반적으로 상처가 나면 처음에 피가 나다가 조금 있으면 딱지가 생기면서 피가 굳잖아? 그 원리가 뭔지 알아? 얼핏 생물 수업 시간에 한 것 같은데, 난 공부에 관심이 없어서 전혀 기억이 나질 않아."

"그건 혈액 응고 과정 때문이야. 먼저 피가 나게 되면 혈소판이 파괴되고 거기서 트롬보키나아제라는 효소가 나와. 그럼 칼슘과 같이 프로트롬빈에 작용하여 트롬빈으로 활성화시키고, 트롬빈은 혈액 안에 있는 피브리노겐이란 단백질을 변화시켜 피브린으로 바꿔주지. 이 피브린이 실처럼 생겨서 혈구와 뭉쳐서 딱지를 만드는 거야."

영재는 현보의 지식에 감탄했다.

"와, 대단하다. 정말 우리나라 고등학생이 이런 것을 알아야 하는 거야?"

"뭐, 교과서에 나오니까 알아야 하지 않을까? 그리고 난 생물학과로 진학할 거라 참고서 보면서 달달 외웠지. 근데 왜 물어?"[3]

"어, 그냥 궁금해서. 그럼 혈액 응고를 인위적으로 막을 수 있어?"

"그것도 예전에는 배웠어. 혈액 응고 방지법은 총 네 가지가 있는데, 첫째로 5℃ 이하로 냉장 보관하는 거야. 트롬보키나아제와 트롬빈은 효소인데, 효소는 체온 부근에서 활성이 가장 크거든. 그래서 효소의 활성을 줄이는 거지. 둘째는 칼슘 이온의 제거야. 아까 칼슘 이온이 필요하다고 했잖아? 이를 옥살산나트륨과 시트르산나트륨으로 치환하여 제거할 수 있어. 셋째는 헤파린이나 히루딘을 넣는 거야. 우리 몸속에서 응고 과정이 일어나면 안 되잖아. 그래서 간에서는 혈액 응고 방지 물질인 헤파린을 분비하고, 거머리는 우리 피를 빨아먹을 때, 피가 응고되지 않게 하기 위해 히루딘이란 응고 방지 물질을 분비한다고 해. 마지막으로 유리 막대로 슬슬 저어서 피브리노겐을 제거하는 거야."

---

3 현재의 교육과정에서는 배우지 않음

영재는 현보가 말하는 용어들이 외계어처럼 들렸지만, 수첩에 꼼꼼히 기록하였다. 이번에 와서 느낀 거지만 PTC 용액도 그렇고 혈액 응고도 그렇고 사건에서 과학이 매우 중요하다는 것을 깨달았다. 앞으로는 학교 공부도 열심히 할 필요가 있다고 생각했다.

"현보야, 나 널 존경하기로 했어. 대단하다."

"뭐야, 공부 어느 정도 하는 애들은 모두 알고 있을 거라고."

"절대로 그럴 것 같지 않아. 그럼 응고 방지 물질을 일반인이 구할 수 있을까?"

"그거야 모르지만… 참, 저번에 텔레비전에서 드라마를 보는데 그거 있잖아. 의학 드라마였는데 제목이 기억이 안 나네. 아무튼 수술하는 장면에서 수술 집도 의사가 이런 말을 했었어. '야, 인마! 혈액 응고되잖아. 빨리 헤파린 주사해.' 나 이거 보고 학교에서 배운 생물 지식이 쓸모가 있다고 생각했었어."

"나도 너처럼 공부할 수 있을까?"

"노력하면 다 되지 않을까?"

"그래, 고마워."

영재는 범인의 수법을 알아냈다. 이 씨 아저씨에게 흘러나온 피는 굳어있지 않았다. 손목에서 나오는 피는 방금 나온 것처럼 따뜻해 보였으니까 말이다. 살인범은 현보가 말한 혈액 응고 방지제를 주사하고 손목을 그은 것이다.

도대체 범인은 누구인가? 이런 일을 벌이는 이유는 무엇일까? 영재의 머리에 청년회장과 고민환 선생이 떠올랐다. 살인범은 생물학적 지식이 뛰어나다. 그렇다면, 생명과학 교사 고민환 선생이 범인일까? 하지만 아무리 생각해도 살인의 동기가 부족하다. 반면, 보디가드라지만 정체를 알 수 없는 청년회장이 섬사람들과 관련이 깊을 수도 있다. 그리고 살인하려고 마음을 먹는다면 과학적 방법쯤은 인터넷을 찾아보면 쉽게 알 수 있을 것이다. 그들도 아니라면 제3의 범인이 있는 것인가? 아니다. 그건 드라마나 소설에서나 있을 수 있는 일이다. 간밤에 잠을 설쳐서인지 영재의 눈이 스르르 감겼다.

얼마나 잤을까? 영재는 고민환 선생의 방송 소리에 잠에서 깼다.

[아아. 2학년 7반 학생들은 들어라. 아까 내려와서 본 학생들도 있지만, 이 씨 아저씨도 유명을 달리했다. 지금 식당도 얼추 정리되었지만 여기 식당에서 밥을 먹는다는 것이 힘들 것이다. 그래서 주먹밥을 만들었으니 각자의 방에서 먹을 수 있도록 해라.

이제 하루만 버티면 이 지긋지긋한 섬에서 벗어날 수 있다. 선생님의 부탁이다. 제발 그때까지 학교를 벗어나지 않도록 해라. 그리고 부회장 민선은 식당으로 오길 바란다. 이상.]

잠시 후에 민선이와 이지현 선생이 주먹밥을 가지고 왔다. 영재가 다가가자 이지현 선생이 주먹밥을 건넸다.

"8호 방에는 영재와 현보 그리고 수민이까지 세 명 맞지?"

"수민이는 친구 따라 9호로 갔어요."

이지현 선생은 주먹밥이 든 양푼을 들고 일어섰다.

"아까 고민환 선생님 말씀대로 학교 밖으로 나가지 않도록 해. 그리고 영재는 밥 먹고 선생님 방으로 오도록 하고."

영재는 범인을 알 수 있는 단서가 거의 없어서 입맛이 없었다. 하지만 주먹밥을 물과 함께 억지로 먹었다. 내일 오후 배가 들어오므로 오늘 밤이 마지막이다. 아마 살인범은 오늘 밤에 마지막 살인의 축제를 벌일 것이다. 밥을 충분히 먹어서 에너지를 보충해 혹시나 모를 격투에도 대비해야 한다.

영재는 주먹밥을 모두 먹고 이지현 선생의 방으로 갔다. 노크하고 방에 들어가자 이지현 선생과 민선이가 있었다. 방바닥에 반쯤 먹은 주먹밥이 있었다. 둘도 사건이 심각해짐에 따라 밥을 먹지 못했을 것이다.

"선생님, 오늘 밤이 고비니 되도록 음식은 먹어두는 것이 좋아요."

영재는 자리에 앉았다.

"이 씨 아저씨 모습이 계속 떠올라 밥이 도저히 넘어가지 않아."

"선생님, 아저씨의 시체는 어디 있나요?"

"고민환 선생님과 청년회장이 마을회관 냉장고에 넣는다고 했어."

영재는 선생님의 얼굴을 보았다. 시체 이야기를 하면서도 의연했다. 처음 이장의 자살 소동이 일어났을 때는 하염없이 울고만 있었는데, 같은 상황이 반복되니 단련이 된 것 같았다. 민선이의 눈은 오히려 반짝였다. 범인을 잡겠다는 의욕이 넘치는 것 같았다.

영재는 자신도 힘을 내자고 크게 기침을 하고 말을 시작했다.

"그럼, 세 번째 '십자도 회의'를 시작하겠습니다. 오늘 아침에, 그러니까 새벽쯤이 되겠네요. 이 씨 아저씨가 살해당했습니다."

살해라는 말을 듣고 이지현 선생이 말을 끊었다.

"영재야, 우리가 이장님 일로 조사를 하고 있었지만, 이 씨 아저씨가 살해당했다고 할 수 있어? 분명히 유서도 있었고, 사건의 경위가 딱 맞아떨어지잖아. 이 씨 아저씨가 이장님을 죽이고 자살로 위장을 하려다가 죄책감에 본인도 손목을 긋고… 자살이 더 맞지 않을까?"

"그럼 명신이는요? 분명히 명신이에게 PTC 용액을 먹였어요. 이 씨 아저씨는 명신이가 괴로울 때, 구급함을 가져와 진심으로 도왔던 것처럼 보였는데 저만 그랬나요?"

이지현 선생은 사건을 마무리하고 싶었는지 모르겠다. 하지만 영재의 말에 반기를 들 수는 없었다.

"선생님, 설사 이 씨 아저씨가 모든 걸 꾸몄다 쳐도 이제 수학여행은 하루 남았습니다. 조심해서 나쁠 거 없잖아요. 그리고 제가 살인이라는 결정적인 증거를 찾았습니다. 여기를 보세요. 놀라지 마시고요. 그냥 실험이에요."

영재는 날카로운 칼로 본인의 검지 끝을 살짝 찔렀다. 그리고 방바닥 위에 피를 두 방울 떨어뜨리고는 휴지로 지혈했다. 민선은 영재의 행동이 징그러운지 인상을 찡그렸다.

"영재야, 이게 이 씨 아저씨 살인이랑 무슨 상관이야?"

"잠시만 기다려봐."

영재는 10여 분이 흐르는 동안 바닥에 떨어진 피를 주시하고 있었다.

"민선아, 선생님. 바닥의 피를 보세요."

영재의 말에 민선과 이지현 선생은 바닥의 피를 주의 깊게 관찰하였지만, 영재가 하는 행동이 뭘 의미하는지 알 수가 없었다.

"민선이 너는 공부를 잘하니까 알 거 같아. 바닥의 피가 벌써 굳었는데, 몸 밖으로 나온 피는 왜 굳지?"

"뭐, 생물 시간에 배웠으니까. 혈액 응고 과정이야. 나는 자세한 것까지는 외우지 않았지만 몇 가지 과정이 있어. 우선 피가 나면 혈소판이 파괴되고 거기서 무슨 효소가 나오는데……."

"트롬보키나아제지?"

"맞아. 어떻게 알았어?"

"아까 현보한테 이것저것 물어봤지. 결론은 피가 나면 응고된다는 거야."

"근데 그게 살인이랑 무슨 상관인데?"

"아까 이 씨 아저씨를 봤을 때 바닥에 있던 피도 마찬가지였지만, 여기 내가 묘사한 내용을 보면 손목에서 피가 응고되지 않고 아줌마가 아저씨 가슴을 치며 울 때 계속 솟아 나오고 있었어. 선생님, 식당을 정리하셨을 텐데 어땠습니까? 피가 응고되어 있었나요?"

영재의 말에 이지현 선생은 곰곰이 생각하더니 대답했다.

"그런 생각을 하고 치우지는 않았지만, 네 말을 듣고 생각해보니 응고되어 있지는 않았던 것 같아."

이지현 선생의 말에 영재는 민선이를 보며 물었다.

"민선아, 생물 수업 내용 중에 혈액 응고 방지 방법도 있다며?"

"응, 여러 가지 방법이 있었어."

"바로 그거야. 범인은 그 방법을 사용한 거지. 혈액 응고 방지제를 주사하고, 손목에 상처를 내면 어떻게 될까? 피가 응고되지 않아 계속 흘리게 되고 과다 출혈로 죽게 되겠지. 범인은 그렇게 이 씨 아저씨를 자살로 꾸미고는 이장의 살인까지 한꺼번에 처리한 거야."

민선이 고개를 갸웃했다.

"사람을 죽이는데 그렇게 복잡한 방법을 쓸까? 그냥 이장님과 이 씨 아저씨를 죽이면 되잖아."

"그건 나도 모르겠어. 이유가 있을 거야."

영재의 말이 막히자 조용히 듣고 있던 이지현 선생이 조심히 말을 꺼냈다.

"도구가 없어."

"네? 선생님, 무슨 말씀이세요?"

이지현 선생은 다시 살인범을 찾겠다고 마음먹었는지 눈에 초점이 돌아왔다.

"나도 살인이라고 믿고 싶지 않지만, 상황은 안 좋게만 흘러가는 것 같아. 영재 네 말대로 무슨 일을 꾸미는 누군가가 있는 것 같아. 아까 식당을 정리하면서 일부러 찾아봤는데 손목을 그을만한 도구가 없었어."

영재도 생각지 못했던 부분이었다.

"그러니까 선생님께서 식당을 정리하면서 손목을 그을 만한 도구를 찾지 못했다는 거죠?"

"맞아. 식당 어디에서도 날카로운 칼은 발견하지 못했어. 식당에 있는 식칼은 제자리에 있었고, 피는 묻어 있지 않았어."

"선생님께서 좋은 단서를 찾으셨네요."

그때 민선이가 반박하듯 물었다.

"아저씨가 다른 곳에서 손목을 긋고 식당으로 들어왔을지도 모르잖아요."

"그렇다면 식당 입구부터 핏자국이 있었어야지."

"누군가 옮겨 와도 핏자국이 떨어지지 않을까요?"

"비닐 같은 곳에 담아왔을 거야. 간혹 몇 방울 흘렸다면 깨끗이 닦았을 것이고."

민선은 더는 반박하지 못했다. 선생님도 탐정이 된듯했다. 영재는 만족스러운 표정을 짓고는 다시 이야기를 시작했다.

"민선아, 범인이 어떻게 죽이고 어떻게 옮겨왔느냐는 중요하지 않아. 분명 내일 경찰이 온다면 유서의 필적이나 부검을 통해서 정확한 사인을 밝혀낼 거야. 범인도 그것을 알아. 아마 오늘 밤이 고비가 될 거야."

가만히 듣고 있던 민선이 말했다.

"그럼 영재 넌 누가 범인일 것 같아?"

"글쎄, 용의자가 될만한 사람이 하나씩 죽어 나가니 점점 가까워지고는 있지만, 아직 살인 동기를 가질 만한 사람이 없으니 알 수가 있나?"

영재의 점점 가까워진다는 말은 용의자가 고민환 선생이나 청년회장 중 하나라고 말하고 싶은 것이다.

"제3의 인물을 생각하지 않아도 돼?"

"그게 무슨 말이야?"

"아까 오전에 병찬, 형우, 성우가 학교 뒷산으로 가는 거야. 그래서 내가 불러 세웠지. 어디 가냐고 물으니 뒷산 꼭대기에 간다고 했어."

"뒷산은 왜?"

"그야 핸드폰을 사용하기 위해서지. 처음에 이장 아저씨가 산꼭대기에서 전파가 잡힌다고 했잖아."

밖으로 연락만 된다면 게임오버다. 궁금증에 이지현 선생과 영재의 상체가 앞으로 다가왔다.

"그래서 어떻게 됐어? 아이들은 산꼭대기에 갔다 왔어? 밖으로 연락을 한 거야?"

안 좋은 소식을 전하려는지 민선이의 표정이 시무룩해졌다.

"아니요. 안테나가 전혀 잡히지 않는다고 했어요."

선생님의 표정도 민선이 마냥 시무룩해졌다. 영재는 민선에게 계속 물었다.

"근데 아까 제3의 인물을 말했잖아. 애들이 자연인을 봤대?"

민선은 고개를 계속 저었다.

"실제 사람은 못 봤지만, 생활 흔적은 봤다나 봐."

"흔적만으로 사람이 산다고 할 수 있을까?"

"병찬이 일행이 산꼭대기에 내려오는데 작은 움막 비슷한 것을 찾았어. 마치 위장을 한 듯 알아보기 쉽지 않았는데, 혹시나 사람이 사는지 용기를 내서 가봤데."

영재는 괜히 마른침을 삼켰다.

"글쎄, 거기에는 전자기기 같은 것이 있었는데 전원이 들어와 있었다는 거야. 병찬이 일행도 사람이 있다는 것을 깨닫고 두려움에 서둘러 학교로 내려왔다는 거야."

영재는 생각에 잠겼다. 산에는 전기가 들어오지 않는다. 전자 기기가 켜져 있다는 것은 배터리를 이용한다는 것이다. 어떤 전자 기기며 배터리의 수명은 얼마나 될까? 제3의 인물이 있다고 생각해야 할까? 움막은 청년회장이나 고민환 선생이 사용했을지도 모른다. 머리가 지끈지끈했다. 하나의 문제를 풀면 또 다른 문제가 나타난다.

"영재야 어때? 섬사람들에게 원한이 있는 제3의 인물이 있어서 이장님과 이 씨 아저씨에게 복수했다고 생각하는 것이?"

영재는 제3의 인물에 대해 수첩에 적어 내려갔다.

"아무튼 제3의 인물도 생각은 해 둬야겠어. 더욱 상황이 위험해졌으니 선생님께서 고민환 선생님과 상의하셔서 아이들이 학교 건물에서 절대 벗어나지 못하도록 하세요."

"그래. 그리고 난 식당에서 식사 준비를 할 테니 그렇게 알고."

"좋아요. 범인이 참 지능적인 것 같아요. 계속 조심할 수밖에 없네요. 그럼 저녁 먹을 때까지 계속 조심하도록 하고, 각자 맡은 사람을 잘 지켜보도록 하죠."

이렇게, 또 한 번의 '십자도 회의'가 의문을 가득 품은 채 끝나고 말았다.

이지현 선생과 민선이가 식당으로 들어갈 때, 영재는 1층 과학실로 들어갔다. 그리고는 약품장 앞으로 갔다. 여태까지 사건 해결을 위하여 소극적으로 움직였는데, 이제는 적극적으로 행동하기로 하였다. 겉옷을 벗어 오른쪽 팔꿈치에 감았다. 그리고 약품장 유리를 노려보고는 오른쪽 팔꿈치로 힘껏 내리쳤다. 그리고 그 약품병을 꺼냈다.

쥐새끼를 잡을 트랩을 설치하고, 반격해야 한다.

4. 셋째 날 밤

1

첫째 날에는 이장이 죽더니, 둘째 날에는 이 씨 아저씨가 죽었다. 덕분에 즐거운 수학여행을 망쳤다. 희종은 하루종일 방 안에서 스마트폰 게임을 하는 것이 지겨웠다. 텔레비전이 나오긴 했지만 이러려고 수학여행을 온 것이 아닌데 가슴속 답답함은 시간이 지날수록 쌓여만 갔다. 누워서 담배를 피우던 장희종은 벌떡 일어나 앉아서 담배를 종이컵에 눌러 껐다. 정신없는 상황이라 이제 담배는 대놓고 피우고 있었다.

"이러고 있을 수만은 없어. 난 수학여행을 즐겨야겠어."

같이 누워 텔레비전을 보고 있던 태호도 일어나 앉았다.

"어쩌려고?"

희종이는 누워있는 민석이의 엉덩이를 손바닥으로 쳤다.

"야, 일어나 봐. 이제 내일이면 배가 들어오는데 수학여행의 마지막 밤을 이렇게 보낼 수 없어. 첫날밤처럼 한잔 빨러 가자."

민석이도 첫째 날 밤에 등대에서 마시던 술이 생각나는지 입맛을 다셨다.

"그러면 얼마나 좋겠냐. 하지만 술이 없잖아."

"그럼, 민석이 넌 술이 있으면 등대에 갈 거야?"

"그거야 당연하지."

"좋아. 그럼 나갈 준비를 하자."

"술을 어디서 구한다는 거야. 우리가 가지고 있는 술은 모두 마셨잖아."

민석이가 말도 안 된다는 표정을 지었다. 태호도 마찬가지 표정으로 희종이를 바라보았다.

"그래서 너희들은 하수라는 거야. 술이 있는 곳을 내가 알고 있으니 어서 준비해."

희종이는 일어나서 옷을 입었고, 민석이와 태호도 영문도 모른 채 주섬주섬 옷을 입었다. 희종이는 시계를 보았다. 오후 5시 반이 지나고 있었다. 저녁 식사 시간은 6시라고 했다.

"자, 지금부터 저녁 식사는 제끼고 술판을 벌이자고. 어차피 또 맛없는 주먹밥이 나올 테니 저녁 밥은 의미 없어."

희종의 과감한 행동에 태호는 걱정이 앞섰다. 선생님들이 밖에 나가지 말라고 신신당부했기 때문이다.

"희종아 무슨 소리야? 고민 덩어리가 위험하다고 나가지 말라고 했잖아?"

"야, 언제부터 우리가 선생들 말을 들었냐? 그리고 너 어제 내가 고민 덩어리한테 귀싸대기 맞는 거 봤잖아. 우리가 저녁 식사 시간에 없어져야 고민 덩어리도 열 받을 것 아니야."

희종이가 담임 선생님을 열받게 한다는 소리에 태호는 더 걱정되는 듯한 표정을 지었다. 태호가 더욱 심각해지자 희종이는 겁먹은 태호를 안심시키려고 했다.

"야 인마, 술 한 잔 마시고 싶어서 그래. 걱정 말고 나가자. 만약 무슨 일이 있으면 다 내가 책임질게. 내가 못 하면 우리 엄마가 다 해결해 주는 것 너도 알잖아. 그리고 지금은 사람 두 명이 죽은 비상사태라서 고민 덩어리도 우리를 생각할 겨를이 없을 거야."

희종이가 엄마 얘기를 하자 태호는 곧 얼굴이 밝아졌다. 중학교 때 셋이서 많은 사고를 쳤었는데 그때마다 희종이 어머니가 해결해 주었기 때문이다.

"그래, 가자 가. 오늘 밤도 술에 취해 보자. 근데 너 술이 확실히 있는 거야?"

"그렇다니까."

셋은 고양이 걸음으로 복도를 걸었다. 고민환 선생이라도 마주치면 잔소리로 끝날 것 같지 않아서였다. 그리고 1층으로 나간 셋은 힘차게 뛰어 교문을 벗어났다.

희종이는 이장이 운영하는 '십자 구판장' 앞에 멈춰서 말했다.

"이장이 죽었으니 이 집에는 아무도 없어. 원래는 돈으로 사려고 했었는데 왜 죽고 난리야."

민석이는 분명 이장의 냉장고에 열 병의 소주가 있는 것을 보았다.

"희종아, 분명히 냉장고에 들어있는 소주 열 병 다 샀었잖아? 내가 똑똑히 봤어. 냉장고에는 더 이상의 술이 남이 있지 않아."

"너희들은 단순히 눈에 보이는 것만 보지. 이 형님을 따라와 봐."

희종이는 자신만만하게 구판장 문을 열고 안으로 들어갔다. 민석이와 태호는 얼떨결에 희종이 뒤를 따랐다. 안에 먼저 들어간 희종이는 이장의 방 쪽으로 큰 소리로 말했다.

"일단은 누가 있을지 모르니까. 에헴, 계십니까?"

176

안에서는 아무 대답도 들리지 않았다. 아무도 없음을 알고도 희종이는 한 번 더 말했다.

"주인 없습니까? 손님입니다."

"희종아, 어제 고민 덩어리가 한 말 못 들었어? 이장은 죽었다고 했잖아." 태호가 떨리는 목소리로 말했다.

"알아, 인마. 돌다리도 두들기란 소리 몰라? 일단 가게에서 안주로 먹을 것 좀 챙겨봐. 이건 훔치는 게 아니야. 돈을 주고 사는 거야. 돈을 여기다 놔두면 되는 거라고."

희종이는 이렇게 말하고는 오만 원짜리 지폐를 하나 꺼내 계산대 위에 올려두었다.

이를 본 태호와 민석이는 참치와 골뱅이 통조림 캔과 몇 종류의 과자, 음료수, 컵라면 등을 비닐봉지에 담았다. 희종이는 술을 사러 들어가 봤던 이장 집 내부를 살펴보고 있었다.

"얘들아, 다 챙겼으면 이리로 와봐. 이제 술을 구하러 안으로 들어가자."

희종이는 이렇게 말하고는 신발을 벗고 안으로 들어갔다. 민석이와 태호가 방 안으로 들어왔을 때 희종이는 장롱 위를 보고 있었다. 장롱 위에는 빨간 뚜껑의 큰 병 세 개가 나란히 있었다. 시골집에서 흔히 볼 수 있는 담근 술이었다. 희종이는 첫날 소주를 사러 들어왔을 때, 저 담근 술을 본 것이다. 역시 나쁜 짓에는 탁월함을 보였다. 희종은 미소를 보이며 술병을 바라봤다.

"어떤 걸로 할까?"

맨 왼쪽은 인삼주, 가운데는 복분자, 오른쪽은 알 수 없지만 동그란 모양의 작은 과일이 들어 있었다.

"이왕 먹는 술, 몸에 좋은 인삼주를 먹자."

희종이는 까치발로 장롱 위에 있는 인삼주병을 꺼냈다.

"와, 정말 무겁네. 이거 한 병에 소주 6병은 들어가겠는걸? 하나면 되겠지?"

희종이의 행동에 태호가 다시 걱정스러운 표정을 지었다.

"희종아, 가게 물건은 그렇다 치고, 이건 훔치는 거 아니야? 나중에 걸리면 어떡하려고 그래?"

희종이는 술병을 민석이에게 건네고는 태호의 양 어깨를 지그시 잡았다.

"태호야, 우리 중2 때 학교 옆에 있던 문구점 털던 기억 안 나냐? 나와 민석이가 주인아저씨 불러서 이것저것 물어볼 때 태호네가 방에 들어가 금고에서 십만 원 가지고 나왔었잖아. 밖에 나와서 돈 나눌 때 내가 왜 다 들고 나오지 않았냐는 질문에 네가 어떻게 대답했는지 알아?"

태호는 문구점을 털었던 기억은 나지만 무슨 말을 한지는 기억나지 않았다. 태호가 눈을 깜박이고 있자 희종이가 태호의 목소리를 흉내 냈다.

"돈을 다 들고나오면 아저씨가 우리가 훔친 줄 알 거 아니냐? 안 걸릴 만큼만 들고나왔다."

희종이는 흉내를 끝내고는 민석이를 보며 감탄 어린 말을 이어서 했다.

"난 그때 걸릴 일은 생각도 안 했었어. 태호가 얼마나 멋있던지. 심지어 존경심마저 들었다니까. 근데 이제 뭐야? 몇 번 걸리니까 무섭냐?"

옆에서 민석이가 거들었다.

"이 새끼 중학교 때는 진짜 멋있었는데."

둘이 말해도 태호의 눈길은 한쪽 벽에 걸려 있는 이장의 사진에 가 있었다. 아마 죽은 사람의 물건을 가져가는 것에 죄책감을 느끼는 것일 거다.

"태호야, 돈 낸다니까 그러네."

희종이는 가방에서 오만 원짜리를 꺼내 스무 장을 세고는 태호의 눈앞에서 흔들었다.

"여기, 백만 원이면 충분할 거야. 어제 이장 돈 밝히는 거 봤지? 만약에 나중에 걸린다면 이미 이장과 첫째 날에 담금주를 사기로 계약했다고 하면 되잖아. 아마 우리가 한 일 중에 가장 합법적인 일일 거라고."

희종이는 돈다발을 방송 장치가 있는 책상 위에 올렸다.

"그러고 보니 우리 수학여행 와서 범죄 저지른 것이 하나도 없네. 심지어 우리가 술 마시는 것도 불법이 아니야. 구입도 불법이 아니고. 파는 사람만 법을 어기는 거지. 그러니 어서 등대로 가자고."

태호도 희종이의 말에 넘어갔는지, 중학교의 추억이 떠올랐는지 금방 동조했다.

"에라 모르겠다. 가자! 오늘도 마음껏 취해보자."

셋은 인삼주와 조금 전에 담아둔 안주를 가지고 등대로 향했다. 등대 안이 분위기도 좋았지만, 사람의 눈에 띄지 않기 때문이었다. 아직 밝았지만, 서쪽 하늘에 붉은 노을이 보여 첫째 날과는 또 다른 분위기를 연출하고 있었다.

셋은 등대 앞으로 와서 첫째 날과 마찬가지로 순찰함 속에서 열쇠를 꺼내 문을 열었다. 2층으로 올라가니 첫째 날 술 마시던 자리가 그대로 있었다. 희종이가 먹던 쓰레기들을 발로 밀어 옆으로 치웠다.

"오늘 밤으로 수학여행은 끝이니 진탕 마시자고."

태호와 민석이도 앉을 자리를 마련한 후 자리에 앉았다. 곧이어 희종이가 인삼주를 열려 했으나 열리지 않았다.

"오래도 묵혔나 보다. 단단히 봉해져 있네."

이번에는 허벅지 사이에 넣고 두 손으로 강하게 돌렸다. 뚜껑이 열리자 독한 알코올과 인삼 냄새가 섞여 올라왔다.

"우와, 냄새 죽인다."

희종이는 빈 종이컵을 들고 술병에 꾹 눌러 술을 떠서 다른 빈 종이컵에 옮겨 따른 후 하나씩 나누어 주었다. 받은 술에 살짝 입을 대 맛을 본 민석이가 인상을 썼다.

"크아 쓰다. 왜 이렇게 독한 거야."

태호도 맛을 보니 크 소리가 저절로 나왔다. 아니 목구멍이 보내는 경고의 소리 같았다.

"시골 할머니 댁에서 들은 건데 원래 과일 같은 걸로 담그는 술은 도수가 높데. 그나저나 거의 양주 수준인데? 조금씩 마셔야겠어."

이에 희종이가 잔을 들어 건배를 권하며 말했다.

"친구들아, 일단 눈 꽉 감고 한 잔 마셔봐. 알코올 기운이 오르면 술을 거부하는 장벽이 무너져서 그다음부터 쓴맛을 모를 거야. 자, 원샷!"

셋은 독한 인삼주를 종이컵으로 한 잔 쭉 마셨다. 목구멍부터 식도를 따라 타들어가는 느낌이 났다. 태호가 번데기 캔에서 국물과 함께 번데기를 한 수저 떠내어 입에 넣었다.

"와! 양주보다 더 쓴 것 같다."

민석이가 종이컵으로 술을 퍼서 다시 술잔을 채웠다. 그리고 술잔을 높이 들며 외쳤다.

"친구들, 장벽이 무너졌나? 난 한 잔으로 장벽이 무너지지 않아. 어디 나의 장벽도 무너뜨려보자."

그렇게 노을 뒤로 해가 넘어가고 등대불이 켜졌다. 등대불이 빙글빙글 돌아가며 빛을 비추자 첫째 날 보았던 멋있는 경치가 다시 나타났다. 그렇게 셋은 멋진 경치를 안주 삼아 술을 마셨다.

독한 술 때문인지 분위기 탓인지 술병의 반 정도 마셨을 때, 셋은 취기가 오르는 것을 느꼈다.

"술이 좋아 그런지 오늘은 금방 취하네. 속도 메슥거리는 것 같고… 똥이나 때리고 와야겠다."

태호는 배가 약간 아팠지만 대수롭지 않게 생각하고 자리에서 일어났다. 술이 너무 취했는지 눈앞이 침침해지기 시작했다.

태호는 회전하는 계단을 돌아 1층으로 내려왔다. 눈앞은 더욱 침침해지고 속이 메슥거렸다. 갑자기 위장에서 음식물이 역류해 입 밖으로 튀어나와 안전 펜스를 잡고 구역질을 했다. 번데기가 섞인 액체가 밖으로 나왔다. 번데기 냄새와 인삼주 냄새가 섞여 올라왔다. 술에 취했음에도 최악의 냄새였다.

실컷 오바이트를 했더니 속은 조금 시원해졌지만 눈은 여전히 침침했다. 오바이트를 했더니 배설 욕구가 사라져 다시 등대로 들어갔다.

나올 때는 급해서 몰랐는데 등대 1층으로 들어오자 여태껏 보지 못한 상황이 눈에 들어왔다. 1층 바닥의 철판이 올려져 있고, 그 아래에서 환한 빛이 솟아 올라왔다. 눈이 침침해서 헛것이 보이나 하고 눈을 한번 비빈 후 가까이 다가갔다.

가까이 가서 보니 지하로 내려가는 철문이었다. 철문은 여닫게 되어 있었고, 그 위에 잡다한 상자가 있어서 지난번에는 몰랐던 것이다. 2층으로 올라가는 나선형 계단처럼 지하실도 나선형 계단으로 내려가야 했다. 아래쪽 지하실에는 백열등이 켜있었는데 안쪽에 무엇이 있는지는 보이지 않았다. 태호는 나선형 계단 위쪽에 대고 소리쳤다.

"희종아, 민석아 내려와 봐. 여기 등대에 지하실이 있어."

술을 먹고 있어 들리지 않았는지 위쪽에서 대답이 없자 태호는 더욱 큰소리로 불렀다.

"야! 장희종, 박민석!"

"왜?" 위에서 대답이 들려왔다.

"이리로 내려와 봐. 등대에 지하 비밀 장소가 있어."

"뭔 소리야?"

잠시 후 술에 취했는지 비틀거리며 희종이와 민석이가 내려왔다. 희종이도 눈이 침침한지 눈을 비비며 지하로 내려가는 곳을 보았다.

"뭐야 이거, 등대에 지하 던전이 있네. 여보세요, 누구 있어요?"

안쪽에서는 대답이 없었다. 희종이는 호기심이 발동했는지 내려가자고 했다.

"재밌겠다. 내려가 보자. 민석아, 스마트폰 켜."

"오케이"

민석이 비틀거리며 주머니에서 스마트폰을 켰다.

"형님들, 여기 등대에 지하 던전이 있네. 우리가 들어가 볼게."

술에 취한 회종이가 비틀거리며 나선형 계단을 내려가기 시작했다. 그 모습이 위태위태하였지만 잘 내려갔다.

지하실은 딱 등대 1층만큼의 공간이었다. 여러 개의 의자와 수납장, 전기기기 같은 것이 보였고, 사람의 출입이 오랫동안 있지 않았는지 메케한 먼지 냄새가 났다.

희종의 뒤를 따라 민석이와 태호도 내려왔다. 세 명은 안쪽 이곳저곳을 살펴보았다.

"형님들, 등대 지하는 벙커인가 봐."

바로 그때였다.

등대의 1층에서 사람 소리가 나더니 그 사람이 지하실로 깡통 하나를 던지고 철문을 닫았다.

"뭐야, 누구야? 이게 뭐야?"

떨어진 깡통에서는 하얀 연기가 나오기 시작했다.

"아 씨발. 근데 아까부터 머리가 왜 이렇게 아프지? 으윽."

민석이가 머리를 움켜쥐며 바닥에 누웠다. 희종이도 마찬가지였다. 그나마 괜찮은 태호가 나선형 계단을 올라가서 철문을 올렸지만, 무엇이 올려져 있는지 꼼짝하지 않았다.

"누구야? 안에 사람이 있다고."

태호는 몸에서 힘이 점점 빠져가는 것을 느꼈다. 태호는 계단에 주저앉았다. 잠이 몰려오는 듯했다. 깡통에서 나오는 흰 연기 때문일 것이다.

이내 셋은 깊은 잠에 빠지게 되었다. 잠시 후, 한 사내가 다시 문을 열었고 환기라도 시키는 듯이 한참을 기다리고서야 아래로 내려갔다.

사내는 쓰러진 셋을 보더니 미소를 지었다.

"드디어 잡았다. 이 쥐새끼들."

2

　이지현 선생은 이 씨 부부 대신 민선이와 함께 저녁을 만들었
다. 상황이 심각했지만, 학생들을 굶길 수 없어서 본인이 나서서
밥을 하기로 한 것이다. 특별한 음식 솜씨도 없을뿐더러 학생들도
입맛이 없을 것이라, 밥을 하고 준비되어 있던 채소를 이용하여
된장찌개를 끓였다. 이지현 선생은 식사 준비를 마치고 식당 앞쪽
의 마이크를 이용해 방송을 하였다.

　[알립니다. 저녁 식사가 준비되었으니 학생들과 고민환 선생님
은 식당으로 내려오셔서 식사하시기 바랍니다.]

　방송 후 학생들이 삼삼오오 식당으로 모였다. 배식하는 사람도
없어서 학생들은 식판에 밥과 국, 반찬을 담았다. 식당으로 내려
온 영재는 이지현 선생이 혼자 앉아 있는 것을 보고 같은 테이블
에 의자를 빼서 앉았다.

　"선생님, 뭐 특별한 움직임이라도 있었습니까?"

"나는 내내 저녁 식사를 준비하고 있어서 잘은 모르겠는데 고민환 선생님은 방에서 나오지 않고 있어."

"그렇군요. 민선이는 어디 갔어요?"

"아, 나랑 같이 저녁을 만들었는데 잠깐 화장실 간다고 나갔는데 마침 저기 들어오네."

민선이도 식당으로 들어오면서 이지현 선생과 영재가 있는 것을 보고 곧장 자리로 와서 앉았다.

"민선아, 희종이 패거리는 어때?"

"선생님과 저녁을 만드느라 잘 모르겠어. 방에 있지 않을까?"

영재의 눈동자가 조금 커졌다.

"아까 식당으로 내려오면서 11호 방에 가봤는데 없더라구. 어디로 갔을까?"

"글쎄, 또 발동이 걸려서 어디선가 술이나 마시고 있겠지 뭐. 넌 어떤데, 청년회장은 잘 감시했어?"

"글쎄, 나도 아까 낮에 회의 끝나고 찾아봐도 보이지 않더라고."

대화를 듣던 이지현 선생이 식사하자며 일어났다.

"영재 네 말대로 먹어야 오늘 밤을 버티지."

셋은 대충 식사를 가져와 의미 없이 입에 갖다 넣었다. 모든 아이들이 들어와 저녁 식사를 하였지만, 희종이 패거리와 고민환 선생 그리고 청년회장은 끝내 보이지 않았다. 이지현 선생은 신경이 쓰이는지 숟가락을 놓았다.

"고민환 선생님께선 왜 오시지 않지?"

"혹시 주무시지 않을까요?" 민선이가 대답했다.

"저녁 일정 알려주려면 내려오셔야 하는데, 내가 한번 올라가봐야겠다."

이지현 선생은 식사를 대충 마쳤는지 아직 반이나 남아 있는 식판을 들고 일어섰다.

"같이 가요, 선생님."

영재는 이상한 느낌이 들었다. 항상 상황을 진두지휘하는 담임 선생님이었는데 아직까지 모습을 보이지 않는 것이 이상했다.

"그래 그럼. 민선이가 희종이네 오나 잘 보고 있고."

이지현 선생과 영재는 2층으로 올라가 바로 옆에 있는 7호 방문 앞에 섰다. 이지현 선생은 문을 노크하며 고민환 선생을 불렀다.

"고민환 선생님! 고민환 선생님! 주무세요?"

잠시 기다렸지만 대답이 없어 이번엔 주먹을 쥐고 더 크게 문을 두드렸다.

"고민환 선생님, 안에 계세요?"

안은 조용했다.

"선생님, 아무래도 없는 것 같은데요?"

영재는 혹시나 해서 문 손잡이를 돌려보았다. 문은 잠겨 있지 않았다. 이지현 선생과 영재는 순간 눈이 마주쳤고, 말은 안 했지만 텔레파시가 통한 듯 영재가 앞서 들어갔고, 그 뒤를 이지현 선생이 따라 들어갔다.

해가 넘어가고 이두워진 저녁이라서 방 안의 물체들은 실루엣만 보였다. 역시나 고민환 선생은 방 안에 없었다.

영재는 방 불 스위치를 찾아 올렸다. 방 안이 환하게 밝아지자 이지현 선생이 비명을 지르기 시작했다.

"꺄악~"

이지현 선생은 화장대처럼 쓰이는 거울을 손으로 가리키며 자리에 주저앉았다. 거울에는 피로 글자가 쓰여 있었다.

[21세기 학생들이여. 여러분들은 아직 미성숙한 아동 즉, 미성

년자입니다. 겉으로는 학생 인권을 외치지만 그것을 이용하여 방종만 할 뿐 책임을 지려고 하지 않습니다. 이장이 죽었을 때 웃고 즐기는 여러분을 보고 깜짝 놀랐습니다. 여러분에게 겁을 주려고 한 행동이었지만 별로 통하지 않은 것 같아서 이 씨 아저씨를 추가로 죽였습니다. 그래도 행동에는 변함이 없더군요. 두 사람은 가까운 사람이 아니라서 그럴까요? 그럼, 담임 선생님은 어떨까요? 이제 사람이 죽는다는 것이 현실로 받아들여집니까? 이제 곧 또 다른 사람을 죽이려고 합니다. 다음 차례는 누구일까요? 바로 '당신'입니다!]

화장대에는 사람의 양쪽 손목이 있었다. 잘린 오른쪽 손목은 마지막 글자인 '당신' 옆에 글을 쓰는 듯한 자세를 취하고 있고, 왼쪽 손목은 검지를 펴서 거울 앞쪽에서 글을 읽는 사람을 가리키게 만들어 놨다. 정말 엽기적인 모습이었다. 충격을 받았는지 이지현 선생은 두 손으로 얼굴을 가린 채 벌벌 떨고 있었다.

영재는 주머니에서 수첩을 꺼내 거울에 쓰여 있는 글을 옮겨 적기 시작했다. 이지현 선생의 비명은 짧았지만 강력했는지 곧이어 학생들이 몰려왔다. 방으로 들어온 학생들은 참담한 상황을 보고 저마다 짧은 비명을 질렀다. 영재는 글을 다 쓴 후, 들어온 민선이를 보며 말했다.

"민선아, 위험한 상황이야. 드디어 범인이 마지막 살인을 시작하려고 하나 봐. 빨리 애들 데리고 식당에 모여 있어. 이지현 선생님! 정신 차리세요. 빨리 애들을 식당으로 모이게 하세요. 모두 모여 있어야 안전합니다."

민선은 아이들을 방 밖으로 내보내려 애쓰고 있었지만, 아직 상황을 보지 못한 학생들이 있는지 계속 안으로 들어와 상황을 본 후 비명을 지르며 밖으로 나갔다.

영재는 방 안을 묘사하기 시작했다.

[잘려진 손목 두 개는 마치 몸통에라도 붙은 듯이 오른손은 거울에 글씨를 쓰고 있고, 왼손은 거울 앞에서 글을 읽는 사람을 가리키고 있었다. 인간의 몸에는 체중의 약 8%, 4.5L의 혈액이 있다고 한다. 언뜻 적은 양 같지만 2L 생수병에 빨간 물감을 타고 이 방에 뿌린다면 가득 차고도 남을 것이다. 잘린 손목에 비해 방 안의 피의 양은 매우 적은 듯하다. 아마 밖에서 잘라서 왔기 때문일 것이다. 이 손목은 고민환 선생님의 손이 맞을까? 잘려진 왼쪽 손목에는 '녹색 반지'가 끼워져 있었다. 고민환 선생님이 항상 끼고 다니며 자랑하던 ROTC 반지다. 일단 왼쪽 손목의 주인은 고민환 선생님인 듯하다.]

아이들이 아직도 웅성웅성하고 있을 때 병찬이가 방에 들어와 말했다.

"아, 씨발! 이건 뭐야?"

거울에 쓰여 있는 글을 쭉 읽더니 화가 난 듯 오른손에 든 식칼을 든 손이 부르르 떨렸다. 비명을 듣고 식당의 식칼을 가져온 것 같았다.

"이거 이떤 새끼기 그런 거야. 어떤 놈이 범인이야. 이장님, 이씨 아저씨, 고민환 선생님까지. 남은 사람은 청년회장밖에 없네. 애들아 청년회장을 찾아서 우리가 먼저 죽여버리자."

화가 난 병찬이는 당장이라도 청년회장을 찾아 죽일 듯 분노했다. 영재가 재빨리 병찬이 앞을 막고 진정시켰다.

"병찬아, 참아. 일단 진정해봐. 청년회장이 아닐 수도 있어."

병찬은 씩씩거렸지만, 청년회장이 아니라는 말에 영재의 말을 들으려는지 눈을 맞췄다.

188

"좋아, 병찬아. 네가 산에 올라가서 전자기기가 있는 움막을 발견했다며. 혹시 제3의 범인이 있을지도 몰라."

병찬이는 영재의 말에 수긍했는지 흥분을 가라앉혔다.

"그래도 병찬이 너처럼 겁을 먹지 않은 애가 있어서 다행이다. 병찬이 네가 나머지 애들을 식당에 모아두고 혹시 살인범이 오면 막아줘. 지금은 우리 반 모두 모여 있어야 안전해."

병찬은 이성이 돌아왔는지 칼을 든 손을 내렸다.

"좋아. 일단 내가 친구들이랑 학교의 창문을 모두 잠그고, 현관에도 침입하지 못하도록 단단히 대비할게."

"그래, 다음에는 누구를 어떻게 노릴지 모르니 그렇게 하는 것이 좋겠다."

병찬은 칼을 자신의 얼굴 앞으로 들더니 각오를 다졌다.

"누군지 모르지만 살인범 놈이 식당으로 들어오면 칼로 목을 따주지."

"좋아. 부탁한다."

다음으로 영재는 이지현 선생에게 갔다. 아이들을 통제하기 위해서는 선생님이 정신을 차려야 했다. 이지현 선생님은 울었는지 눈에 핏발이 서 있었다.

"선생님, 지금 슬픈 거 알지만, 이제 아이들을 통제할 수 있는 사람은 선생님밖에 없어요. 빨리 정신 차리셔서 아이들을 안심시켜 주세요."

이지현 선생은 고개를 들었다. 두려움이 가득한 눈이었다.

"나 무서워, 영재야."

"선생님, 걱정하지 마세요. 이제 용의자가 많이 줄었잖아요. 곧 누가 범인인지 알 수 있을 거예요. 그보다 선생님이 이러시면 아이들은 더 동요할 거예요. 빨리 진정하고 식당으로 내려가세요."

"내려가서 뭐라 그래?"

"일단 아이들을 진정시키고, 혼자 있으면 위험하니 절대 식당에서 나가라고 하지 마세요. 그리고 병찬이가 겁을 먹지 않은 것 같으니 병찬이와 형우, 성우가 학교를 샅샅이 뒤지고 문단속도 할 거예요. 화장실 갈 때도 혼자 가지 말고 병찬이가 동행하라고 지시를 내리세요."

"알았어. 고맙다. 영재 네가 없었으면 나도 무너졌을 거야."

이지현 선생은 정신을 차리기 위해 화장실에 들어가 세수하고 나왔다.

"가자."

1층으로 내려온 영재는 식당 문 앞에서 이지현 선생을 붙잡았다.

"선생님, 먼저 들어가 계세요. 전 잠깐 마을에 좀 다녀올게요."

"무슨 소리야. 혼자 돌아다니면 위험하다고 네가 말했잖아?"

영재는 주위를 둘러보더니 허리춤에서 전기 충격기를 꺼내 보였다.

"선생님, 저는 전기 충격기를 가지고 있어요. 저희 아버지 성화로 가지고 다녀요. 이렇게 써먹을지는 몰랐지만요."

강력한 무기를 보니 이지현 선생의 굳은 표정이 조금 누그러졌다.

"그래? 다행이네. 근데 어딜 가려고?"

"저는 범인을 잡기 위해 트랩을 설치했어요. 그것만 회수하면 되니 10분이면 올 겁니다."

이지현 선생은 영재의 손을 잡았다. 눈에 걱정이 가득했다.

"그래, 조심히 다녀와."

영재는 고개를 끄덕이더니 학교 밖으로 서둘러 뛰어갔다.

이지현 선생이 식당으로 들어가니 우는 아이도 있었고, 서로 심각하게 얘기하는 아이도 있었다. 식당 입구 바로 옆에는 병찬이가 식칼을 앞에 두고 앉아 있었다.

"병찬아, 학교 단속은 끝났니?"

"네, 지금 형우랑 성우가 점검하고 있어요. 저는 혹시 모를 침입에 대비하기 위해 여기를 지키고 있고요."

"그래, 고맙다."

"뭘요. 당연히 제가 해야죠."

아이들도 자신의 역할을 충실히 하고 있다. 자신이 겁먹은 모습을 보이면 아이들도 모두 무너진다. 이지현 선생은 이를 꽉 깨물고 단상으로 올라가 마이크를 집어 들었다.

"얘들아, 아까 고민환 선생님 방에 들어와서 본 학생들도 있지만, 고민환 선생님은 아무래도 돌아가신 것 같아. 정확히 말하면 살해된 것 같아. 그 살인범이 이장님과 이 씨 아저씨도 죽였을 거야."

이지현 선생의 말에 아이들의 웅성거리는 소리는 커졌고, 여학생들은 두려움에 서로의 팔짱을 더 꽉 조였다.

"거울에 쓰여 있는 것처럼 범인은 우리 중 다음 희생자를 찾을 거야. 그러니 우리는 여기 식당에 모두 모여 있어야 가장 안전해."

그때 민경이가 손을 들고 질문했다.

"선생님, 범인이 누군데요?"

"아직 확실하지 않지만 여기 없는 사람이 범인이겠지."

아이들은 주변을 둘러보며 웅성거렸다. 이번엔 미애가 손을 들고 말했다.

"선생님, 명신이는 어떡해요?"

"아, 맞다. 명신이가 아직 방에 있지? 지금 아무도 같이 있지 않은 거야?"

학생들은 서로 얼굴만 쳐다보고 있었다. 그때 실내 점검을 마친 형우와 성우가 들어왔다. 이지현 선생은 곧바로 아이들에게 물었다.

"희종이네는 들어왔니?"

"아니요. 실내에는 없어요."

"명신이는?"

"침대에 그대로 누워 자고 있어요."

"좋아, 실내 단속은 잘했지?"

"네, 모든 창문의 잠금장치를 걸었어요. 현관도 잠갔고요."

"좋아. 앞으로 화장실을 갈 때도 여러 명이 같이 가고, 병찬이가 동행해서 지켜주길 바라."

병찬이는 이지현 선생을 보고 고개를 끄덕였다. 이지현 선생은 식당 창문으로 운동장을 봤다. 마침 영재가 운동장을 가르며 달려오고 있었다.

"그럼, 민선아 명신이를 보러 가자."

이지현 선생은 '십자도 회의'를 이어서 하기 위해 민선이와 밖으로 나왔다. 현관의 잠금장치를 풀고 영재와 합류하여 명신이 방으로 올라갔다.

1호 방문을 열고 들어가자 명신이는 죽은 듯 누워있었다. 이지현 선생이 가서 손을 잡자 따뜻한 체온이 느껴졌다. 명신이의 얼굴은 말이 아니었다. 마약성 진통제와 포도당 수액으로만 겨우 버티고 있으니 가까스로 생명의 끈을 이어가고 있으리라.

"선생님, 명신이는 어때요?"

민선이가 묻자 이지현 선생은 명신이 얼굴에 대고 말했다.

"명신아, 내일 배가 들어와. 그때까지만 참으면 돼. 힘내서 잘 버텨내야지?"

이지현 선생의 말을 들었는지 못 들었는지 명신이는 그저 눈을 감고 있을 뿐이었다. 더 이상 감상에 빠져 있을 시간이 없다. 영재는 자리에 앉으며 말했다.

"자, 회의를 시작해요. 이제 마지막 회의가 될 거예요."

이지현 선생과 민선이도 영재 옆에 앉았다.

"그럼, 아까 했던 회의를 서둘러서 하기로 하죠. 밤이 되면 범인이 더 활개를 칠 테니 서두르도록 하겠습니다. 아마 벌써 시작되었을지도 모르겠어요."

영재는 상황이 급박하게 돌아가는 것을 보고 서둘러야 한다는 것을 느꼈다.

"현재 유력한 용의자 중에서 고민환 선생님과 이 씨 아저씨가 죽었으니 용의자에서 제외하겠습니다. 이제 범인은 청년회장일 확률이 매우 높겠네요."

영재의 말을 듣고 민선이 의문을 제기했다.

"잘린 손 두 개를 보고 어떻게 고민환 선생님이라고 단정 지을 수 있어?"

민선이가 말하자 이지현 선생도 궁금한 듯 영재를 쳐다봤다.

"나도 처음에는 그것을 의심했어. 일단 왼손에 끼고 있는 반지야. 선생님도 아실 거고, 민선이 너도 알 거야. 고민환 선생님의 트레이드 마크인 큰 녹색 알이 박힌 반지."

민선이가 무언가 생각난 듯 말했다.

"그래, 맞아. 선생님은 뭐였더라, 무슨 군대 반지라고 했었던 것 같은데. 수업 시간에 군대 이야기하며 설명했었어."

"맞아. 정확히는 ROTC 반지야. 나도 고민환 선생님이 자랑스럽게 말했던 게 기억나."

"고민환 선생님이 정말 죽었다니 믿기지 않아."

"지금 고민환 선생님을 죽인 범인이 거울에 다음 희생자를 찾는다고 했어. 먼저 내가 설치한 트랩을 확인해보자."

영재는 자신의 핸드폰을 꺼내 동영상을 재생했다.

"범인이 보통이 아닌 것 같아서 저도 트랩을 설치했어요. 아까 낮에 마을 사거리를 비추는 곳에 스마트폰을 숨겨놨어요. 타임랩스 기능 녹화를 하여 누가 어디로 갔는지 알 수 있죠. 그럼 누가 지나가나 확인해볼까요? 잘 보세요."

셋은 머리를 맞대고 스마트폰 화면을 보았다. 타임랩스는 1초당 사진을 찍어 연결한 영상이라서 마치 빨리감기를 하는 것처럼 보였다. 누군가 지나갔다. 영재는 화면을 뒤로 돌려 다시 확인했다. 지나가는 사람은 고민환 선생이었다.

"자, 고민환 선생님이 지나갔습니다. 시간을 보니 점심 식사 직후에 등대 쪽으로 간 것 같습니다."

영재는 다시 영상을 재생하였다. 또 누군가 지나갔다. 영재는 멈추고 다시 돌려 얼굴을 확인시켜 주었다.

"이번엔 청년회장이 지나갑니다."

다시 영상을 재생했다. 주위가 어두워질 때, 희종이 패거리가 양손에 물건을 들고 등대 쪽으로 갔다. 그리고 영상은 끝났다.

"자, 선생님. 제가 트랩을 회수하기 조금 전까지 등대 쪽으로 간 사람들 모두 돌아오는 모습이 찍히지 않았습니다. 어떻게 된 일일까요?"

이지현 선생은 영상을 다시 돌려봤다.

"희종이와 아이들이 손에 든 것은 뭘까?"

"술과 안주인 것 같아요." 영재가 대답했다.

고개를 절레절레 흔들며 민선이가 말했다.

"얘네들은 이런 긴박한 상황에도 이런 짓을 하고 싶을까?"

"하지만 그런 행동이 용의자를 벗어나게 해주지 않을까?"

영재의 말에 민선이와 이지현 선생의 시선이 모였다.

"시간을 보면 희종이 패거리는 저녁 식사 전에 술을 가지고 등대로 갔어. 고민환 선생님은 점심쯤에 등대 쪽으로 갔지. 우리도 저녁 즈음에 고민환 선생님의 손을 발견했으니 희종이 패거리들이 범행을 저지른 것은 시간상으로 맞지 않아."

"네가 트랩을 설치한 것을 안다면 그것을 피해서 등대로 갔다가 고민환 선생님을 죽이고 손을 가지고 다시 와서 방을 그렇게 만들 수 있지 않을까? 그리고 태연하게 술자리를 하러 가는 거겠지."

"물론 그것도 가능해. 하지만 난 희종이 애들이 그런 머리까지는 없을 것 같아. 이지현 선생님께 물어보겠습니다. 얘네들을 가르치는 선생님으로서 얘네들이 진짜 PTC 용액이며, 헤파린나트륨이며, 이런것들이 어떤 작용을 하는지 알까요? 이렇게 치밀하게 살인을 구성할 수 있을까요?"

가만히 듣고 있던 이지현 선생은 고개를 가로저었다.

"나도 이제 몇 달 수업을 해봤지만 그렇지 못할 거야. 수학에서 일 더하기 일을 알려주면 이 더하기 이는 알아야 하는데 민석이는 그것조차도 몰라. 선생님도 희종이 아이들은 아닌 것 같아."

영재는 수첩에 무언가 기록하고 이어서 말했다.

"자, 희종이네들이 아니라면 청년회장이 가장 높은 용의자가 되겠습니다. 고민환 선생님이 먼저 등대로 가고 청년회장이 등대로 갔어요. 시간상으로 충분히 가능하겠죠?"

"그럼 왜 손목을 가지고 오는 모습이 안 찍혔지?"

민선이의 질문에 영재는 가볍게 설명했다.

"그건 당연하지 않을까? 살인하고 손목을 태연하게 들고 마을 한가운데로 돌아올 수 없잖아. 그리고 우리 중 누구도 오후에 청년회장을 본 사람이 없어. 산길로 조용히 학교에 왔다가 갔을 거야. 그런데 살인 동기가 뭘까요? 뭔가 강력한 동기가 있을 텐데 말이에요."

잠시 고민하는 표정을 짓더니 이지현 선생이 말했다.

"이런 얘기를 하면 안 되는데 상황이 상황이니 만큼 해줘야겠다. 지금부터 하는 얘기는 고민환 선생님이 해준 거야. 혹시 명신이에게 위해를 가한 동기가 될지 모르니 들어봐. 그리고 비밀은 지켜줘."

이렇게 말하고, 고민환 선생에게 들었던 명신이에 대한 비밀 이야기를 해주었다.

학교에서 희종이 패거리가 남학생들 중에서 문제 학생이라면 여학생들 중에서는 단연 명신이다. 1학년 때, 명신이가 무단 지각을 자주 했다. 담임인 고민환 선생은 부모님과 상담을 위해 연락 후 학교에서 만났다. 명신은 대머리가 적당히 까지고 배가 볼록한 삼촌을 데려왔다. 명신이는 부모가 이혼하고 어머니와 살고 있었는데 직장 일이 바쁘다며 삼촌이 대신 온 것이다.

고민환 선생은 삼촌에게 단도직입적으로 말했다.

"명신이가 무단 지각이 너무 많아요. 중학교는 의무교육이라 퇴학이 없겠지만, 고등학교에서는 근태가 나쁘면 징계 받습니다. 오늘 부모님을 오시라고 한 것도 명신이의 나쁜 근태 상황으로 인해 선도위원회에 넘겨지기 때문입니다. 선도위원회에 부모님께서 참석하시어 의견을 말씀하시라고 한 것입니다."

가만히 듣던 삼촌이 말했다.

"선생님도 아시다시피 명신이 어머니가 바쁘셔요. 밤을 새워서 일해야 하기 때문에 신경 쓰지 못했어요. 어머니도 새벽 5시에 들어와서 잠을 자니 아침에 일어나지 못해 명신이를 깨우지 못 한 겁니다."

고민환 선생은 명신이 어머니가 카페를 운영하고 있다는 것을 알고 있었다. 말이 좋아 카페지 실제로는 단란주점이었다.

"저도 그것은 알고 있습니다. 하지만 아침에는 일찍 깨워 보내 주셔야 합니다."

"근데 선도위원회라는 것이 징계를 받는다는 얘깁니까?"

"네, 맞습니다."

"지각을 자주 한다고 징계를 받다니요?"

"규정상 어쩔 수 없습니다. 제가 징계를 하는 게 아니에요. 이미 교감 선생님도 다 알고 있습니다."

"징계를 받으면 어떤 징계를 받게 되나요?"

"징계라고 해서 너무 겁먹을 필요는 없습니다. 명신이는 처음 징계를 받는 것이라 의미상으로 '교내 봉사 3일'을 받게 될 것입니다. 징계 후 똑같은 상황이 계속되면 다음 단계로 넘어가겠지만 앞으로 그런 일이 없으면 아무런 문제가 되지 않겠지요."

"알겠습니다. 집에서도 잘 깨워서 보내도록 하겠습니다. 잘 지도 부탁드립니다."

삼촌은 일어나서 정중하게 인사를 한 후 돌아갔다.

하지만 교내 봉사를 받고도 명신이의 무단 근태는 달라지지 않았다. 고민환 선생은 이러다가는 명신이가 다음 단계 징계를 받게 될 것 같아서 어머님과 직접 통화를 시도하였다.

낮에는 그렇게 전화해도 받지 않더니 한밤중에 전화하니 통화가 되었다.

"명신이 어머님이시죠?"

"네, 그런데 누구시죠?"

"명신이 학교 담임입니다."

"아~ 그러시군요. 안녕하세요. 그런데 무슨 일로?"

"명신이가 무단 지각을 계속하고 있어요. 저번에 삼촌이 다녀 가신 뒤로 고쳐져야 하는데 그대로입니다. 이대로라면 징계 수위가 높아집니다."

"네? 삼촌이라뇨?"

"저번에 제가 부모님을 모셔오라니까 삼촌이라면서 데리고 왔었습니다."

"걔는 삼촌이 없는데 무슨 소립니까?"

"머리가 약간 까지고······."

"뭔 소리야. 일을 그딴 식으로 처리하면 어떡해요? 내일 학교로 갈 테니 그때 얘기하도록 하죠."

다음 날 고민환 선생은 교장실로 호출되었다. 명신이 어머님인 듯한 사람이 앉아 있었고, 그 뒤에는 건장한 장정 두 명이 검은색 양복을 입고 서 있었다. 고민환 선생이 교장실로 들어가자 두 명의 양복들은 눈에 힘을 주며 째려보았다. 진짜 '삼촌'이라고 불릴 만한 사람들이었다.

교장은 고민환 선생을 보자마자 화를 내며 말했다.

"부모님과 직접 통화를 해야지 일을 그렇게 대충 처리하면 어떡합니까?"

저 양복들은 명신이 어머니가 운영하는 단란주점의 문제를 해결하는 기도[4] 같은 사람일 것이다. 교장한테 실컷 겁을 주었을 것

---

4 극장이나 유흥업소 따위의 출입구 또는 그곳을 지키는 사람

이고, 평소 우유부단하고 겁많은 교장은 희생양을 고민환 선생으로 결정했을 것이다. 자신만 희생양이 되어야 하는 고민환 선생은 억울한 마음에 교장에게 따지고 들었다.

"애가 직접 데리고 왔는데 믿어야지, 호적이라도 떼어오라고 합니까?"

"그래도 어머님께 통화를 해서 확실하게 확인을 했어야죠!"

"도대체 지금 상황이 누가 잘못했는지 모르겠네요."

고민환 선생이 언성을 높이며 말하자 명신이 어머님은 단호하게 말했다.

"이것은 확인을 안 한 학교 측의 명백한 잘못입니다. 인정하지 못하겠다면 변호사를 대동하고 다시 오도록 하겠습니다."

변호사라는 말에 교장의 얼굴빛이 변하며 부드럽게 말을 이었다.

"아니, 변호사라뇨. 제가 원만하게 해결한다고 했지 않습니까? 고민환 선생, 우리가 확인하지 않은 것은 명백한 잘못이니 빨리 사과드리세요."

고민환 선생이 명신이 어머니를 쳐다보자 뒤의 양복 두 명은 주먹을 쥐며 눈을 더 부라렸다. 아마 여기서 명신의 잘못을 우긴다면 저들이 실력 행사를 할 것이다. 결은 다르지만 희종이네 부모와 다를 게 없을 것이라 판단하고 할 수 없이 고개를 숙였다.

"죄송합니다. 부모님을 직접 확인해야 했었는데 그렇지 못한 제 불찰입니다."

"알겠습니다. 그럼, 부모가 몰랐던 징계도 무효입니다."

원래 말이 징계지 생활기록부나 이런 것에 아무런 흔적이 남지 않는 거였지만 고민환 선생은 명신의 잘못을 어머님께 인지시키기 위하여 은근히 협박했다.

"학생부에 말해서 징계를 취소시키겠습니다. 하지만 선도 규정에 의하면 무단 지각을 계속할 때는 징계 받도록 되어 있습니다. 앞으로 근태가 안 좋으면 저도 어쩔 수가 없습니다."

"앞으로 일찍 깨워 보내도록 하지요."

가짜 삼촌 사건은 그렇게 일단락되었다. 그 후 명신이는 진짜로 무단 지각을 하지 않았다. 고민환 선생은 명신이 중학교 때 담임을 만나봐야겠다고 생각하고, 명신이가 졸업한 학교 홈페이지에 들어가 보니 아는 선생이 눈에 띄었다. 1급 정교사 자격을 받을 때 친해져 술친구가 된 교사였다.

연수가 끝난 후 연락하지 않았지만, 이런 일은 물어볼 만했다. 전화번호가 바뀌지 않았어야 하는데 하며 통화 버튼을 눌렀다. 신호음이 몇 번 울리자 아는 목소리가 흘러나왔다.

"오! 오랜만입니다. 고민환 선생님!"

그쪽도 아직 전화번호를 저장하고 있었다.

"어이 임진웅 선생, 잘 지내고 있지?"

고민환 선생이 두 살 위라서 말을 놓고 있었다. 고민환 선생은 오랜만이라 어색했지만 말을 놓았다.

"그렇지요. 오랜만에 술 한잔해야 하는데 바빠서 연락 못 했습니다."

"나도 마찬가지지. 뭐 좀 물어보려고."

고민환 선생은 명신에 대해 물어봤다. 명신이는 중학교 때에도 이름을 날렸다. 원조교제를 미끼로 남자들의 돈도 뜯어, 형사상으로 경찰도 몇 번 찾아왔었다고 하였다. 그때마다 어머님은 가게에서 일하는 삼촌들과 같이 학교에 와서 행패를 부렸다고 했다.

"고민환 선생님, 고생하시겠네요. 그냥 똥 밟았다 생각하세요. 그리고 이제부터라도 그냥 피하세요. 똥이 더러워서 피하지, 무서워서 피하겠어요?"

"그래야지. 그럼 조만간 진짜 술 한잔하자고."

"네, 꼭이요. 참, 그때 일을 같이 벌이던 남자애들도 그 학교로 같이 간 것으로 알고 있는데 걔네들은 문제없나 모르겠네."

고민환 선생의 머리에는 세 명의 이름이 떠올랐다.

"혹시 이름이 장희종, 강태호, 박민석 아니야?"

"맞아요. 저는 잘 모르는데 걔네들 때문에 선생님들이 많이 고생하셨어요. 담임은 수시로 교체되었어요. 휴직에 정신과 치료까지 받은 선생님도 있었다니까요. 그중 누구 어머니가 돈만 많은 졸부라고 하던데, 돈으로 다 해결하려 한다고 했던 것 같은데요."

"그래, 누군지 알겠다. 수고해."

이지현 선생은 고민환 선생에게 들었던 명신이 이야기를 했다. 학교에서는 학생들의 이야기를 비밀로 지켜야 하지만 이번 섬에서 일어나는 일과 조금은 관련이 있을까 해서 얘기하게 되었다. 영재는 이지현 선생의 이야기를 듣고 무언가 찾았다는 눈빛으로 변했다.

"명신이와 희종이 패거리의 악행은 우리도 익히 들어 알고 있습니다. 아마 살인 동기를 가진 사람이 많겠죠. 처음에 이장과 이씨 아저씨를 죽여서 동기를 찾기 힘들었는데… 아차, 그럼 희종이네가 위험하네요. 아니 이미 일이 벌어졌을지 모르겠어요."

민선이가 놀라서 말했다.

"영재 네 말은, 명신이를 죽이려 했다면 희종이 패거리에게도 원한이 있다는 말이야?"

"그렇지."

민선이가 자리에서 벌떡 일어났다.

"그럼 빨리 등대로 가서 구하자."

"잠깐 기다려봐 민선아. 서두르지 마. 이런 흥분된 행동을 범인은 기다리고 있을 수 있어. 일단 상황을 정리해보자."

이지현 선생도 잠시 생각하더니 민선이의 손을 잡고 앉히며 말했다.

"영재 말이 맞아, 민선아. 이미 섬에서는 많은 사람이 죽었어. 이 살인자는 배가 들어온다면 어차피 잡혀. 아마 마지막 밤인 오늘은 물불 가리지 않을 거야."

이지현 선생의 말에 민선이도 다시 자리에 앉았다. 자리에 앉은 민선이를 보고 영재가 말했다.

"다 잘 풀릴 거야. 선생님의 말씀으로 범인의 윤곽을 대충 잡을 수 있었습니다. 아마 청년회장이 거의 유력한 용의자가 됩니다. 살인 동기는 명신이와 희종이파 애들의 장난 때문일 거라 예상되는데 아까 선생님께서 형사상으로 몇 번 걸렸다고 했잖아요? 걸린 게 몇 번이라면 그보다 심한 범죄를 저지르고도 안 걸렸던 적이 더 있었을 거예요."

조용히 듣고 있던 민선이가 말했다.

"그래도 살인을 할 정도로 심한 일은 아닐 텐데."

"무심코 던진 돌에 개구리는 맞아 죽지."

아이들의 장난 같은 행동이 어떤 분노를 일으켰을지도 모르는 것이다. 가만히 듣고만 있던 이지현 선생이 말했다.

"내가 해준 여러 가지 일화로 볼 때 살인 동기라면 고민환 선생님이 더 있지 않을까? 고민환 선생님의 말투는 명신이를 증오하고 있었어. 그리고 손목이 있었다지만 그게 고민환 선생님이라고 확정 지을 수 없잖아. 이장님의 손을 잘라서 놓았을 수도 있고… 그래서 이장님을 먼저 죽였을 수도 있고."

영재는 이지현 선생을 초짜 여교사로만 봤는데 이런 추리를 해서 깜짝 놀랐다.

"오, 대단하시네요. 이런 추리까지 하시다니 선생님을 다시 봤습니다. 저도 그런 생각을 하지 않은 게 아닙니다. 하지만 손목은 고민환 선생님이 확실합니다. 아시다시피 저는 관찰하고 묘사하는 습관을 가지고 있습니다. 학교 생명과학 시간에 맨 앞에 앉아 고민환 선생님을 관찰한 적이 있어요. 근데 손을 관찰할 때 이런 말을 적었어요."

영재는 본인의 수첩 앞쪽을 뒤지기 시작했다.

"아, 여기 있네요. 그럼 손 부분만 읽어드리겠습니다. [손은 투박한 게 여지없는 남자 손이다. 자세히 들여다보니 크고 작은 상처들이 많다. 손가락 셋째 마디의 손등 쪽 1cm 안쪽의 상처들. 저 상처들은 고민환 선생님이 학창 시절 엄청난 싸움꾼임을 알려준다. 저런 위치의 작은 상처는 주먹을 쥐었을 때 주먹 면 쪽의 상처 즉, 상대방의 얼굴을 칠 때 이빨에 부딪쳐 난 상처이다. 고민환 선생님이 싸움꾼이었다니 전혀 믿겨지지 않는다.] 여기까지만 읽겠습니다. 아까 손을 자세히 봤더니 상처들이 있더군요. 그 손은 고민환 선생님의 손이 확실해요."

두 사람은 영재의 관찰능력에 새삼 놀랐다. 정말 당장 형사를 해도 손색이 없을 것이다. 이지현 선생은 제3의 인물도 걱정되어 물었다.

"산속에 전자기기는 어떻게 해석하지? 제3의 인물 말이야."

"제3의 인물이 청년회장이 아닐까요? 청년회장은 보디가드로 일주일 전에 들어왔다고 했어요. 살인을 위하여 이런저런 장치를 한 것입니다. 첫날 이장님이 산꼭대기에서는 전파가 잡힌다고 했으니 전파 방해 장치를 설치해서 외부로 연락하지 못하게 했을지도 모릅니다."

왠지 형사 같은 영재의 말에는 설득력이 있었다.

"자, 그럼 희종이 애들이 등대로 술을 마시러 갔는데 매우 위험한 상황에 처해 있습니다. 그럼 누가 등대로 가서 희종이와 아이들을 구할까요?"

이지현 선생과 민선은 섣불리 나설 수 없었다. 둘이 가만히 있자 영재가 자리에서 일어났다.

"저는 등대로 꼭 갈 거예요. 어찌 되었든 간에 이 사건의 끝을 직접 보고 싶으니까요."

"영재야, 혼자 가는 것은 위험해. 너도 다치면 어쩌려고 그래?"

"놈은 살인자예요. 누가 가더라도 위험한 것은 마찬가지예요."

"그래도 위험한데……."

영재는 차분히 이지현 선생을 설득했다.

"선생님, 아까도 말했지만 제게는 전기 충격기가 있어요. 그리고 태권도 유단자예요. 충분히 싸울 수 있어요."

영재의 말에 이지현 선생은 무언가 결심했는지 주먹을 앞으로 내밀었다.

"그럼, 나도 갈게. 같이 가자."

"선생님이 가신다면 저도 갈래요."

옆에서 민선이도 주먹을 내밀었다.

"선생님, 민선아, 이건 장난이 아니야. 목숨을 잃을 수도 있다고요."

"영재야 나도 선생이야. 선생님으로서 사명이 있어. 너 혼자 보내지 못하겠어."

"나도 이제 피를 봐도 두렵지 않아요. 그리고 저도 2학년 7반의 부회장이랍니다."

선생님이 민선을 말리려 하자 영재가 재빨리 나섰다.

"좋습니다. 선생님. 둘보다는 셋이 낫겠죠. 마지막이 어떨지 우리 셋이 가 봅시다."

만약 영재 자신이 살인범과 싸우는 상황이 생긴다면 이지현 선생님을 혼자 남겨두는 것보다 민선이와 같이 있는 것이 낫겠다고 생각했다.

"그리고 반 애들한테는 비밀로 하세요. 모두 나선다고 하면 더 문제니까요. 병찬이나 형우는 식당에서 모두를 지키는 것이 좋을 겁니다. 청년회장이 학교로 찾아올 수도 있고요."

이지현 선생과 민선은 고개를 끄덕였다. 이렇게 영재와 민선, 이지현 선생은 등대로 출발했다.

3

얼마나 정신을 잃고 쓰러졌었는지 모르겠지만 희종이가 눈을 떴을 때는 아무것도 보이지 않는 칠흑 같은 어둠이었다. 두통과 복통이 밀려왔다. 술을 된통 먹은 다음날 아침처럼 머리가 깨질 것 같았다.

몸을 움직여 보려 해도 움직여지지 않는다. 의자에 앉아 있는데 양다리가 의자에 묶여 있고, 손은 의자 등받이 뒤로해서 묶여 있었다. 상황을 인지한 희종이는 어둠 속으로 소리쳤다.

"아 씨발. 이게 뭐야. 어떤 새끼가 이랬어? 불 안 켜?"

옆에서 촤악하고 물 뿌리는 소리가 났다. 잠시 후 정신이 들었는지 민석이의 목소리가 들렸다.

"뭐야, 왜 묶여 있는 거야? 여기가 어디야?"

또 물 뿌리는 소리가 났다. 태호를 깨우는 소리였다.

"으~ 머리가 왜 이렇게 아프지?"

나머지 두 명이 정신이 든 것 같아 희종이가 말했다.

"민석아, 태호야. 나 의자에 묶여 있는데 너희들은 어때?"

"나도 움직일 수 없어."

"나도 마찬가지야."

"기억해봐. 좀 전에 우리 술 마시다가 등대 지하로 내려왔었잖아. 그때 누가 문을 닫고 하얀 연기가 났잖아. 우리가 잠시 정신을 잃었을 때, 몸을 묶었나 봐. 누구 뭐 본 사람 있어?"

"그것보다 누가 물을 뿌렸지? 불을 꺼놔서 아무것도 보이지 않네. 도대체 어떤 놈이야?"

민석이가 허공에 소리쳤을 때, 어둠 저편에서 음산한 웃음소리가 들렸다.

"흐흐흐흐"

"씨발, 너 누구야? 개새끼야 죽인다."

"빨리 불 켜! 이 새끼야!"

희종과 민석이 욕을 하기 시작했고, 겁 많은 태호는 숨죽이고 있었다. 어둠 속에서 발걸음 소리가 들렸다. 누군가의 발소리가 점점 가까워졌다. 어둡지만 미지의 인물이 바로 앞까지 와 있음이 느껴졌다. 장희종은 분노를 표출했다.

"어떤 새끼야? 너 빨리 이거 안 풀어!"

"흐흐흐, 나다 서문주."

미지의 인물은 청년회장 서문주였다. 서문주가 자신들을 잠재워 이렇게 묶어 놓은 것이었다. 셋은 청년회장이라는 말에 저마다 욕을 한마디씩 했다.

"개새끼야. 왜 묶어 놨어? 빨리 안 풀어?"

"너 나중에 어떡하려고 그래. 넌 이제 콩밥이야."

"빨리 불이나 켜. 씹새야."

서문주는 아랑곳하지 않고, 손전등을 켜서 세 명의 얼굴에 번갈아 비췄다.

"흐흐흐, 진정들 하라고. 자, 이게 보이는 사람?"

희종이는 눈을 감고 태양을 봤을 때 눈꺼풀 위로 느껴지는 것처럼 지금도 눈 위로 불빛이 지나가는 느낌을 받았다.

"뭐가 보여 보이긴. 빨리 불이나 켜."

민석이는 희종이와 마찬가지로 보이지 않았고, 태호는 자신이 보이는지도 잘 모를 정도로 희미하게 불빛을 보았다.

"크하하하, 정말이네. 정말 장님이 됐어. 하하하"

서문주는 이 상황이 재미있는지 크게 웃었다. 서문주의 웃음소리에 희종이 소리쳤다.

"웃지 마, 개새끼야. 너 이제 죽었어. 우리 아빠가 누군지 알아? 너 진짜 죽기 싫으면 빨리 이거 풀어."

서문주는 희종이의 협박에 아랑곳하지 않고 크게 웃으며 말했다.

"이 새끼들 아직도 상황 파악 못하네. 잘 들어라. 지금 불이 켜져 있어. 너희들이 보지 못하는 것뿐이야. 너희는 이제 장님이 된 거라고. 하하하."

아직도 분이 가라앉지 않는지 희종이는 계속 욕을 했다.

"뭔 소리야, 씹새야. 장님이라니."

"자, 그럼 본격적으로 설명을 해주지. 아까 너희들이 먹은 인삼주에 내가 메탄올을 넣어놨지. 참 너희처럼 멍청한 놈들은 모르겠지? 우리가 먹을 수 있는 알코올은 에탄올이야. 즉, 공업용 알코올인 메탄올을 인삼주에 넣어놨다 이거야. 메탄올이 몸에 들어가면 어떻게 되는지 알아? 흐흐흐, 눈이 멀게 된대. 즉, 장님이 된다는 거야. 많이 먹었으면 뒤졌을 텐데. 하하하. 그래도 목숨은 건졌으니 다행으로 알아라."

서문주의 설명에 세 명은 이제야 상황이 인지되었다. 세 명은 몸을 버둥거리며 자신이 알고 있는 최고의 욕을 퍼부었다. 서문주는 욕을 가만히 듣고 있다가 앞쪽에 있는 앰프 같은 기계에서 스위치를 올렸다.

'지지직~'

순간 말이 없어지면서 세 명의 얼굴은 제멋대로 일그러지고 근육에 힘이 들어갔다. 몸으로 전기가 흐르는 것이다. 잠시 후 스위치를 내리자 세 명의 몸은 축 늘어졌다. 늘어진 세 명의 몸을 본 서문주가 말했다. 그의 얼굴에서 이미 웃음기는 사라졌다.

"자, 지금부터 존댓말을 하도록 해라. 어린놈들의 반말지거리를 더는 들어줄 수 없다."

셋은 몇 번 심호흡을 하더니 다시 힘이 났는지 욕을 시작했다. 살인 청부해서 죽여버리겠다. 칼로 배때기를 쑤셔주겠다. 여기 십자도에 묻어버리겠다 등 본성에 충실한 욕을 했다.

"그럴 줄 알았다. 내 너희들의 입에서 존댓말이 나오게 해주지."

서문주는 다시 스위치를 올렸다. 전기가 흐르기 시작했는지 세 명은 아까와 마찬가지로 얼굴이 일그러지고 근육이 제멋대로 수축 되었다. 서문주가 속으로 열을 세고는 스위치를 끄자 동시에 세 명의 몸도 축 늘어졌다.

"너희들 다리에 전선을 연결해 두었다. 내가 스위치를 올리면 다리를 통해 전기가 흘러. 전기의 고통은 지금 당해봐서 알겠지? 지금은 출력이 최하다. 출력을 더 올리면 고통도 증가할 것이야. 너희들이 이 상황을 벗어날 방법은 없어. 그러니 이제 존댓말을 하도록 해라."

민석이와 태호는 말이 없어졌고, 희종이는 그래도 악에 받쳤는지 보이지도 않는 앞쪽에 침을 뱉었다.

"퉤, 넌 내가 반드시 죽여버릴 거야. 못할 줄 알지? 돈이면 안 되는 것이 없는 세상이야."

"그럴 줄 알았어. 여기서 가장 악질이 너 장희종이지?"

서문주는 숫자가 1부터 5까지 쓰여 있는 원형 스위치를 돌려 숫자 2에 맞추더니 또 다른 스위치를 올렸다.

'찌지지직~'

희종이의 몸이 아까보다 더 뒤틀리고 힘이 들어갔다. 얼마나 힘을 주었는지 목에는 핏발이 섰다. 태호와 민석이는 옆에서 나는 소리가 뭔지 예상했는지 신음소리를 내며 희종이와 멀어지려 했다. 서문주는 스위치를 내렸다.

"자, 이제 존댓말이 나오나 볼까? 두 번 묻지 않는다. 대답을 빨리하도록 해라. 박민석이 본인이 맞나?"

"……."

어리둥절하여 대답이 없자 서문주는 민석이에 연결된 스위치를 올렸다.

'지지지직'

청년회장은 경련하는 민석을 잠시 보고는 스위치를 다시 내렸다.

"박민석 본인이 맞나?"

"으으, 네."

"강태호 본인이 맞나?"

"네."

상황이 파악된 태호는 군인처럼 절도 있는 목소리로 대답했다.

"오케이. 대답 소리가 마음에 든다. 장희종 본인이 맞나?"

"… 네."

"역시 전기요법이 최고군. 금방 이렇게 순해졌잖아. 앞으로도 이렇게 말을 잘 듣도록 해라. 전기가 4단계로 올라가면 고기 타는 냄새가 나서 나도 역겹거든."

서문주는 세 명에게 겁을 주려 한 말이지만 그것은 거짓이 아닌 사실이었다.

"그럼 문제다. 내가 너희들에게 왜 이런 짓을 할까? 이 질문에 대답하려면 먼저 내가 누구인지 알아야겠지? 자, 이 세상은 원인과 결과로 이루어져 있다. 너희들이 저지른 어떤 원인 때문에 지금의 이런 결과가 있는 거다. 잘 생각해봐. 내가 누구지? 제한 시간 5분!"

"우리가 그걸 어떻게 알아요. 한 번만 봐주세요."

태호가 울먹이며 말했다. 태호의 말에도 서문주는 시계를 보며 말했다.

"똑딱 똑딱. 시간이 흘러간다."

희종이는 애써 침착하려 했다. 이제 곧 저녁 시간이 될 것이고 본인들이 없어진 것을 알았으리라. 누구든 곧 구하러 올 것이라 생각했다.

'여기서 풀려나기만 해봐라. 넌 진짜 죽여 버린다.'

희종이는 누구인지 알고자 하지도 않았다. 단지 여기서 나가기만 하면 어떠한 수단을 써서 서문주를 괴롭힐까를 고민했다. 아니 실제로 죽일 수만 있다면 죽여 버리고 싶었다.

시계를 보던 서문주는 앞의 기계에서 전기출력을 2단계로 맞추고 스위치를 올렸다.

"시간 다 됐다."

세 명은 또다시 고통 속으로 들어갔다. 전선이 연결된 다리의 혈관 속을 미지의 생명체가 파고 들어와 온몸을 헤집고 다니는 고통이었다. 잠시 후 스위치는 다시 내려졌다.

"문제의 정답을 말해야지. '살려 달라.' 이런 말 말고 문제를 파악하고 대답을 해. 자, 내가 누굴까? 이제 너희들에게 질문할 기회를 주도록 하겠다."

세 명은 잠시 몸을 추스르고 질문을 하였다. 먼저 민석이가 물었다.

"우리와 직접적으로 관련이 있습니까?

"그렇다. 너희가 한 나쁜 행동, 아니 범죄를 생각해봐라."

"우리는 이렇게 당할 만큼 큰 범죄를 저지르지 않았어요."

"그게 너희들의 잘못이다. 범죄로 생각하지 않는다는 거지. 재미로 슈퍼마켓에서 물건을 훔치고, 밤새 오토바이를 신호도 지키지 않고 몰고 다녀 교통사고를 유발하고, 성추행, 성폭행에, 어른들을 무시하고 골탕 먹였다. 그리고 잘난 부모에게 해결해달라고 하지. 하긴 어른들이 문제다. 그 돈에 넘어가는 어른들 말이야."

"이 섬사람이 아니죠?" 희종이가 물었다.

"당연한 거 아니겠어? 아, 재밌는 얘기를 해주지. 난 네 보디가드로 이 섬에 온 거야. 너희 어머니가 날 고용했다고. 하하하."

"돈이 목적이세요? 제가 엄마를 설득할게요. 돈 달라고 할게요. 엄마는 주실 거예요. 그러니 풀어주세요."

"아직도 상황 파악이 안 되니? 배가 들어오면 난 감방행이야. 여기서는 도망갈 수도 없잖아? 난 돈이 필요한 게 아니야. 자, 빨리 대답해라. 질문에 답하지 못한다면 너희도 죽음을 생각해봐야 할 거다."

세 명은 서문주가 누군지 도저히 알 수 없었다. 중학교 때부터 셋이 몰려다니며 많은 범죄를 저질러서 피해자를 머리로 헤아릴 수도 없었다.

"너희는 대답할 생각을 하지 않는구나? 내가 도와주지. 전기충격을 3단계로 올려볼까?"

서문주는 기계의 스위치를 3단계로 올렸다. 그 고통을 알고 있는 아이들은 아우성쳤다.

"용서해주세요."

"죄송해요. 무조건 죄송해요."

"잠깐만! 교통사고예요. 우리가 오토바이를 무작정 타고 다녀서 사고 난 차들이 여럿 있었어요. 그중에 한 명입니다. 죄송합니다. 앞으로 오토바이는 타지 않겠습니다. 죄송합니다."

받을 고통 때문인지 희종이가 서둘러 대답했다. 대답을 들은 서문주는 만족스러운지 미소를 지었다.

"좋았어. 한 단계 발전했군. 죄송하다고 용서도 빌 줄 알고. 잘했어. 앞으로 그렇게만 하면 될 거야. 하지만 답은 틀렸으니 벌을 받아야겠지?"

서문주의 손이 스위치로 올라가자 세 명은 비명을 질러댔다. 하지만 서문주는 한 치의 망설임도 없이 스위치를 올렸다.

'타다다닥'

고통이 더 격해졌는지 아이들의 몸이 흔들려 의자도 덜컹거리는 소리를 냈다. 눈은 뒤집히고, 입에서는 거품이 나왔다. 서문주는 만족스러운 표정을 지으며 스위치를 내렸다. 아이들의 몸은 연체동물마냥 축 처졌다. 서문주는 책상 위에 있는 대접에 물을 붓고 흰 가루를 넣어 저었다.

"얘들아, 벌써 처지면 어떡하니? 목마른 사람?"

"… 저 물 좀 주세요."

힘없는 목소리로 태호가 말했다.

"자, 이거 마셔라. 설탕물이다. 에너지가 있어야 문제를 맞히지."

서문주는 대접을 태호 입에 갖다 댔다. 태호는 벌컥벌컥 물을 마셨다. 그리고는 희종이, 민석이 순서로 물을 마시게 하였다.

"자, 에너지가 들어갔으니 그럼 계속 문제를 맞혀야지? 나는 누구일까요? 너희가 정답을 말할 수 있도록 유도해주지. 자신이 살면서 저지른 잘못들 중에서 가장 큰 것부터 세 개만 읊어봐라. 태호 너부터다. 생각할 시간 1분 주겠다."

서문주는 시계를 보고 있었고, 아이들은 이제 대답하는 길만이 전기고문에서 벗어나는 것임을 알고는 필사적으로 잘못을 생각했다.

"자, 태호부터 얘기해봐라."

"중학생 때, 슈퍼마켓 아저씨가 재수 없게 해서 밤에 가서 물건을 훔치고, 가게에다 오줌 싸고, 똥까지 싸고 나왔어요."

서문주는 얼굴이 약간 일그러졌지만 미소를 계속 머금고 있었다.

"더러운 놈. 그랬는데 아무 일 없었냐?"

"네. 특별히 잡히거나 그러지는 않았어요."

"하지만 정답은 틀렸어. 다음."

"중학생 때, 오토바이 타고 다녔을 때 그거 훔친 거요. 짜장면 배달하는 오토바이였는데 시동이 켜져 있길래 타고 왔어요. 나중에 들었는데요, 그 배달부는 오토바이를 잃어버렸다고 월급도 못 받고 쫓겨났데요. 저도 나중에 걸려서 특수절도로 보호감호 받았어요. 혹시 그 배달부세요?"

"진짜 나쁜 놈이구면. 그 배달부 엄청 열받았겠네. 하지만 정답은 틀렸어. 마지막이다?"

"중학생 때 원조교제로 아저씨들을 유인한 다음 돈을 뜯었어요. 어떤 아저씨가 돈이 잘 나오길래 몇 번 더 협박했는데, 그 아저씨가 이제 집에 들켰다고 마누라랑도 이혼한다고 했어요. 그 아저씨는 아닌 것 같고, 혹시 아들이세요?"

"거봐, 너희들은 아무 생각 없이 사람들을 괴롭혀 왔잖아. 그런 원인들이 있었기 때문에 오늘의 결과가 있는 거야. 하지만 정답은 땡이다."

정답이 틀렸다는 말에 태호도 반발했다.

214

"하지만 어른들도, 그 사람들도 잘못했어요. 돈으로 중학생 여자애를 살려고 했잖아요. 딸도 있을 텐데요."

"그럼 적당한 선에서 끝내던가. 너희들은 재미로 2차적인 피해를 주었어. 가정을 파탄내고, 직장에서 쫓겨나게 했지."

이때 희종이가 나섰다.

"잠깐만요. 저도 재미로 몇 번 따라갔었지만, 돈을 뜯고 그런 적은 없었어요."

"넌 항상 변명이지. 하지만 거의 정답에 근접했다. 조금 더 분발하길 바란다. 놀랄만한 소식을 알려주지. 명신이는 거의 죽음 직전까지 갔다. 아마 내일 배가 들어올 때까지 버티지 못할 거야. PTC 용액은 독성이 있어 고통을 호소하며 죽어가는 거야. 그럼 왜 명신이에게도 죽음의 고통을 주었을까? 바로 원인과 결과 때문이지. 자, 큰 힌트를 주겠다. 명신이를 죽이려는 원인이 너희와 같다는 거다. 그럼 다음은 민석이가 말해볼까?"

민석은 명신이와의 범죄를 생각해봤다. 하지만 명신이도 원조교제 범죄에 참여했을 뿐 태호가 말한 것 이상의 범죄가 생각나지 않았다.

"우리 셋은 중학생 때부터 거의 같은 짓을 했기 때문에 특별하게 다른 범죄를 저지른 것이 생각나지 않아요. 명신이도 원조교제에 참여했습니다만 저는 모르겠어요. 아무튼 용서해주세요."

"그래, 기억이 나지 않지? 이 스위치를 올리면 기억날지도 몰라."

서문주는 손을 스위치에 갖다 댔다. 아이들은 하지 말라고 발버둥 쳤다.

"희종이 너는 할 말 없어? 생각나는 거 없어?"

"전 원조교제를 빌미로 돈을 뺏은 적도 없어요. 그리고 범죄는 몇 번 걸리긴 했지만, 엄마가 모두 합의했어요. 그들은 모두 돈을 받고 고소를 취하했다고요."

"넌 집에 돈이 많아서 아무 걱정도 없을 텐데 왜 범죄를 저질렀니?"

"재, 재미로 그랬어요. 사춘기의 일탈로 생각해 주세요."

"너는 재미로 범죄를 저지르고 그것을 영상으로 촬영해 유튜브에 올리기까지 했지. 그 재미 때문에 피해자들은 엄청난 고통을 받았는데, 그걸 생각했어야지."

"그래서 엄마가 모두 합의해 주었어요. 엄청난 돈을 줬다고 했어요. 그러니 그 죄는 없어져야 해요."

희종이 말을 듣고 서문주는 표정이 굳어졌다. 주먹에 힘을 주는가 싶더니 바로 스위치를 올렸다.

셋의 몸은 다시 경련 속으로 들어갔다. 서문주는 평소보다 더 긴 시간을 그대로 두었다. 세 사람은 눈이 뒤집히고, 입에서는 흰 거품이 품어져 나왔다. 스위치를 내리자 세 명의 몸은 다시 축 처졌다. 서문주는 양동이에 물을 받아 처져 있는 셋에게 뿌렸다.

셋은 아직 전기의 고통이 몸속에 남아 있는 듯 낮은 신음소리를 내며 정신을 차렸다. 희종이가 기울어진 머리를 억지로 세웠다.

"아, 알았다. 으……."

희종의 알았다는 말에 서문주도 다시 이성을 찾았는지 얼굴에 미소를 머금었다.

"그래? 내가 누군지 알았단 말이지?"

"마, 말하기 히, 힘들어요. 무, 물 좀 주세요."

"물? 줘야지. 이제 정답에 근접한 거 같으니까 힘내라고. 영양제도 주지."

서문주는 대접에 설탕과 여러 가지 영양제를 섞어 희종이부터 먹였다. 셋은 벌컥벌컥 물을 마셨다. 잠시 시간이 흐른 후 희종이가 말했다.

"당신의 이름이 서문주라고 했어요. 어디서 들어본 거 같기도 했는데, 갑자기 떠올랐어요. 당신은 '서' 씨가 아니라 '서문' 씨예요. 맞지요?"

서문주는 손뼉을 쳤다.

"맞았다. 그게 정답이랑 상관이 있을까?"

"서문승아. 걔 성이 '서문'이었어요. 당신은 그 오빠쯤 되겠네요."

"오! 드디어 정답이야."

서문주는 정답을 맞힌 것이 기쁜지 연신 손뼉을 쳤다.

"서문승아, 기억나요. 중학생 때 같이 놀았어요. 명신이가 어느 날 데리고 왔어요. 같이 어울려 다녔는데, 경찰에 우리를 신고했어요. 오히려 피해자는 우리예요. 승아 아빠가 1억이나 뜯어갔다고 엄마가 말했었어요."

"지금 날 자극하는 거니? 전기 맛 좀 더 볼까?"

전기라는 말에 조건반사적으로 셋은 움찔했다.

"흐흐, 정답을 맞혔으니 이번은 넘어가 주지. 그런 것으로 날 자극하지 마. 그 아빠란 사람은 나도 죽이고 싶을 정도야. 그리고 너희들은 생각이 틀려먹었어. 돈으로 물어주고 경찰서 갔다 오면 모든 죄가 다 없어지는 줄 알잖아? 내가 왜 이런 짓을 하는지 지금부터 얘기해줄 테니 잘 들어라."

서문주는 자신의 이야기를 시작했다.

서문주와 서문승아는 나이 차가 나는 남매지간이었다. 둘의 어머니는 아버지의 무능력 때문인지 가난 때문인지 남매가 어렸을 때 집을 나갔다고 들었다. 어려웠던 여느 가정처럼 서문주와 서문승아는 아버지의 폭력에 시달렸다. 아마 어머니도 아버지의 폭력을 이기지 못해 집을 나갔을 것이다. 그래도 먹고살기 위하여 아버지는 일용직 일거리를 찾아다녔지만, 그나마도 없을 경우 하루 종일 집에서 소주를 마셨다.

아버지는 점점 일을 안 나가는 날이 많아졌고, 집 안에 소주병은 쌓여만 갔고, 늘어나는 소주병만큼 남매에 대한 폭력은 점점 심해졌다. 머리가 크자 가출하고 싶은 유혹이 있었지만 서문주는 잘 참았다. 본인보다 나이가 다섯 살 적은 승아를 위해 참고 또 참았다. 정상적인 학교생활을 하려고 노력했다. 고등학교에 들어가서는 본격적으로 아르바이트를 했다. 햄버거 가게, 주유소, 뷔페, 고깃집 등에서 일하며 승아에게 용돈을 쥐여줬다. 하지만 어린 승아는 아버지의 폭력을 견딜 수 없었던지 중학교에 올라가서는 가출하기 시작했다.

그즈음 아버지는 어디서 돈을 끌어다 썼는지 집에는 덩치가 크고 검정 양복을 입은 사람들이 찾아왔다. 사채를 쓰고 갚지 않아 폭력을 행사하러 온 것이다. 저 아버지란 사람은 맞아도 싸다. 서문주는 깡패들이 아버지에게 폭력을 가할 때 통쾌함을 느꼈다.

깡패들은 아버지가 빚을 갚을 능력이 없다는 것을 알고는 타깃을 아이들에게 돌렸다. 서문주는 원양어선에, 서문승아에게는 사창가에 팔아버린다고 하였다. 그것에 겁을 먹었는지 승아는 가출이 더욱 잦아졌다.

승아는 같은 학교의 명신이를 따라다녔다. 명신이는 학교 일진이다. 사춘기 승아에게는 거리낌 없이 행동하는 일진이 멋있었고, 자신도 일진에 소속되고 싶었다. 일진 아이들은 희종이가 있을 때는 돈이 풍족했지만 없을 때는 궁했다. 돈이 궁한 아이들은 물건을 훔치기 시작했고 점점 더 심한 범죄에 빠져들었다. 바로 쉽게 돈을 벌 수 있는 원조교제를 시작하게 된 것이다. 시간이 흐르자 원조교제보다 그것을 가장하여 협박하고 돈을 뜯어내는 것이 더

효율적이라는 것을 알았다.

승아는 아직 원조교제를 할 정도로 타락하지 않았지만 명신이의 설득에 넘어가고 말았다.

"승아 너도 멤버가 되었으면 같이 일해야지. 매일 뒤에 있으면 어떡해? 오늘은 네가 아저씨랑 들어가."

걱정스러운 표정의 승아가 말했다.

"난 무서운데. 그리고 모르는 사람이랑 그거 하고 싶지도 않고."

"누가 그거 하래? 걱정하지 마. 남자보고 먼저 씻으라고 하고 우리에게 방 번호를 메시지로 보내면 돼. 그러면 우리가 곧 올라갈 거야. 저번에 하는 거 봤잖아. 너도 우리 패밀리라면 도움이 되어야 하지 않겠어?"

승아는 고민했지만 일진 멤버에 들어가려면 어쩔 수 없었다.

"알았어. 나 무서우니까 빨리 와야 해."

그렇게 승아는 일진 멤버로 들어갔다. 범죄를 저지른다는 것에 죄책감을 느꼈지만, 집에서 벗어날 수 있어 행복했다. 하지만 그런 행복조차 오래가지 않았다.

승아가 세 번째 원조교제를 빙자한 범죄를 저지르던 날이었다. 거기에 걸려든 남자는 일반 회사원이 아닌 덩치 큰 조폭이었다. 승아는 남자에게 풍겨오는 악의 때문에 방에 들어가기 전에 명신이에게 방 번호를 보냈다. 숨어있던 아이들이 모텔로 들어가려고 했을 때, 조폭 둘이 승아의 방으로 들어갔다. 뭔가 잘못됐지만 두려움 때문에 아이들은 방으로 들어갈 수 없었다. 결국 승아를 배신하고 도망가고 말았다.

그날 밤 승아는 세 남자에게 처절하게 짓밟히고 말았다. 정말 악질에게 걸렸다. 조폭들은 성폭행 영상을 촬영하여 그것을 미끼로 승아를 수시로 불러냈다.

승아는 일진 아이들에게 도움을 요청했지만 이들은 도움의 손길을 외면했다. 오히려 그때부터 승아를 친구라기보다 데리고 노는 애 정도로 여겼다. 승아는 각종 심부름을 해야 했고, 희종이 패거리 애들의 욕정뿐만 아니라 그 친구들의 욕정까지 채워줘야 했다. 희종이는 성관계가 질렸는지 포르노에서 본 각종 성 고문까지 하고는 동영상을 촬영해 인터넷에 유포했다.

어느 날, 아르바이트를 끝내고 집에 들어온 서문주는 아랫배를 쥐고 끙끙 앓던 승아를 발견했다. 엉덩이 부근에 피가 흥건히 젖어 있어 재빨리 응급실로 데리고 갔다. 의사는 유산이라고 했다. 유산뿐만이 아니었다. 승아의 몸에는 지울 수 없는 상처로 가득했다. 서문주는 승아를 설득했고, 이제 지옥같은 일진에서 탈출하고자 오빠에게 그동안 있었던 일을 모두 고백했다.

"승아야, 도대체 왜 그런 고통을 받으면서 거기 있었어?"

"거기에도 끼지 못하면 날 받아주는 사람은 아무도 없잖아."

분노한 서문주는 당장 달려가 장희종 패거리를 죽이고 싶었지만, 자신마저 감방에 들어가면 승아를 돌볼 사람이 없었다. 서문주는 희종이 패거리를 경찰에 신고했다. 하지만 장희종의 변호사는 어떻게 승아의 아버지가 빚에 시달리고 있다는 것을 알았는지 돈으로 아버지를 매수했다.

"어차피 나이가 어려 쟤들은 보호관찰처분 정도 받을 겁니다. 다행이라고 하기는 그렇지만, 희종 학생 부모가 돈이 많더군요. 합의만 해주면 1억을 준답니다."

아버지는 자력으로 갚을 수 없는 빚과 사채업자들의 폭력 때문에 1억 원이나 되는 거액을 거부할 수 없었다. 서문주는 승아를 위해서는 합의하면 안 된다고 아버지를 말렸지만 돌아오는 것은 폭력뿐이었다.

"이 새끼들아, 아버지가 돈 못 갚으면 죽게 생겼는데 그것을 못 하게 해?"

사채업자의 빚에 거의 죽을 뻔한 아버지를 승아가 구해준 꼴이 되었다.

그 후 승아는 학교를 그만두었다. 세상 밖으로 나오기 힘든지 집안에만 박혀있었다. 서문주는 승아가 걱정되었지만 먹고 살려면 자신이라도 일을 나가야 했다.

승아의 정신은 점점 무너져 갔고, '배신이 없는 세상으로 갈게요.'라는 짧은 유서를 남기고 옆 동네 아파트에서 투신하고 말았다. 그것이 아버지의 배신 때문인지, 친구들의 배신 때문인지는 알 수 없었다.

서문주는 승아를 지켜주지 못한 것에 대한 슬픔인지 눈에서 눈물이 떨어졌다.

"이제 내가 너희들에게 왜 이런 짓을 하는지 알겠지? 모든 일에는 원인과 결과가 있는 거야. 너희들이 승아에게 했던 원인 때문에 지금의 이런 결과가 있는 거라고."

이야기를 듣던 희종이가 조심스레 말했다.

"승아가 죽은 건 우리도 몰랐어요. 죄송해요. 야, 너희들도 빨리 죄송하다고 해야지."

희종이의 말에 둘 다 죄송하다는 말을 연발했다.

"듣기 싫어. 그건 그때 승아에게 했어야지."

"정말 죄송합니다. 실수였어요, 실수. 누구나 실수는 하잖아요. 이제 그만해주세요. 더 이상의 전기고문을 받는다면 우리가 죽을 것 같아요."

희종이의 말을 무시하고 서문주는 계속 말을 이었다.

"그럼 다음 질문을 하겠다. 왜 너희보다 명신이를 먼저 혼내줬을까?"

명신이도 희종이 패거리와 같은 가해자일 뿐 다른 이유는 생각나지 않았다.

"오케이. 희종이는 정답을 맞혔으니 이번에는 빼줘야겠지?"

말을 마친 서문주는 출력 스위치를 4단계에 맞추고, 민석이와 태호의 스위치를 올렸다.

가운데 위치한 희종은 양쪽에서 버둥거리는 소리와 고기가 타는 듯한 냄새에 강력한 공포에 휩싸였다. 서문주는 스위치를 일찍 내렸다.

"이게 4단계의 고통이다. 이번에는 맛배기로 금방 스위치를 내렸어. 어때?"

너무나 큰 고통이었는지 혀가 굳었음에도 민석이는 재빨리 말을 하려고 노력했다.

"며, 명신이가 꾸… 민 거예요. … 우리는 모, 몰랐어요."

"나도 알고 있어. 명신이 년이 승아가 너희 멤버로 들어온 후 잘 나가는 거 같으니 어머니 직장에서 일하는 조폭에게 부탁한 거였어. 너희는 몰랐을 거야. 그래서 명신이 년이 가장 나쁘다는 거지. 그래서 먼저 고통을 받게 한 것이고, 고통 속에 죽음을 기다리는 형벌을 내렸지. 아마 목숨을 건져도 후유증으로 정상적으로 살지는 못할 거야."

세 아이들은 이제 많이 지쳐 보였다. 4단계를 당해보지 않은 희종이는 공포에 빠져 있었지만 아직 둘보다는 말할 힘이 있었다.

"우리를 어떻게 할 거예요? 전기고문은 너무나 고통스럽습니다. 이제 그만해주세요. 잘못했습니다. 용서해 주세요."

"희종이 년 아직 말할 힘이 남아 있구나. 넌 있는 집에서 태어

나서 앞뒤 모르고 나대고 다니지? 너희 집에 돈이 많아서 그렇지 너도 얘네들 같았으면 한 명의 찌질이에 불과했을 거야."

"맞습니다. 서문주 형 말이 다 맞아요. 이제 착하게 살게요. 용서해 주세요."

"크크크. 하긴 이제 장님인데 뭘 나대고 살겠냐마는. 하하하."

서문주는 통쾌한지 크게 웃었다.

"그럼 마지막 문제를 내겠다. 너희들이 들어봤을 리 만무하겠지만, 죄수의 딜레마 문제를 내겠다. 간단한 거야. 너희들의 우정에 관한 문제다. 장희종, 너희 셋은 중학생 때부터 같이 다니던데 너희들의 우정이 깊다고 생각하나?"

"당연하지요. 우리의 우정은 어떤 것도 갈라놓을 수 없습니다."

"그래야지. 그래야 더 재미있지. 민석이, 태호 너희는 어때?"

둘은 힘없이 고개를 끄덕였다.

"자, 그럼 너희들의 우정을 시험하도록 하겠다. 너희들은 보이지 않겠지만 여기 포메피졸이란 물질이 들어있다."

서문주는 작은 갈색병을 아이들의 눈앞에서 흔들었다.

"포메피졸이 뭐냐면 메탄올 중독을 해독해주는 약품이다. 배가 들어오려면 아직 하루가 더 있어야 하는데 그때까지 적절한 치료를 받지 못하면 너희는 실명인 채로 살아야 할 거야. 이번 문제를 잘 푼다면 이 포메피졸도 얻을 수 있단다. 그럼, 룰을 설명할 테니 잘 들어라."

서문주는 작은 병을 탁자 위에 올렸다.

"이제 너희는 너희들의 우정에 대한 '유지' 또는 '배신'을 선택할 거야. 너희 모두 우정에 대하여 '유지'를 선택한다면 지금부터 아무 짓도 하지 않겠다. 장님으로 살아야겠지만 더 이상의 전기고문을 받지 않으니 이것도 좋은 결정이 되겠지? 다음은 '배신'을 선택하는 것이다. '배신'의 대가는 달콤하다. '배신'한 사람에게는 해독제인 포메피졸을 주도록 하겠다. 하지만 '유지'를 선택하여 진짜로 배신당한 사람은 전기고문 5단계를 당하게 된다. 5단계를 당하면 나도 목숨을 보장할 수 없어. 마지막으로 모두 '배신'을 선택하면 전기고문 3단계를 당하게 된다. 그 고통은 너희도 알고 있겠지? 자, 그럼 너희들의 우정을 '유지'할 것인가? '배신'할 것인가? 어차피 보이지도 않으니 '유지'는 고개를 오른쪽으로 돌리고, '배신'은 왼쪽으로 돌린다. 생각할 시간을 5분 주겠다."

희종이는 어떻게 해야 할지 고민이 되었다. 실컷 우정을 이야기했지만, 저 둘 중에서 배신이 나오면 5단계의 전기고문을 받게 된다. 더욱 고민되는 것은 배신의 대가인 해독제이다. 생각하면 할수록 둘 중 한 명은 배신할 것 같았다. 하지만 모두 배신도 전기고문을 당하니 아픈 머리가 더 아파졌다.

"해독제는 진짜인가요?"

"후후 배신의 싹의 트나요?"

"호, 혹시 그냥 물어본 거예요."

"자, 이제 결정의 시간이다. 셋을 세면 고개를 돌린다. 고개를 한 명이라도 돌리지 않으면 전기고문 4단계를 당하고, 다시 선택하게 된다. 그러니 헛수고하지 말고 한 번에 끝내자. 자, 준비됐지? 오른쪽은 '유지', 왼쪽은 '배신'이다. 하나, 둘, 셋! 고개 돌려!"

순간 정적이 흘렀다. 희종, 민석, 태호는 결과가 어떻게 되었을까 궁금했다. 그 순간 서문주의 낮은 웃음소리가 들렸다.

"흐흐흐, 내 예상과는 다르군. 모두 '배신'할 줄 알았는데… 우정이 있긴 있구나. 모두 결과가 궁금하지? 결과는 장희종만 '배신'했다. 우정의 유지를 선택한 박민석, 강태호. 너희들은 저렇게 배신하는 놈이 뭐가 좋다고 따라다녔냐?"

서문주가 결과를 말하자 민석이가 있는 힘을 다해 욕을 했다.

"야, 희종이 개새끼야. 너만 '배신' 안 했으면, 다 살잖아?"

희종이도 힘껏 대꾸했다.

"이런 상황에 뭐가 우정이야. 살면 장땡이지. 그리고 너희들이 '배신'할지 어떻게 알아?"

"넌 내가 죽으면 귀신이 돼서라도 죽여버릴 거야."

"모두 닥쳐!"

서문주가 모두를 조용히 시켰다.

"모두 조용히 해. 난 약속을 지키는 남자야. 자, 포메피졸은 책상 위에 있다. 달콤한 포상은 잠시 후 주도록 하고, 먼저 실패자들에게 전기고문부터 시작해 볼까?"

서문주는 전기 조작 기구 앞에 섰다. 태호는 상황이 급박한 것을 알고 울면서 애원했다.

"살려주세요. 죄송해요. 우리가 죽을 죄를 지었습니다. 다시는 이렇게 살지 않겠습니다."

태호가 울면서 애원하자 민석이도 애원하다가 큰 소리로 살려달라고 외쳤다.

"누구 없어요? 살려주세요."

그때 기적과도 같이 소리가 들렸다. 아마 등대 1층에 누군가 왔는지 등대로 들어오는 철문이 열리는 소리가 들렸다. 그 소리를 들은 셋은 살 수 있는 마지막 기회라 생각하고 있는 힘껏 소리 질렀다.

"사람 살려."

"여기 지하에 사람 있어요."

"선생님, 살려주세요."

등대로 들어온 사람은 소리를 들었는지 지하로 내려오는 문도 끼이익 덜컹하고 열렸다.

5. 다양한 결말들

1

영재와 민선, 그리고 이지현 선생은 등대에 도착했다. 등대로 들어가는 철문이 살짝 열려 있어 누가 있는지 귀를 기울였다. 그때 어디선가 희미하게 사람 소리가 들렸다. 셋은 주변을 둘러보았다. 민선이 등대 구석에서 불빛이 희미하게 새어 나오는 것을 발견하고 속삭여 말했다.

"영재야, 선생님. 저기 보세요. 저기 바닥에서 빛이 새어 나오고 있어요."

가까이 가자 큰 소리로 외치는 소리가 들렸다.

"누구 없어요? 살려주세요!"

영재가 철문을 발견하고 말했다.

"등대에 지하실이 있나 봐요. 여기 철문이 있어요. 이제 위험하니 민선이와 선생님은 여기 계세요. 제가 내려가 보겠습니다."

이지현 선생은 고민하는 얼굴이었지만, 자신들이 나서도 뾰족

한 수가 없었다.

"영재야, 괜찮겠어?"

"저는 이게 있잖아요."

영재는 허리춤에서 전기 충격기를 꺼내 보인 후 다시 허리 뒤에 차고 윗옷으로 덮어 숨겼다.

영재가 철문을 열자 안에서 희종이와 아이들이 아우성치는 소리가 들렸다. 영재가 고개를 밑으로 내려 지하실을 보자 희종, 민석, 태호 세 명이 의자에 묶여 있고, 서문주가 영재를 올려다보고 있었다. 지하실에 서문주 혼자인 것을 확인한 영재는 나선형 계단을 한발씩 내디뎌 지하실로 내려갔다.

서문주는 잠시 어리둥절하였다. 모두 겁에 질려 학교에 있을 줄 알았는데 사람이 나타날 줄이야. 그것도 영재가 혼자 온 것이 신기한 듯 말했다.

"너 혼자 왔나?"

"혼자일 리가 없지요. 우리 모두 왔어요."

영재는 기선 제압을 위하여 거짓으로 말했다. 서문주는 눈을 돌려 나선형 계단 위를 보았다. 이지현 선생이 걱정스러운 듯 바라보는 얼굴이 보였다.

"거짓말, 허세 부리지 말라고. 왔다면 다 같이 내려왔겠지."

영재는 어깨를 으쓱했다.

"믿거나 말거나죠."

"좋아, 어차피 신고도 못 했을 테고. 혼자 내려왔다는 것은 뭐 믿을 만한 구석이 있나 본데?"

"내 몸을 믿습니다. 어려서부터 태권도를 좀 했거든요."

영재는 공중으로 태권도의 회축 발차기를 한 번 찼다. 서문주는 혼자 싸워보겠다고 여기까지 찾아온 게 귀엽다는 듯이 씨익 웃었다.

"그래, 그건 이따 겨뤄보면 알 것이고. 아직 하던 일이 남았는데 조금만 기다려라. 얘네들 마지막 벌을 줘야 하거든. 자, 그럼 전기고문 간다."

민석이와 태호는 이제 죽는구나 생각했다. 하지만 서문주의 말과는 다르게 스위치를 켜자 희종이의 몸이 버둥거리기 시작했다. 그래도 서문주는 죽일 마음은 없었던지 5단계가 아닌 3단계를 흘려보냈다. 서문주는 경련을 일으키는 희종이의 앞으로 가서 말했다.

"아참, 민석이랑 태호 스위치를 켜야 했는데. 앗, 나의 실수! 하지만 희종아, 누구나 실수는 하잖아? 아까 네가 말한 거지? 나의 실수니까 이해해라! 캬하하하"

서문주는 아이들을 지나쳐 영재 앞으로 걸어왔다.

"넌 동네 태권도장에서 발차기를 배운 것 같은데, 난 특수부대에서 실전 무술을 했어. 너와 나는 프로와 아마추어 차이일 텐데어디 나를 이길 수 있을까? 어디 한번 들어와 봐."

영재는 전기 때문에 경련을 일으키고 있는 희종이를 보고 있었다.

"아무리 못난 놈이라도, 희종이를 저리 둘 겁니까?"

"고통이 심하겠지만 죽을 만큼의 전류는 아니야. 자신의 죗값을 치르고 있는 중이니 신경 쓰지 마. 너도 쟤네들의 악행은 알고 있을 거 아니야? 저놈들은 악 그 자체라고."

"죽지는 않는다니 다행이네요."

"자, 그럼 빨리 덤벼 봐."

"그 전에 희종이가 신경 쓰이니 일단 꺼주시면 안 되나요? 당신에게 뭣 좀 물어볼 것도 있고요."

"이런 긴박한 상황에 뭘 물어보겠다고? 좋아, 알겠다."

서문주는 스위치를 내렸다. 그와 동시에 희종이의 몸도 축 처졌다.

"됐냐? 물어볼 게 뭐야?"

"저는 첫째 날 밤에 이장이 죽고 나서 줄곧 범인을 추리해 왔습니다. 제 추리가 얼마나 맞는지 궁금해서요."

"추리가 궁금하다고? 이장의 시체를 그릴 때부터 느꼈지만, 넌 참 특이한 면이 있구나?"

"이런저런 사람이 있는 거죠. 먼저 이장은 마취시킨 후 목 졸라 살해했겠죠? 그리고 사후 경직이 일어날 즈음 장희종 패거리에게 겁을 주려고 그렇게 매달아 놨습니다. 맞습니까?"

서문주는 영재가 정답을 맞혀 신기해하였다.

"오! 대단한데? 정답이야. 그래서 수첩에 뭘 그렇게 적고 있었냐?"

"네, 다음 명신이는 술 마신 후의 숙취가 아니라 PTC 용액으로 고통을 준 거예요."

"와~ 너, 경찰해도 되겠다. 정답이야. 하지만 이건 모르겠지? 이 씨 아저씨는 어떻게 죽였을까?"

"이 씨 아저씨는 혈액 응고 방지제인 헤파린나트륨을 몸에 주입한 후 손목을 그어 자살한 것처럼 꾸몄습니다."

영재가 이 씨 아저씨를 죽인 방법까지 알아내자 서문주의 표정은 금방 굳어버렸다.

"너 진짜로 죽여 버려야겠다. 모든 사실을 다 알고 있는데 살려 둘 수는 없잖아?"

영재는 턱으로 묶여 있는 세 명을 가리켰다.

"쟤네들은 전기고문을 받은 것 같은데 또 어떤 벌을 받았죠?"

"흐흐흐. 넌 궁금증이 참 많구나? 어차피 이렇게 된 거 재미있는 사실을 알려줄게. 쟤네들은 이제 장님이야. 이장 집에 있는 담근 술에 메탄올을 넣어뒀거든. 그걸 일정량 이상 먹으면 눈이 멀게 되고, 더 먹으면 뒈지지. 한 병당 딱 눈이 멀 만큼만 넣어뒀는데, 어떻게 시나리오대로 딱 맞아 떨어지냐? 하하하."

서문주는 희종과 아이들이 실명한 것이 통쾌한지 크게 웃었다.

"메탄올을 먹으면 장님이 된다고요? 사람은 역시 공부를 해야 하네요. 새로운 사실을 알았어요."

영재는 서문주가 말하는 내용을 수첩을 꺼내 적어 내려갔다.

"아까 시나리오 운운하는 것을 보니 미리 짜인 살인 각본이 있었나 보죠? 그리고 시나리오대로 맞을지 몰랐다는 것을 보니 당신이 그 시나리오를 쓴 거 같지 않고요."

서문주는 갑자기 웃음을 멈추고 영재를 노려봤다.

"그렇다고 해두지. 너는 이미 시나리오 쓴 사람을 아는 것 같은데?"

"저도 그렇다고 해두죠."

"너, 누구야?"

"그건 스스로 알아내야죠. 제가 추리한 것처럼요."

"그래? 너도 전기고문을 당해보면 지금처럼 당당하게 나오지 못할 거야. 그럼 이제 마지막 싸움을 시작해볼까?"

"네, 좋습니다. 마지막으로 이런 짓을 하는 이유는 알려주세요."

영재는 질문을 던진 후 바지 주머니에 손을 넣었다. 전기 충격기를 꺼내서 한 번의 기회를 놓치면, 되레 당할 수 있기 때문에 미리 다른 방안을 준비해 두었다. 주머니에는 작은 주사기가 있었다. 과학실 약품장을 깨고 준비한 것이었다. 서문주는 영재의 행동을 보지 못하고 묶여 있는 아이들을 보며 말했다.

232

"뭐, 쟤네들 때문에 내 동생이 죽었어. 내 동생은 친구가 되고 싶어 했는데 쟤네들은 아니었나 봐. 명신이 년이 가장 나빠. 그래서 그년부터 처리했고, 얘네들은 평생 장님으로 살아가며 속죄해야 하지."

서문주가 대답하며 정신을 팔고 있을 때, 영재는 몰래 바늘 캡을 빼낸 작은 주사기를 오른손으로 쥐었다. 주사기에는 투명한 액체가 들어있었다.

"이번엔 제 추리가 틀렸네요. 저는 명신이와의 원조교제랑 관련 있다고 추리를 했었거든요."

"뭐 그것도 상관없는 것은 아니야."

영재는 작은 주사기를 주먹으로 쥐어 숨겼다. 주먹 아래쪽으로 은빛 바늘이 나와 있었다.

"이제 모든 것을 알았네요. 저는 태권도를 어렸을 때부터 해왔는데 실전에는 어떨지 모르겠네요."

영재는 기습적으로 서문주에게 달려가 얼굴을 향해 오른발 돌려차기를 했다. 서문주는 예상을 했는지 가볍게 허리를 낮추어 피한 뒤, 영재의 배를 향하여 주먹을 내질렀다. 복부를 정통으로 맞은 영재는 외마디 비명을 지르며 바닥에 쓰러졌다. 서문주는 배를 움켜쥐고 신음하고 있는 영재 쪽으로 다가와 곁에 섰다.

"너와 나는 프로와 아마추어의 차이야. 제아무리 날고 기는 아마추어 바둑 기사가 프로 초단을 이기지 못하는 원리와 같지. 난 쟤네들에게만 관심이 있었는데 넌 왜 불구덩이에 뛰어드냐?"

"…으"

"모든 것을 알고 있는 네가 궁금한데 직접 알아내 주지. 너도 전기고문 좀 받아 보자."

영재가 당한 것처럼 보였지만 이는 일부러 발차기를 크게 하여 서문주가 반격을 하게 만든 거였다. 서문주가 영재를 전기고문 하기 위해 일으키려 할 때, 아까 오른손에 쥐었던 주사기를 재빨리 서문주의 오른쪽 종아리에 찔러 넣었다. 서문주는 다리가 따끔하여 재빨리 영재에게서 떨어졌다.

"너 뭐야? 무기를 가지고 있었냐?"

영재는 일어서서 주사기를 흔들어 보였다.

"에테르예요. 여기 과학실 약품장에는 위험한 약품이 많더라고요. 오래된 약품이지만 아까 개구리 한 마리 잡아서 실험해봤는데 잘 들더군요. 에테르는 마취제입니다. 오른쪽 다리를 들어보세요."

서문주는 오른쪽 다리가 서서히 마비되는 것을 느꼈다.

"그래? 넌 주먹만으로 충분하지."

"잘난 척은 그만하시지요. 그럼 여기로 와서 한 대 때려보세요."

서문주는 움직일 수가 없었다. 한 발로 뛰어가 봤자 태권도를 한 영재에게는 당해내지 못할 것이다. 영재는 찬찬히 걸어 아이들이 묶여 있는 쪽으로 갔다. 그리고는 묶여 있는 손을 풀어주었다.

"힘이 있으면 다리는 너희들이 풀어라."

서문주는 서 있으려고 해도 서 있을 수도 없었다. 나머지 다리도 점점 힘이 빠져나가는 느낌에 그만 제자리에 주저앉고 말았다.

"게임 끝이에요. 아이들도 만진창이가 되었으니 어느 정도 복수를 한 거잖아요. 이제 여기서 끝내세요."

가만히 생각하던 서문주는 영재를 보며 말했다.

"그래, 이제 다리가 움직이지 못하니 졌다. 그럼 나를 어떻게할 거지?"

"묶어야죠. 그리고 식당으로 데려가겠습니다. 모든 사람들 앞에서 범행을 자백해 주세요. 그리고 내일 경찰이 오면 감옥으로 가는 거고요."

"나를 어떻게 이동시킬 거지? 난 다리도 마비되었고, 다리의 마비가 풀리면 너를 어떻게 할지 모르는데?"

"제겐 이게 있거든요?"

영재는 허리춤에 숨겨두었던 전기 충격기를 뽑아서 보여줬다. 버튼을 누르자 소리를 내며 푸른 불꽃이 튕겼다.

"대단하군. 학생이 전기 충격기를 가지고 다니다니."

"우리 아버지가 워낙 철두철미해서요."

"흐흐흐. 대단한 아버지군. 진짜 졌다 졌어. 저기 봐! 쟤네들도 묶인 것이 다 풀렸네. 이제 재밌는 일이 있을 테니 영재 너도 구경 좀 해봐."

서문주가 가리킨 곳을 보니 희종이와 태호가 다투고 있었다.

사실 태호는 먹은 술의 양도 적었고, 금방 오바이트를 해서 그런지 눈이 희미하게나마 보였다. 전기고문으로 힘이 거의 없었지만 본인의 다리를 먼저 풀고 민석이와 희종이를 풀어주었다.

가장 먼저 희종이가 더듬거리더니 책상 위에서 포메피졸이 들어있는 병을 잡았다. 태호는 그동안의 우정이랄 것도 없이 아까의 배신으로 한 번에 무너졌지만, 자기만 눈 떠보겠다고 해독약을 잡는 희종이가 너무 황당하여 약병을 뺏었다.

"뭐야, 누구야? 그건 원래 규칙대로면 내 거야."

"너는 양심 좀 있어봐라. 이 배신자야."

이때 저 멀리 서문주가 재미있는 듯 웃으며 말했다.

"하하. 그게 포메피졸이다. 눈을 뜨려면 빨리 먹어야 돼. 그거 1인분이야. 하하하."

희종이가 보이지는 않지만 서문주 쪽으로 소리쳤다.

"닥쳐! 서문주 이 개새끼야. 넌 이제 나가면 죽을 줄 알아."

그리고는 태호 쪽을 보더니 말했다.

"태호야, 넌 나랑 중학생 때부터 친했기 때문에 알 거야. 그리고 돈의 무서움도 알 거야. 만약 지금 그 약을 나에게 넘기면 엄마가 너희도 최대한 치료할 수 있게 도와줄게. 만약 넘기지 않으면 너도 사람을 써서 죽일지도 몰라."

자신의 눈을 뜨기 위하여 이런 독한 말을 하는 희종이가 저주스러웠다.

"너랑 친구라고 같이 다닌 내가 한심스럽다."

그 광경을 지켜보던 영재도 상황이 급박해지면 사람이 어떻게 바뀌는가를 보니 웃음이 났다. 자신들을 죽이려고까지 한 사람의 말을 믿고, 그것 때문에 싸우고 있으니 말이다.

"야, 장희종. 이 사람 말을 믿냐? 한심하다."

영재가 소리치자 가만히 생각하던 태호는 약병을 희종이에게 넘겼다.

"잘 먹고 잘살아라. 그리고 약속 잊지 마. 나가면 민석이랑 나꼭 치료해줘야 해?"

약병을 받은 희종이는 알았다는 대답과 함께 약병을 열었다. 영재는 희종이에게 다가가 말렸다.

"야, 너 진짜 먹으려고? 저놈 말을 어떻게 믿어?"

"장님으로 살 바에는 죽는 게 나아."

희종이 약을 조금 마셔봤다.

"이거 왜 이렇게 쓰지? 마치 술 같아."

서문주가 소리쳤다.

"야, 인마. 화학약품이니 쓰지. 어서 원샷 해 버려."

희종이는 조금 주저했지만 나머지 약을 마셔버렸다.

그 모습을 본 서문주는 계속 웃어댔다. 영재는 이제 서문주의 마비가 풀릴지 몰라서 손을 묶기로 하고, 애들에게 도움을 청했다.

"서문주를 묶어야 하는데, 도와줄 수 있는 사람 있어?"

태호가 나서며 말했다.

"난 희미하게나마 보이긴 해. 내가 도와줄게."

영재는 책상 위에 있는 전선을 정리하는 케이블타이를 집어 태호에게 건넸다.

"이걸로 서문주 손을 너희들 묶었던 것처럼 묶어. 하나면 풀릴지 모르니 세 개를 써."

태호에게 건네고 서문주 쪽으로 걸어가 전기 충격기를 들었다.

"가만히 받아들이지 않으면 알죠?"

서문주는 두 손을 모아 수갑을 채우라는 듯이 앞으로 내밀었다. 태호는 다가가 케이블타이를 써서 손을 묶었다. 손을 완전히 묶은 태호는 서문주의 얼굴을 발로 냅다 걷어찼다. 그리고 쓰러진 서문주의 배를 발로 밟아댔다. 이를 한참 지켜본 영재는 태호를 말렸다.

"자, 이제 그만해. 움직일 수 있어야 데리고 가지."

서문주는 쿨럭하며 기침을 한 후 피가 섞인 침을 뱉었다. 그때 희종이가 배를 움켜쥐고 바닥에 쓰러졌다.

"아, 왜 이리 배가 아프냐? 머리도 아프고."

태호와 영재는 서문주를 바라보았다. 서문주는 계속 킥킥거렸다. 태호가 서문주에게 다가가 물었다.

"쟤 왜 저러는 거야? 해독제 아니지?"

"크크크. 당연한 거 아니야? 해독제를 마시는 사람이 어디있냐? 정맥 주사해야지. 그리고 너희들도 저 새끼가 밉잖아. 자기만 살겠다고 너희를 배신했잖아. 저 새끼는 사회에 내보내면 자신의 돈으로 또 얼마나 많은 사람들을 괴롭히겠어? 저 약병에 든 것은 너희가 마셨던 메탄올이야. 희종아, 저승 가면 승아한테 용서를 빌어라."

희종이는 괴로운지 배를 움켜쥐고 괴성을 질러댔다. 희종이의 괴로워하는 모습을 본 태호는 주먹이 떨렸다. 당장이라도 서문주를 죽여버릴 기세였다. 영재는 일단 태호를 진정시켰다.

"태호야, 일단 참자. 저 사람은 법이 알아서 처리해 줄 거야. 일단 세 명을 죽였으니 평생 감옥에서 살아야 할 거야. 자, 서문주 씨 이제 일어나 보시죠. 마취가 풀릴 때가 되었을 거예요."

영재는 나선형 계단 위로 소리쳤다.

"이지현 선생님, 민선아 이제 상황 종료야. 내려와서 도와줘."

이지현 선생과 민선이가 계단을 내려왔다. 청년회장 서문주는 묶여 있고, 희종이는 울부짖고 있었다.

"영재야, 괜찮니? 희종이는 왜 그래?"

"희종이는 악행에 대한 벌을 받는 중이에요."

희종이는 바닥에서 계속 뒹굴고 있었다.

"어떻게 해야 하지?"

영재는 서문주를 보고 말했다.

"저 정도면 벌을 충분히 받았겠죠?"

영재는 책상 위의 주전자를 들었다.

"태호야, 민선아 도와줘. 희종이를 못 움직이게 꽉 잡아."

아이들이 희종이를 잡자 영재는 희종이 입에 강제로 물을 부었다. 일단 토해내게 하려고 계속 물을 먹였다. 얼마 후 희종이는 구토해 물을 쏟아냈다. 위장에 남아 있는 메탄올도 같이 나왔을 것이다. 그리고 희종이는 기절했는지 의식을 잃었다.

태호는 민석이에게 갔다.

"민석아 괜찮아? 앞이 보여?"

다행스럽게 많은 양을 먹지는 않았는지 민석이의 눈은 불투명 유리에 가린 것 같이 보였다.

"으… 형태만 간신히 보여."

영재가 모두를 보고 말했다.

"이제 학교로 가서 내일 배가 들어올 때까지 기다립시다. 태호 네가 희종이를 업고, 민선이가 도와줘. 선생님은 민석이가 아직 잘 보이지 않으니 옆에서 부축하세요. 저는 서문주 씨를 데리고 가겠습니다."

모두 등대 밖으로 나왔다. 밖은 어두워졌고, 등대 불빛은 계속 돌고 있었다. 큰 사건이 있었지만 섬의 모습은 평화로워 보였다.

일행은 앞서갔고, 그 뒤로 10여 미터 떨어져서 영재가 서문주 를 전기 충격기로 겨누며 따랐다. 서문주는 절룩거리는 게 아직 다리의 마취가 풀리지 않은 것 같았다. 등대에서 나와 얼마 가지 않았을 때 서문주가 갑자기 멈춰 섰다. 영재는 재빠르게 전기 충 격기를 목에 겨눴다.

"왜 멈추고 그래요?"

"며칠 전 텔레비전에서 보니 시중의 전기 충격기는 사람이 죽 을 정도는 아니고, 강한 사람은 그걸 참아낼 수 있다던데?"

"지금 다리 마비가 풀렸다고 도망가려는 거예요?"

"글쎄, 나도 웬만한 고통은 참는 훈련을 군대에서 받았거든. 전 기 충격기도 참을 수 있지 않을까 해서 말이야."

"헛소리 작작 하세요. 목에 지지면 바로 기절이에요."

"아까부터 궁금했는데 너 도대체 누구야?"

"탐정입니다."

"웃기지 마. 너 내 뒤에 누가 있는지 다 알고 있지?"

"뭐 대충은요. 도움을 받을 생각은 마세요. 게임은 끝났다고요."

"흐흐흐, 대단하군. 시나리오를 모두 알고 있었나?"

"설마요. 추리를 통해 알아낸 거라고요."

"네 이름은 뭐지?"

"임영재입니다."

"임영재? 흐흐흐, 그랬군."

서문주는 크게 웃었다. 뭔가 당한 것 같았다.

"그 전기 충격기를 아버지가 가져가라고 했다고?"

"허튼짓 하지 마세요."

"같이 죽자."

서문주의 괴성에 앞서가던 일행이 뒤를 돌아보았다. 서문주가 소리치며 영재에게 달려들었다. 서문주는 묶여 있는 손으로 영재의 목을 감싸고, 절벽 쪽으로 끌고 갔다. 영재가 떨쳐내려고 했지만, 역부족이었던지 어느새 절벽 안전 펜스까지 와 버렸다. 자신에게도 전기가 흐를지 몰랐지만, 영재는 할 수 없이 서문주의 배에 전기 충격기를 댔다.

다행히 영재에게 전기는 흐르지 않았다. 서문주의 팔에 힘이 빠졌을 때, 영재는 빠져나와 다시 목에 대고 전기 충격기로 지졌다. 의식을 잃은 서문주는 난간을 넘어가 20여 미터 절벽 아래 바다로 떨어지고 말았다. 검은 바다에 떨어진 서문주의 몸이 잠시 보이는가 싶더니 곧 바닷물에 휩쓸려 사라지고 말았다.

민선이 일행이 영재 옆으로 다가와 사라지는 서문주를 보았다. 태호는 희종이를 내려놓고 영재에게 다가왔다.

"죽어도 싼 놈이야. 이렇게 죽지 않았다면 내가 죽이려고 했거든."

아무것도 없는 바다를 한참을 본 후 영재는 사람들에게 말했다.

"자, 이리로 모여 보세요."

민석은 힘이 모두 빠졌는지 제자리에 주저앉았고, 이지현 선생, 민선, 태호가 영재 주위로 모였다.

"모두 잘 들으세요. 학교에 돌아가시면 저는 여기서 서문주와 같이 절벽 아래로 떨어진 걸로 하세요."

영재의 생뚱맞은 말에 이지현 선생이 말했다.

"도대체 무슨 소리야? 네가 왜 떨어져?"

"또 다른 범인을 잡기 위해서입니다."

"또 다른 범인? 서문주가 범인이 아니었어?"

"공범이 있는 것 같아요."

이런 살인을 저지른 사람이 또 있다니 태호와 민석이는 특히 더 겁을 먹었다. 민선은 또 다른 동조자가 누군지 궁금해 물었다.

"그게 누구야? 우리 반 애들 중에 한 명이야?"

영재는 자신을 보는 사람들의 얼굴을 돌아보더니 비장하게 말했다.

"고민환 선생님."

다들 놀라는 눈치였다. 민선이가 재빨리 되물었다.

"고민환 선생님은 죽었잖아?"

"시체를 확인하지 못했으니 확실히 죽었다고 할 수는 없지."

"뭔 말이야. 알아듣게 잘 좀 설명해봐."

"알겠어, 그럼 제 생각을 설명할 테니 잘 들어보세요. 저는 이지현 선생님이 말해준 얘기로 명신이에게 확실한 악감정이 있는 사람은 고민환 선생님이라고 생각했어요. 더군다나 식당에서 희종이 따귀를 때릴 때요. '너희가 그러니까 천벌을 받는 거야' 했을 때 의심이 많이 갔죠. 그리고 고민환 선생님 손이 발견되었을 때, 거의 확실하게 의심할 수 있었습니다."

손 이야기가 나오자 이지현 선생은 궁금하여 영재에게 물었다.

"영재야, 그 손은 고민환 선생님이 확실하다며?"

"네, 왼손은 확실합니다."

"왼손은?"

"고민환 선생님은 오른손잡이예요. 제가 묘사한 이야기를 했었죠? 왼손에는 자잘한 상처가 있었는데 더 많아야 할 오른손에는 없었습니다. 아마 오른손은 이장의 손이었겠죠."

민선이가 고개를 저으며 말했다.

"아무리 그래도 선생님이 그럴 리가. 그럼 고민환 선생님은 본인의 손을 자른 거야?"

"아마 청년회장이 대신 잘라주었겠지."

"왜? 그렇게 한 이유가 뭐야?"

"우리 때문에 그랬을 거야. 우리가 이장 사건에 대해 조사하고 다니는 것이 심상치 않음을 느꼈겠지. 특히, 내가 세밀한 것을 잘 알아내니까 범행을 마무리하려고 결심하고 한 손을 자른 것 같아. 원래는 두 손 모두 이장 것을 쓰려고 했겠지. 그래서 이장을 먼저 죽인 것이고."

태호가 반박하듯 영재에게 말했다.

"아니, 청년회장 서문주가 범인이 맞아. 서문주 동생인 서문승아와 중학생 때 얽힌 일로 복수한다고 했었어. 그런데 고민환 선생님이 동조자라니?"

영재는 이지현 선생을 바라보았다.

"서문주는 희종의 보디가드로 들어왔어. 선생님, 서문주를 누가 추천했다고 했죠?"

"고민환 선생님이 희종이 보디가드를 붙여달라고 말했었어."

"맞아요. 고민환 선생님도 너희들과 명신이에게 악감정이 컸던 거야. 서문주를 어떻게 아는지 모르겠지만 둘이 합심하여 너희들에게 벌을 내리려고 한 거지."

영재는 태호와 민석이, 그리고 쓰러져 있던 희종이를 번갈아
쳐다보며 말을 이었다.

"아마 너희에 대한 복수심이 한쪽 손을 버릴 만큼 컸나 보다."

태호와 민석이는 할 말이 없는지 고개를 푹 숙였다.

"아까 지하실에서 서문주와 싸우기 전에 서문주가 이런 말을
했어요. '어쩜 이렇게 시나리오대로 되냐' 명신이를 죽이고, 이장
집에 있는 메탄올을 넣은 술을 먹는다는 것까지 일치한다는 말이
죠. 제가 보기에 서문주는 그리 똑똑해 보이지 않았어요. 제가 시
나리오를 쓴 다른 사람이 있냐는 질문에 '그렇다고 해두지'라고
했습니다. PTC 용액, 헤파린나트륨, 메탄올 등 모두 과학실에 있
었어요. 그리고 모두 생물 교과와 관련이 있어요. 그 시나리오는
고민환 선생님이 쓴 겁니다."

영재의 날카로운 논리에 반박할 수 없었다. 가만히 듣고 있던
이지현 선생이 물었다.

"지금 고민환 선생님은 어디 있을까?"

"그걸 알 수가 없어요. 그래서 제가 죽은 걸로 하자는 겁니다."

"그럼, 우리는 어떡해야 하지?"

"지금 모두 식당으로 돌아가세요. 돌아가서 서문주가 범인이었
고 영재가 잡아서 데리고 나오던 중 서문주가 영재를 안고 절벽
너머로 뛰어들었다고 하세요. 식당에 CCTV가 설치되어 있었죠?
아마 그것을 통해 아이들을 보고 있을 겁니다. 고민환 선생님은
서문주가 죽었다는 말을 들으면 분명히 다음 행동을 할 것입니다.
만약에 고민환 선생님과 마주친다면 뭔가 질문을 해서 시간을 계
속 끌어주세요. 최대한 자연스럽게 행동하세요. 자기 손을 자를
정도입니다. 아마 여기서 자기도 죽기로 마음 먹었을 거예요. 특

히, 희종이와 태호와 민석이를 노릴지 모르니 확인되지 않으면 물도 마시지 말고. 알았지? 저는 지금부터 고민환 선생님을 찾아서 산 쪽으로 가겠습니다."

일행은 영재에게 조심하라고 한 후 마을 쪽으로 걸어갔다. 그들이 안 보이자 영재는 주머니에서 아까 서문주에게 사용한 작은 에테르 병을 꺼내 주사기에 채워 넣고는 산 쪽으로 걸어갔다.

2

일행은 식당으로 돌아왔다. 만신창이가 된 민석이와 태호, 기절한 희종을 보고 학생들은 동요했다. 병찬이가 달려와 부축하며 물었다.

"선생님, 어떻게 된 거예요?"

어느새 식당 안에 있던 7반 학생들이 일행 주변으로 모였다. 힘이 빠진 민석이와 태호는 의자에 털썩 앉았고, 영재가 시킨 대로 이지현 선생은 크게 대답했다.

"이장님, 이 씨 아저씨는 자살한 것이 아니었어. 범인은 청년회장 서문주였어."

학생들은 청년회장이 살인범이라는 말에 놀랐다.

"서문주는 어디 있었는데요?"

"걱정하지 마. 죽었으니까. 등대에 지하실이 있었어. 거기서 희종, 민석, 태호를 고문하고 있었지. 다행히 영재가 들어가서 서문주를 제압했는데 그만 데리고 나올 때, 서문주가 영재를 안고 절벽으로 떨어졌어."

지금까지 힘든 일 때문인지 이지현 선생은 눈물이 흘러내렸다. 영재가 외톨이처럼 혼자 있었지만, 아이들을 구하고 죽었다는 말에 여학생들은 눈물을 흘리기 시작했다.

눈치 없는 병찬이는 또 질문을 던졌다.

"왜요? 청년회장이 애들을 왜 고문했는데요?"

그 질문에는 태호가 나섰다.

"서문승아, 청년회장 서문주 동생이야. 중학생 때 우리랑 같이 어울렸는데 자살했어. 우리의 책임이 없는 건 아닌데 아무튼 그것에 대한 복수였대."

이렇게 말할 때 식당 스피커에서 고민환 선생의 말소리가 들렸다.

['책임이 없는 건 아닌데'가 아니라 너희 책임인 거야.]

고민환 선생의 목소리가 들리자 아이들은 사방을 둘러보며 웅성거렸다. 죽었다고 믿었던 선생님의 목소리가 들리자 비명을 지르는 여학생도 있었다.

[모두 조용히 해!]

고민환 선생의 고함에 아이들이 순간 조용해졌다.

[서문주가 영재한테 당하다니 믿을 수가 없군. 아무튼 영재는 시나리오에 없었는데 첫날부터 사건을 해결한다고 나서더니… 영재가 그런 재능이 있었는지 담임인 나도 몰랐는걸? 아무튼 서문주가 마지막에 영재를 데려가다니 최선의 선택을 한 것이군.]

민선은 시간을 끌라는 영재의 말이 생각나서 허공을 둘러보며 연기했다.

"고민환 선생님이세요? 살아 있는 거예요? 왜 그러세요. 아무리 애들이 미워도 그렇지, 선생님도 청년회장과 한패였던 거예요? 학생을 죽이려고 하면 어떡해요?"

[누가 죽여? 아직 모두 숨이 붙어 있잖아. 내 모습이 궁금하면 앞에 있는 텔레비전을 켜봐.]

텔레비전과 가장 가까이 있던 성우가 텔레비전을 켰다. 켜진 텔레비전 속에는 고민환 선생이 앉아 있고, 앞에 마이크가 있었다. 고민환 선생은 앞쪽에 달려있는 모니터로 여기를 보고 있었다.

[이제 알겠느냐? 미성숙한 아동들아. 자신이 한 행동에는 대가가 있어야 하는 거야. 장희종, 박민석, 강태호 그리고 김명신, 너희는 남에게 피해를 주든 말든 자신들의 자유만 생각했어. 그것에 대한 대가를 치른다고 생각해라.]

이지현 선생이 화면 앞에 섰다. 고민환 선생을 말려야 했다.

"고민환 선생님, 왜 그러세요. 참으세요. 애들이니까 그럴 수 있잖아요. 제발 참으세요. 이미 무고한 이장님과 이 씨 아저씨도 죽었잖아요."

[이장이 무고하긴 뭐가 무고해요. 이장도 나쁜 놈입니다. 돈을 엄청 밝히고, 이렇게 몰카를 설치해서 여자들이나 관찰하는 성범죄자라고요. 그리고 이지현 선생도 앞으로 교직생활하려면 바뀌어야 합니다. 저 녀석들을 믿었다가는 저처럼 고발이나 당하고, 파멸에 이를 거라고요.]

"그래도요. 아이들이 충분히 벌을 받았으니 이제 용서해주세요."

고민환 선생은 이지현 선생이 말하는 것을 들은 척도 하지 않았다. 고민환 선생은 모니터 앞으로 석궁을 들어 보였다.

[총을 구할 수 있었으면 좋았을 텐데. 우리나라에서는 총기를 구하기 어렵더군. 그래서 차선책으로 석궁을 준비했지. 이제부터 저놈들의 목숨을 끊으러 갈 테니 각오하라고. 다른 놈들도 조심

해. 나는 지금 물불 가리지 않으니 나를 방해하려면 목숨을 내놔야 할 거다. 눈에 띄지 않는 것이 좋을 거야.]

고민환 선생이 말하고 있을 때, 식당 창문 밖에서 영재가 그것을 보고 있었다. 마이크 장치나 몰카 이야기를 하는 것으로 봐서 저기는 이장네 집이었다.

'이장 집에 있군. 그럼 마지막 용의자를 체포하러 가볼까?'

영재는 운동장을 가로질러 마을 쪽으로 갔다. 민선은 우연히 창문 밖 운동장을 보다가 영재가 나가는 것을 보게 되었다. 영재가 단서를 찾고 고민환 선생에게 가고 있는 것을 알고 고민환 선생의 주의를 끌었다. 민선은 텔레비전에 대고 소리쳤다.

"왜 이런 일을 벌이는 거예요? 서문주야 동생이 죽었다지만 선생님은 우리에게 이렇게 하는 이유가 뭐예요?"

[민선아, 너는 그동안 선생님을 대신하여 반을 잘 이끌어 주었다. 하지만 너도 선생님을 대하는 태도가 그게 뭐냐? 선생님을 변태 보듯 하잖아. 다른 여학생들 모두 똑같아! 난 명신이에게 아무짓도 하지 않았어. 너희들은 명신이가 거짓말을 했다는 것을 더 잘 알잖아? 근데 모두 날 성범죄자 취급했어. 남학생들도 마찬가지야. 나를 무시하고 한밤중에 장난 전화에 내 차까지 망가뜨렸지.]

"선생님, 그런 걸로 사람을 죽이면 이 세상은 무법천지가 될 거예요."

[아니, 내 인생은 이 섬에서 끝이야. 이미 죽으려고 했었지. 목을 매려다가 나는 왜 내가 이렇게 죽어야 할까 생각했어. 원인을 찾아봤지 그걸 거슬러 올라가 보니 장희종과 아이들, 그리고 김명신이라는 결론이 나왔어. 난 마지막으로 죽기 전에 이들에게 교훈을 주고자 일을 벌인 거야.

참, 영재란 놈 대단하더군. PTC 용액도 맞히고, 이 씨 아저씨를 죽인 원리도 파악하고, 이리저리 추리를 잘 하더라고. 덕분에 내 손도 하나 바쳤지만… 어차피 너희들을 혼내주고 나도 죽으려고 했으니까 손 하나가 뭐 대수겠어? 서문주가 영재를 데리고 가다니 참 다행이야. 영재가 있었다면 너희들을 혼내기가 쉽지 않았을 테니까.]

민선이가 뒤를 돌아보니 식당의 모든 아이들이 할 말이 없는 것 같았다. 담임 선생님 말대로 담임인 고민환 선생을 무시했기 때문이다. 민선이 자신도 담임을 변태로 생각하여, 아무도 없는 교무실로 불렀을 때 단둘이 있는 것이 짜증이 났었으니 말이다.

하지만 지금은 반성이 중요한 게 아니다. 고민환 선생은 자신이 죽으려고 마음먹었기 때문에 물불을 안 가릴 것이다. 영재를 믿고 영재가 도착할 때까지 시간을 끌어야 한다.

"청년회장 서문주와 선생님의 관계는 어떻게 되세요?"

[지금 마지막 순간에 그게 뭐가 중요하니? 서문주도 자살한 동생 때문에 나와 같이 저들에게 복수심을 가지고 있더군. 그래서 나와 힘을 합쳐보자고 했지. 아 참! 서문주는 장희종을 경호하러 들어왔어. 내가 희종이 엄마한테 경호원으로 서문주를 추천했지. 흐흐흐. 웃기지 않아? 자신의 아들을 죽이려는 사람을 고용하다니 말이야.]

이때 병찬이가 나서서 고민환 선생의 성질을 건드렸지만, 민선은 시간을 끌고 정신을 집중하지 못하도록 하는데 도움이 되는 것 같아 그대로 지켜보기로 하였다.

"그러고도 니가 선생이냐? 선생이 사람을 죽여? 넌 이제부터 선생이 아니야. 그리고 우리가 그렇게 쉽게 당할 것 같아? 너 어디 있어? 내가 먼저 죽여주마. 당장 나와!"

병찬이는 한 손에 든 식칼을 텔레비전 앞에서 마구 휘둘렀다.

[떽! 어린놈의 새끼가 반말지거리야! 장희종 패거리를 먼저 죽이려 했는데 네놈부터 혼내줘야겠다.]

병찬이는 진짜로 열이 받았는지 계속 도발하였다.

"손모가지도 하나 없는 게 어떻게 우릴 죽인다는 거야? 어서 와! 이 칼로 목을 따주마."

[흐흐흐. 너도 참 한 성깔 한다 이거지? 뭐 힘으로는 희종이네 보다도 짱이다 이거냐? 석궁은 오른손만으로도 충분하단다.]

고민환 선생이 잘려진 왼손 위에 석궁을 올리고 오른 손가락으로 방아쇠를 당기자 석궁이 발사됐다. 그리고는 다시 화살을 넣고 오른손으로 당겨 장전했다.

[이렇게 문제없다고. 자, 그럼 이제 출발해 볼까? 모두 멀리멀리 도망가라고.]

이쯤 말했을 때, 어둡지만 분명히 텔레비전 속의 고민환 선생 뒤에 사람의 형체가 보였다. 영재가 드디어 고민환 선생을 찾은 것 같았다. 더 시간을 끌어줘야 했다.

"선생님, 용서해 주세요."

민선이가 CCTV 앞에 서서 용서를 빌었다. 깨달은 것이 있는지 태호와 민석이도 CCTV 앞에 와서 무릎을 꿇었다.

[조용! 진작에 그랬어야지. 이미 물은 엎질러졌다고.]

고민환 선생은 카메라에 대고 석궁을 흔들어 보였다. 한데 아이들이 이상하게 텔레비전을 집중하여 보고 있었다.

[야, 너희들 내가 다 쏴 죽인다니까?]

고민환 선생의 말에 공포를 느끼기는커녕 아이들은 텔레비전만 볼 뿐이었다. 물론 아이들은 고민환 선생을 보는 것이 아니라 텔레비전 속의 영재를 보고 있었던 것이다. 영재가 이미 방으로 들어와 고민환 선생의 뒤에 서 있었다. 영재는 재미있다는 듯이 고민환 선생의 뒤통수를 보고 있었다. 왼손에는 전기 충격기가 있었는데 언제라도 쏠 수 있도록 고민환 선생의 목을 겨누고 있었다.

고민환 선생은 갑자기 뒤통수에 싸늘한 느낌을 받았다. 식당을 비추는 모니터를 보니 뒤에 누가 서 있는 것이 반사되어 보였다.

누가 여기를 왔지? 희미하게 비추는 모습은 영재였다. 영재가 어떻게 살아 있는 거지? 아차, 이지현 선생과 영재가 짠 거였구나. 민선이가 괜한 말로 계속 시간을 끈 거였다. 너무 자만하다 다 된 밥에 코 빠뜨리게 생겼다. 고민환 선생은 석궁 방아쇠에 손가락을 걸었다. 아이들에게 말하는 척하면서 재빠르게 뒤돌아 영재를 제압해야 했다.

"너희들! 당장……."

고민환 선생은 순간 몸을 뒤로 돌렸다. 하지만 아무 말도 하지 못하고 경련을 일으키며 앞으로 쓰러졌다. 영재가 전기 충격기를 목에 대고 지졌기 때문이다. 고민환 선생이 쓰러지며 앞의 카메라와 기기를 건드려 식당에서는 더이상 화면을 볼 수 없었다.

영재는 재빨리 서문주를 마취했던 에테르 주사기를 꺼내서 고민환 선생의 양쪽 허벅지에 주사하고, 떨어진 석궁을 주웠다. 잠시 후 경련은 끝났지만, 고민환 선생은 하체가 마비되어 일어설 수 없었다.

"임영재. 너를 심상치 않게 봤지만 이렇게까지 똑똑한 줄 몰랐는 걸? 팔까지 희생해 죽음을 꾸몄는데 오히려 나의 존재를 깨닫고 나를 잡기 위해 죽은 체하다니."

"추리죠. 한데 선생님, 손 안 아프세요?"

"죽음 앞에서 쓸데없는 소리지."

고민환 선생은 손이 잘려나간 왼쪽 팔을 흔들었다. 벨트로 강하게 지혈하고 있지만 덧댄 하얀 천이 붉게 물들어 있었다. 고민환 선생은 고통스러운지 식은땀을 흘렸다.

"교실에서 외톨이인 줄 알았더니… 너의 능력은 예상외였다. 이번 복수전의 실패 원인은 임영재의 존재군."

"아이들은 이미 사경을 헤매고 있어요. 내일 배가 들어와도 정상적인 생활은 어려우니 복수는 실패했다고 할 수 없죠."

고민환은 남방 주머니에서 담배를 꺼내 불을 붙였다.

"진통제 효과가 떨어지고 있군."

"이제 어떻게 하실 겁니까?"

"죽음밖에 더 있겠냐? 네가 해줄래? 내가 할까?"

"석궁이면 되나요?"

3

수많은 사건이 지나간 십자도, 드디어 수학여행의 마지막 날 아침이 밝아 왔다. 명신과 희종은 하늘이 용서했는지 숨이 가늘게 붙어 있었다. 그리고 몸 상태가 최악인 민석이와 태호도 방에 누워 있었다. 다른 학생들은 3일간의 악몽 때문인지, 죽음의 두려움 때문이었는지 잠을 청할 수 없어서 모두 배가 들어오길 기다리며 선착장에 나가 있었다.

이지현 선생, 민선, 영재만이 방에서 아픈 아이들을 돌보고 있었다. 12시쯤 되자 저 멀리 바다에서 정기 배편이 보이기 시작했다. 이지현 선생은 선착장으로 뛰어나가 선장실로 갔고, 선장에게 부탁하여 경찰에 신고하였다.

먼저 메탄올 중독과 전기고문으로 상태가 심각한 희종과 PTC 용액에 중독된 김명신이 육지에서 소방헬기가 떠어져 내륙에 있는 종합병원으로 이송되었다.

잠시 후 온 경찰 헬기에서는 초동 수사를 위한 몇 명의 경찰이 내렸고, 이들은 살인사건에 대하여 조사를 시작하였다. 후에 해군 전함이 도착하고 거기서 수십 명의 경찰이 내려 살인사건에 대한 본격적인 조사가 이루어졌다. 또한 어떻게 알았는지 방송국 헬기도 드나들기 시작했다.

방송국에서 설치했는지 경찰에서 설치했는지 모르지만, 임시로 대형 기지국이 설치되어 핸드폰을 할 수 있게 된 아이들은 저마다 부모님께 전화를 걸었다.

이지현 선생과 나머지 아이들은 식당에서 치료와 동시에 조사를 받았다. 대부분의 학생들은 살인사건의 내용을 알 수가 없어 간략하게 조사가 끝났고, 이지현 선생, 영재, 민선이가 집중적으로 조사를 받았다. 셋은 알고 있는 살인사건의 전말을 경찰에게 모두 이야기했고, 이 내용은 육지로 전송되었다.

수십 년 만에 떠들썩해진 십자도를 뒤로하고 아이들은 해경의 함선을 타고 육지로 향했다.

연안부두는 평소보다 더 많은 사람들로 북적였다. 아이들의 부모님이 있었고, 방송기자, 경찰들이 모여 있었다.

3시간 여를 달려 해경의 함선이 드디어 연안부두에 도착하였고 함선에서 쏟아져 나온 아이들은 달려가 부모님에게 안겼다. 연안부두는 울음바다였고, 베테랑 방송기자는 이 모습을 카메라에 담았다.

영재도 배에서 내려 두리번거리더니 자신의 목적지를 찾은 듯이 걸어갔다. 영재의 아버지가 웃으며 두 팔을 벌리고 있었다. 영재는 아버지에게 가서 가볍게 안겼다. 영재의 아버지는 영재의 등을 두드려 주고는 한쪽 팔로 어깨를 감싸고 북적거리는 장소를 빠져나갔다.

"벌써 뉴스에서 보도하고 난리가 났단다. 영재 네가 엄청난 일을 해냈다며? 아들! 자랑스럽다. 해냈구나."

영재는 완전 녹초가 되었다. 눈만 감으면 바로 깊은 잠에 빠져들 것 같았다.

"아버지, 저 완전히 지쳤어요. 어서 집으로 가서 쉬고 싶어요."

"그래, 어서 눈을 붙여라."

영재는 고개를 끄덕이고 아버지의 차에 탔다. 아버지와 아들은 검정색 고급 승용차를 타고 연안부두를 유유히 떠났다.

고급 승용차는 인천 자유공원 속에 위치한 고급 저택으로 들어갔다. 사람들이 알고 있기로 그 집은 교정본부의 최고 직책을 지내고 있는 임설송 본부장의 집이었다.

영재 아버지인 임설송과 임영재는 저녁 식사를 마치고 거실에서 뉴스를 기다리고 있었다. 8시 정각에 텔레비전에서는 급박한 상황이라도 난 것처럼 앵커들이 떠들어대기 시작했다.

[인천의 S고등학교 2학년 7반 23명의 학생들이 덕적도에서 서쪽으로 40km 떨어진 십자도로 수학여행을 갔었는데, 죽음의 여행이 되었습니다. 현장의 김세중 기자를 연결해보겠습니다. 김세중 기자! 네, 여기는 십자도입니다. 지금으로부터 사흘 전에 인천의 한 고등학교 한 학급 23명의 학생이 수학여행을 오게 되었는데요. 죽음의 수학여행이 되고 말았습니다. 이 섬에서는 사흘간 세 명 사망, 한 명 실종에 이르렀고, 수학여행에 참가한 학생 네 명도 중태입니다. 아직 정확한 사인이 알려지지 않았는데요. 사망자는 원래 섬에서 살고 있는 이장 권모 씨와 주민 이모 씨, 학급 담임 고모 씨이고, 경호업체 직원 서 씨는 바다에 빠져 실종상태입니다. 그리고 병원에 입원한 피해 학생으로는 장모 군, 김모 양, 강모 군, 박모 군입니다. 생존자들이 말하는 사실은 충격적인

데요. 이런 살인을 벌인 사람이 담임 교사 고 모씨와 그가 불러들인 경호업체 직원 서 씨라는 것입니다. 주범인 담임 교사는 평소에 악감정이 있는 네 명의 학생들을 수학여행에서 죽이려고 마음먹고 경호업체 직원 서 씨를 끌어들여 이런 살인극을 벌였습니다. 담임 교사는 화학약품을 이용하여 학생들에게 극심한 고통을 주었는데, 자신에게 정신적 고통을 준 학생들에 대한 복수심에 그랬다고 생존 학생들이 전했습니다. 피해 학생 중 유일한 여학생 김 모양은 화학약품에 중독 되었고, 제때 치료를 받지 못해 치료하더라도 큰 후유증이 남는다고 전해졌고, 메탄올을 마시고 전기고문을 받던 장 모군은 실명 위기에 빠졌습니다. 강모 군과 박모 군도 메탄올을 마셔 시력 회복을 위해 집중 치료를 받고 있습니다. 한편 학급의 부담임과 부회장인 곽모 양, 임모 군이 범행을 의심하였고, 목숨 걸고 싸워 더 큰 피해를 줄일 수 있었다고 합니다. 경찰은 바다에 빠진 서 씨를 찾고 있는 한편 죽은 사람들을 부검할 계획이라고 하였습니다.]

뉴스에서는 같은 말이 반복되었다. 학교의 교장이 나와 담임 교사는 강원랜드 출입이 잦고, 근태가 안 좋아 경고도 몇 차례 내렸다고 말했고, 여선생들은 담임 교사가 변태라고 말하였다.

영재의 아버지는 더 이상 볼일이 없는지 리모컨으로 뉴스를 껐다.

"아버지, 이번 시나리오는 정말 대단했어요. 용의자를 두 명을 설정하다니 묘사 습관을 들이지 않았다면 담임 선생님을 용의자로 생각하지 못했을 거예요."

"예측은 금물이야. 모든 가능성을 염두하고 증거와 추리에 확신을 가지고 사건에 임해야 한단다."

"네."

"이번 사건을 해결하면서 깨달은 것이 있으면 말해봐라."

"학교 공부가 중요하다는 것을 알았어요. 생물 시간에 배우는 지식을 살인에 사용할 수 있었다니 큰 충격을 받았어요. 이제부터 공부를 열심히 하기로 마음먹었어요."

"그래, 정말 큰 가르침을 얻었구나. 옛날부터 살인에 대하여 쾌락을 느끼고 생명에 대한 존중이 없는 사람들이 있었다. 현대 사람들은 이들을 '사이코패스'라고 말하지. 남의 감정은 생각지도 않는 '소시오패스'도 점점 많아지는데 나는 이것을 인간 진화의 일면이라고 생각한다. 목이 긴 기린이 자연에 의해 선택되는 것처럼 고도로 복잡한 인간 사회에서는 사이코패스, 소시오패스가 선택되는 것이지."

영재는 아버지의 말을 이해했는지 고개를 끄덕였다.

"하지만 많은 개체 변이 중 쾌락을 위한 살인을 하는 자들은 아무짝에도 쓸모없어. 금방 잡혀 평생을 감옥에서 썩게 되지. 이들은 실패자야. 자신의 유전자를 후세에 남기지 못했기 때문이다. 직접 살인을 하기보다 아빠처럼 남의 상황을 이용하고 사람의 마음을 조종해서 나에게 피해는 없어야 한단다. 그 누가 아버지처럼 고위 공무원이 살인 시나리오를 썼다고 생각하겠니?"

"아버지가 저를 훈련시키기 위해 이런 훌륭한 시나리오를 쓰셨지만 궁금한 것이 있어요. 고민환 선생과 서문주가 아버지 시나리오대로 움직이지 않았으면 어떡하실 거였죠? 서문주는 마지막에 아버지와 저의 관계를 알아차렸어요. 그래서 바다에 빠뜨릴 수밖에 없었죠."

'짝짝짝'

임설송은 아들이 거기까지 생각했다는 것에 손뼉을 쳤다.

"한 단계가 아니라 두 단계 성장했구나. 너라면 그런 상황을 대비해서 어떻게 할 거냐?"

임영재는 곰곰이 생각하는가 싶더니 무언가 생각이 났는지 손가락을 튕겼다.

"킬러를 보낸 거죠? 산에 있었던 전자기기를 서문주의 것이라고 생각했었는데 아버지가 보낸 킬러였어요."

"킬러가 아니야. 내가 직접 갔단다. 눈으로 상황을 직접 확인하고 뒤처리를 하려고 했지."

"오, 역시 아버지시네요. 그래도 위험한 상황이었을 텐데 믿을 만한 킬러를 보내는 것이 더 안전하지 않나요?"

"당연하지. 하지만 네가 어떻게 하는지 직접 눈으로 확인하고 싶었다."

"역시 아버지는 최고의 선생님입니다."

"이런 사건으로 나에게 어떤 이로움이 있을까 잘 생각하는 것도 중요하단다. 아버지가 이런 고위 공무원까지 올라오는데 사람의 생각을 읽고 조종하는 것은 매우 중요하게 작용했어."

"네, 명심하겠습니다. 그런데 아버지 같은 사람이 또 있나요?"

"있지. 우리 교정본부에 구요동이라는 사람이 있다. 욕심이 많고 무서운 사람이지."

"그렇군요. 그 사람과는 협조적인 관계를 만들어야 하나요?"

"적당히 거리를 두어야 한다. 때론 가깝게, 때로는 멀게."

"어렵네요."

"구요동은 사건이 일어나자마자 나를 의심하더군. 사건에 네가 있는 것을 보고 너를 훈련시키는 것을 눈치챈 거야."

"그럴 때는 어떻게 해야 하죠?"

"증거는 없으니 얼버무리면 돼. 그랬더니 시나리오가 재밌다고 하더군. 자신도 쓰고 싶다고."

"말만 들어도 무서운 여우처럼 들리네요."

"그래, 넌 똑똑하니 구요동과 아버지쯤은 금방 넘어설 거다. 피곤했을 텐데 이제 쉬거라."

영재는 방으로 들어와 침대에 누웠다. 첫날부터 머릿속으로 사건을 읽어나가며 복기했다. 정말 짜릿한 경험이었다.

4

어두운 골목길에서 건장한 사내 몇 명이 고민환 선생을 두들겨 패고 있었다. 고민환 선생은 많이 당해봤는지 주먹과 발길질이 날아올 때마다 몸을 웅크려 충격을 줄였다.

"이 새끼야, 빨리 돈 갚으란 말이야. 학교에 가서 너에 대해 다 밝혀버리는 수가 있어!"

고민환 선생은 피 흘리는 입으로 실실 웃었다.

"학교에 와서 도박 중독자란 게 밝혀지면 난 파면되고 퇴직금을 하나도 받지 못하겠지. 그럼 진짜 갚을 돈이 없다고."

"이게 입은 살았다고 말은 잘하네."

건장한 남자들은 고민환 선생을 몇 차례 더 밟아 주었다.

"내일 당장 퇴직 신청하고, 퇴직금 내놔."

"안타깝게도 퇴직금은 최소한 20년 이상을 근무해야 받을 수 있지. 난 아직 몇 년 모자라."

"아무튼 돈 내놔! 이번 달까지 안 갚으면 처자식한테 가겠어."

"내 처자식이 어디 있는지 알면 나에게도 알려줘. 나도 궁금하거든."

고민환 선생도 갈 데까지 가서 그런지 사채업자들도 혀를 내둘렀다. 이미 퇴직금 담보 대출을 받았다고 하면 저 사람들은 당장 고민환 선생의 신장을 팔아 돈을 회수할 것이다.

고민환 선생은 더는 돈을 빌릴 곳도 없었다. 사정을 잘 모르는 임진웅 교사에게 천만 원을 빌려 강원랜드로 떠났다. 입장료를 내고 들어갔다.

사람들은 무엇이 그리 좋은지 밥도 먹지 않고 강원랜드 룰렛 앞에 앉아서 칩들을 도박판에 올리고 있다. 소음이 가득한 곳이었지만 룰렛 앞에 앉아 돌아가는 구슬을 보고 있자면 행복한 기분이 올라왔다.

천만 원은 큰돈이었지만, 사라지는 데는 만 하루가 걸렸다. 칩으로 바꾼 후 하루 종일 바카라에 매달렸고, 저녁이 되어 가는 지금 주머니에는 십만 원짜리 칩 한 개만 남았다.

고민환 선생은 칩을 돈으로 바꾸어 여관비라도 마련하려다 어차피 살아도 목숨을 부지할 수 없을 것 같아서 돌아가는 룰렛에 마지막 희망을 걸어보기로 하였다.

룰렛의 구슬이 돌아가기 시작했다.

'씨팔! 마지막이다.'

고민환 선생은 칩을 숫자 '18' 위에 던졌다. 입에서 나오는 욕과 같은 숫자이기 때문에 걸었다. 맞으면 32배 삼백이십만 원이다. 가느다란 희망이라도 잡고 싶었지만 야속하게도 구슬은 다른 숫자로 빠져버렸다.

'씨팔, 진짜 되는 게 하나도 없네.'

고민환 선생은 빈털터리로 강원랜드 밖으로 나왔다. 어두워지는 하늘을 보았다. 몇 개의 별들이 나오기 시작했다. 이제는 죽음이 아니고서는 인생을 버틸 수 없다는 것을 알고 있었다.

'오늘 밤 자살해야지.'

자살을 마음먹자 배가 고파졌다. 세워둔 자동차를 타고 정선읍으로 나와 자주 먹던 순댓국집으로 들어가 순댓국과 소주 한 병을 주문했다. 음식이 나오자 소주를 한 잔 따라서 입에 털어 넣었다. 한 잔으로는 채워지지 않는 공허함이 있어, 연거푸 두 잔째를 털어 넣었다. 아침부터 굶었더니 알코올이 식도와 위장의 벽을 자극했다.

"죽으려고 생각하니 소주가 참 쓰네, 하지만 오늘 인생의 쓴맛을 넘지는 못 하는구나."

고민환 선생은 혼잣말을 하고 뜨거운 순댓국을 한 숟갈 퍼 입에 넣었다. 모든 것이 마지막이라 생각하니 하찮게 생각하던 순댓국도 알코올로 피폐해진 식도와 위장을 가라앉혀주는 따뜻한 천사의 손길로 느껴졌다. 그렇게 마지막 한 숟갈까지 다 먹었다.

"아, 시원하다."

남아 있는 소주를 병째 들어 나발을 불고는 지갑 속에 있는 마지막 남은 만 원짜리 지폐를 테이블에 놓고 일어섰다.

밖으로 나와 차를 타고 인적이 드문 야산으로 갔다. 트렁크에서 주황색 빨랫줄과 접이식 의자를 꺼냈다.

너무 깊은 산으로 올라가기도 귀찮았다. 빨랫줄로 올가미를 만들고 적당한 나무에 걸었다. 접이식 의자를 펼쳐 올라가 올가미를 목에 걸었다.

내가 못나 죽는 것은 억울하지 않았으나 저 악독한 사채업자들이 처자식을 찾아낼까 봐 겁이 났다. 왜 이렇게 되었을까? 갖가지

상상이 머릿속을 지나갔다. 모두 부질없는 짓이다. 그냥 죽자.

다리로 의자를 찼다. 눈앞이 하얗게 변했을 때 바닥으로 떨어졌다.

"켁켁켁"

기침이 마구 쏟아졌다. 그나저나 나뭇가지가 부러졌나?

고민환 선생이 고개를 들자 거기에 칼을 든 남자가 서 있었다. 검은색 양복을 입었고 몸이 단단해 보였다. 남자는 칼을 칼집에 넣어 주머니에 넣고는 명함을 꺼내 내밀었다.

"이렇게 죽으려는 용기에 박수를 보냅니다. 그 목숨을 제게 팔아 보시겠어요?"

검은색 명함에는 금박으로 '행복 컨설턴트 임설송'이라고 박혀 있었다. 고민환 선생은 고개를 들어 남자의 얼굴을 보았다. 모르는 얼굴이었다.

"당신은 인천의 서창고등학교 고민환 선생님이시죠? 아, 저는 사채업자는 아닙니다. 걱정하지 마십시오."

"임설송 씨, 처음 듣는 이름인데 저를 어떻게 아시죠?"

"그냥 좀 따라다녔습니다. 저에게 고민환 선생님의 목숨이 필요하다고 할까요?"

고민환 선생은 일어서 목에 걸려 있는 빨랫줄을 벗었다.

"무슨 소린가요?"

"제가 선생님의 목숨을 산다는 겁니다. 이렇게 죽으시려고 한다면 무얼 못하겠습니까? 선생님이 제가 시키는 일을 하신다면 선생님 빚을 갚아 드리겠습니다. 빚이 2억쯤 되나요?"

임설송은 고민환 선생의 빚을 정확히 알고 있었다.

"사채업자들은 보통 사람들이 아닙니다. 선생님이 죽더라도 분명히 처자식을 찾아서 몸을 팔게 해서라도 돈을 받아낼 겁니다."

임설송은 담배 한 개비를 꺼내 불을 붙이고는 고민환 선생에게 건넸다.

"단호한 결의가 서신다면 강원랜드 호텔 24층의 스위트룸으로 오세요. 프런트에서 성함을 말씀하시면 안내해 줄 겁니다."

임설송은 그렇게 말하고는 산을 내려갔다. 고민환 선생은 임설송의 뒷모습을 보며 담배를 깊게 빨았다. 딸 얘기만 하지 않았어도 흔들리지 않았을 텐데 계속 딸의 얼굴이 아른거렸다.

고민환 선생은 담배를 찬찬히 피고는 깊은 밤 강원랜드 호텔을 찾아갔다.

"예약하셨습니까?"

"글쎄요. 제 이름은 고민환입니다."

프런트에 있던 직원은 컴퓨터에 이름을 입력하는가 싶더니 곧 놀라며 말했다. 남루한 행색에 비해 스위트룸이 예약되어 있었기 때문이었다.

"아! '이그제큐티브 로열 스위트룸'입니다. 따라 오십시오."

고민환 선생은 직원을 따라 엘리베이터를 타고 꼭대기 층인 24층으로 올라가 예약된 방으로 안내되었다. 초인종을 누르니 잠시 후 문이 열리고 아까 보았던 임설송이 맞이해 주었다.

"고민환 선생님 오셨군요. 기다렸습니다. 들어오세요."

스위트룸을 처음 들어오는 고민환 선생은 약간 긴장되었다. 방 안에는 고급 가구들이 진열되어 있었고 아늑한 분위기를 연출하였다. 응접실에는 20대로 보이는 젊은 청년이 앉아 있었다. 임설송은 둘을 소개하였다.

"여기는 서창고등학교에 근무하고 계시는 고민환 선생님입니다. 그리고 여기 젊은이는 이름은 서문주이고 경호회사에 다니고 있습니다. 자, 서로 인사하시고 자리에 앉으시죠?"

고민환 선생과 서문주는 서로 악수를 한 후 자리에 앉았다.

"여기 고민환 선생님은 자살 직전까지 가셨고, 서문주 씨는 복수심에 불타고 있기 때문에 둘이 힘을 합치면 모두가 만족하는 결과를 얻을 수 있을 겁니다."

임설송은 이야기를 하면서 로얄살루트 양주 한 병을 열고 세 잔을 따라 고민환 선생과 서문주 앞에 한 잔씩 밀어 놓았다.

"이제부터 힘든 얘기가 시작될 텐데 한 잔씩 드십시오. 어떻게? 승아의 이야기는 제가 해도 될까요?"

서문주는 조용히 고개를 끄덕였다.

"여기 서문주 씨에게는 서문승아라는 여동생이 있었는데 자살하였습니다. 그 이유는 고민환 선생님도 알고 있는 김명신, 장희종, 강태호, 박민석 학생들 때문입니다. 이 넷에게 철저하게 농락당해 자살한 것입니다. 자세한 내용은 서로 친해지시면 듣길 바랍니다. 아무튼 서문주 씨는 이 네 명에게 엄벌을 내리고자 합니다."

고민환 선생은 아는 이름이 나와 깜짝 놀랐다.

"이 학생들을 어떻게 한다는 겁니까? 설마 죽인다는 겁니까?"

잠자코 앉아 있던 서문주가 조용히 입을 열었다.

"필요하다면 죽여야지요. 전 그냥 죽음이 아닌 고통스러운 죽음을 원합니다. 동생의 사정을 아신다면 선생님도 저를 이해하실 거예요."

그래도 아직은 학교 선생이라고 고민환 선생은 학생들을 죽인다는 말에 거부감을 느꼈다. 생각하고 싶지 않아 앞에 있는 독한 양주를 한번에 마셔 버렸다. 고민하는 모습을 본 임설송이 나섰다.

"고민환 선생님, 선생님은 오늘 목을 맸어요. 그 원인이 누구 때문이죠? 잘 생각해 보세요."

고민환 선생은 눈을 감고 자신이 이렇게 된 이유를 생각해봤다. 도박에 빠지고, 이혼당하고, 사채업자들의 협박과 폭력에 시달렸다. 이 모든 것의 원인에 앞에서 말했던 네 명의 이름이 떠올랐다. 그래도 자신의 반 학생들을 죽인다니 망설여졌다.

"그래도 어떻게 선생이 학생을 죽일 수 있겠……."

"지금 고민환 선생의 부채는 제가 알기론 2억 원 정도에 근접한 걸로 알고 있습니다. 선생님이 돈을 빌린 사체업자도 조사해 보았는데요. 그 사채업자는 악랄하기로 소문난 조직으로 고민환 선생을 다시 만난다면 한쪽 눈알과 신장을 뽑아 팔 것입니다. 그래도 1억 3천만 원 정도의 빚이 남게 되죠. 아마 남은 돈은 이혼한 부인과 딸을 협박해 받아낼 것입니다. 그 정도는 예상이 되겠죠?"

"……."

"최소한 부모 된 도리로 자식에게는 피해를 주지 말아야 하지 않겠어요? 이 일에 동참하신다면 2억의 부채를 제가 대신해서 탕감해드리겠다는 것입니다. 즉, 이번 일은 목숨을 버릴 각오로 해야 합니다. 어차피 자살을 시도했었으니 뭐든지 할 수 있겠죠?"

고민환 선생은 양주를 한 잔 더 따라서 마셨다. 이때 서문주가 고민환 선생의 결심을 돕고자 말했다.

"선생님, 살인은 제 손으로 직접 하겠습니다. 선생님은 계획이 잘 진행되도록 저를 옆에서 지원하시면 되는 겁니다."

서문주란 청년은 네 명을 죽여서 동생의 복수를 하고자 한다. 고민환 선생도 옆에서 돕는다면 빚을 갚게 되고 자신을 이렇게 만든 놈들에게 복수할 수 있다. 하지만 임설송은 막대한 돈을 투자하면서 얻는 것이 뭐지? 고민환 선생은 술을 다시 한 잔 따라 마시고는 임설송에게 물었다.

"외람된 질문이지만 임설송 씨는 이 일을 해서 얻는 것이 무엇입니까?"

266

"그 질문을 왜 안 하시나 했습니다. 일종의 재미입니다. 시나리오를 작성하고 그 시나리오대로 사람들이 움직이는 것이 좋아요. 내 생각대로 사람들이 움직인다는 것에 일종의 쾌감을 느끼는 것이죠."

사실 고민환 선생은 생각할 필요도 없었다. 눈을 감고 김명신이 악랄한 표정으로 변태라고 소리치는 모습을 떠올렸다. 장희종이 혀를 내밀며 비웃는 모습을 떠올리자 분노가 솟아 올랐다.

"오케이, 좋습니다. 빚은 모두 갚아주는 거 맞죠?"

결심한 고민환 선생을 본 임설송은 손뼉을 쳤다.

"잘 결정하셨습니다. 자, 그럼 큰 그림은 제가 그려보겠습니다. 학교에서 수학여행을 가시죠? 서해 바다에 덕적도보다 더 가면 십자도라는 섬이 있습니다. 아직 핸드폰도 잘 터지지 않는 섬마을이죠. 사람도 현재는 3명만 살고 있습니다. 수학여행을 거기로 간다면 외부와 통제하는 것이 쉬워 일을 진행하는데 문제없을 거예요. 서문주 씨는 애들을 어떻게 하고 싶습니까? 죽일 거예요?"

"아니, 죽을 만큼의 고통을 주고 싶습니다. 전기고문 같은 건 어떨까요?"

"괜찮네요. 수학여행만 성사되면 큰 문제는 없을 겁니다. 수학여행은 고민환 선생님이 맡아서 꼭 성사시키길 바랍니다."

고민환 선생은 밉상인 희종이 얼굴이 떠올랐다.

"안 그래도 나서기 좋아하는 희종이만 조금 꼬드기면 금방 운영위원장인 자기 엄마를 내세워 섬 여행을 우길 거예요. 그때 희종이 어머니에게 십자도에 대한 정보를 줘야 할 텐데 그게 어려울 것 같아요."

임설송이 나섰다.

"그건 걱정하지 마세요. 그 부분은 제가 맡도록 하겠습니다. 그리고 고민환 선생님은 생물 교사이니 금방 아이디어가 떠오를 것입니다. 예를 들면, 술에다 메탄올을 섞어 마시게 하면 장님이 되고 심하면 죽게 됩니다. 이런 것처럼 말이죠."

"아, 한 가지가 생각났습니다. 생물 유전에서 'PTC 용액'으로 미맹을 검사하는데, 독극물입니다. 김명신은 미맹이에요. 생수에 넣으면 쓴맛을 못 느껴 고통을 느낄 겁니다."

임설송은 손뼉을 쳤다.

"대단하시네요. 아주 재미있는 시나리오가 나올 것 같네요. 본격적인 계획은 내일 세우도록 하고 오늘 밤에는 도박을 실컷 즐기십시오. 자, 고민환 선생님. 여기 오백만 원을 드릴 테니 내일 아침까지 들어오세요. 서문주 씨는 도박을 즐기나요?"

"드디어 복수를 할 수 있는데 축배를 들어야죠. 오늘은 여기서 술을 진탕 마시겠습니다."

"좋습니다. 오늘 밤에는 각자 즐기시길 바랍니다. 그럼, 좋은 시나리오가 나오길 기대하면서 건배를 하도록 하겠습니다. 잔을 들어주십시오."

세 명은 잔을 높이 들었다.

"잠깐, 시나리오 제목이 있어야 할 텐데... 그래! '십자도 살인사건' 어때요?"

고민환 선생과 서문주가 고개를 끄덕였다. 임설송도 마음에 드는지 크게 외쳤다.

"십자도 살인사건을 위하여!"